江山醫統

卷11

鯨吞大法

石章魚 著

得饒人處且饒人
已經贏了面子，何必要咄咄逼人
就算不能多一個朋友
也沒必要多一個敵人

目錄

第一章

做我未婚夫好不好？

求婚，胡小天居然遭遇美女主動求婚?!
倘若別人遇到這樣一位美女求婚肯定會幸福的頭暈，
會感覺這是上輩子修來的福分，
可胡小天沒那麼認為，甚至連一丁點的幸福感都沒有。

胡小天知道夕顏又在用傳音入密的功夫跟自己說話，他雖然可以利用老叫花子教他的功夫屏住呼吸，不至於吸入濃煙，可是在濃煙中眼睛看不清周圍的景物。煙霧朦朧中一隻柔若無骨的小手抓住了他的手腕，輕聲道：「跟我來！」

胡小天聽出是夕顏的聲音，夕顏雖然是個妖女，可是他卻並不擔心這妖女加害自己，既然她在此地出現，不妨看看她到底有什麼目的，於是隨著她向前方走去，展鵬趕到他剛才站立地方的時候，胡小天已經隨同夕顏一起離開。

胡小天跟著夕顏在人群中遊走，很快就遠離了人群，來到了天波城明覺塔下，九層寶塔每一層上都綴有紅燈，將塔身裝點得瑰麗非常。因為人們都集中在觀瀾街的燈會現場，這裡反倒顯得冷清了。

夕顏放開胡小天的手腕，沿著寶塔的台階拾階而上，在塔下方才停下腳步，回眸看了胡小天一眼，然後目光投向遠方的燈市。

胡小天望著她在風中煢煢孑立的樣子，心中居然生出了些許憐意，說起來自從兩人相識，夕顏還真沒有做過什麼太對不起自己的事情，如果她想要加害自己，自己不知死了多少次。

夕顏幽然歎了口氣道：「難道在你心中，我始終都是一個壞人嗎？」

胡小天笑道：「我怎麼看，對你來說重要嗎？」

夕顏眨了眨美眸道：「自然重要！」

胡小天慢慢走了上去，和她並肩而立，鼻息間聞到夕顏淡淡的體香，忍不住用力吸了口氣，這妞兒身上的味道可真是好聞呢。夜風輕拂，夕顏的一襲紅裙隨風飄揚，勾勒出她曼妙的曲線，這妮子絕對是要風度不要溫度的角色。

或許是因為冷風撲面的緣故，夕顏打了個冷顫，隨即又打了個噴嚏。她有些不滿地望著胡小天，看到這貨仍然毫無反應，只是把他身上的裘皮大氅裹緊了一些。

夕顏見到這貨只顧著他自己，惡狠狠瞪了他一眼道：「你是不是男人？連最起碼的憐香惜玉都不懂？」

胡小天道：「不是！忘了告訴你，咱們分別之後，我就入宮當了太監，現如今我已經是司苑局的總管。」

夕顏望著胡小天咬了咬櫻唇道：「真的啊！」

胡小天道：「畢竟認識了一場，我何必騙你。」

夕顏忽然格格笑了起來，笑得花枝亂顫，笑到直不起腰來。

胡小天反倒有些無所適從了：「我說丫頭，就算我當了太監，你也不至於開心成這個樣子。」

夕顏道：「當然開心，知不知道什麼叫天理循環報應不爽？你是咎由自取。」

胡小天歎了口氣，此時天空飄飄揚揚又下起雪來，胡小天脫下自己的裘皮大氅為夕顏披在肩頭。

夕顏有些意外，剛才認為他應該表現一下男子漢風度的時候，這貨偏偏對她不聞不問，這會兒損了他幾句之後，他居然又來獻殷勤，可就算是糖衣炮彈，至少讓人感覺心裡舒服。

胡小天道：「大冷的天穿得實在是太少。」

夕顏哼了一聲道：「我高興！」

「下次真想勾引別人的話，裙子都別穿，光著身子出來最好。」

夕顏柳眉倒豎，旋即又笑靨如花，湊近了胡小天道：「其實我只想勾引你，要不我當著你的面把衣服全都脫光了好不好？」聲音嬌柔婉轉，酥媚入骨。

胡小天若是沒有和她多次打交道的經驗，還真受不了她這個。笑瞇瞇點了點頭道：「好！反正這兒也沒有其他人，你脫，我幫你拿衣服。」

夕顏氣得伸手去戳這廝的腦門：「你是不是人啊！又颳風又下雪，你居然讓我脫衣服，呵！你這個混蛋王八蛋，活該被人閹了。」

胡小天向後退了一步：「大家好歹相識一場，用不著這麼惡毒吧？」

夕顏道：「我就惡毒怎麼著？我不但惡毒而且多疑，今兒我倒要看看你在宮裡面究竟學了什麼本事，竟然敢將本姑娘送給你的繡球給劈了。」她說出手就出手，嬌軀一轉，身上的裘皮大氅宛如一道黑雲向胡小天兜頭蓋臉罩了下去。

胡小天知道她喜怒無常，一直都在小心提防，所以夕顏一出手，他第一時間就已經做出了反應，腳步向後一個側滑，宛如移星換影一般從夕顏的眼前消失。

夕顏突然襲擊落空，不由得眨了眨雙眸，臉上寫滿了不可思議的表情，在她的印象之中，胡小天的武功簡直是不堪一擊，這貨每次遇到自己，如果不是利用無賴手段，根本沒有逃出自己掌心的機會，可剛才自己出其不意掩其不備，卻想不到仍然被他從容逃脫。

這套躲狗十八步還是胡小天第一次真正用於對敵，其實他對這套步法的威力也一直沒有確切的認識，面對身法快捷詭異的夕顏，居然能夠輕鬆避過，胡小天不禁得意了起來，頓時信心倍增，笑瞇瞇道：「真想脫衣服給我看啊，早知我就不那麼麻煩脫衣服給你了。」

夕顏呵呵笑道：「是想脫衣服，不過是要脫你的衣服。」她足尖一點，宛如一道紅色閃電般倏然向胡小天欺近，胡小天笑道：「來真的！」說話間腳步變幻，絲毫不敢大意。

夕顏明明看到胡小天就在眼前，一伸手抓過去，卻又和他擦肩而過。接連幾次都是如此，夕顏馬上明白，難怪這廝有恃無恐，他居然學會了一套高妙的步法，連自己都沾不到他的衣角。

胡小天接連幾次成功躲過夕顏的襲擊，變得信心爆棚，笑道：「丫頭，這樣的功夫也敢說脫我的衣服？」

夕顏笑道：「怪不得這麼得意，有長進啊！不過可惜你步法再好也逃不過我的掌心。」

胡小天看到夕顏詭異的笑容，頓時感覺有些不妙，忽然聽到噗啦啦的聲響，卻見從上方寶塔之上，一群烏鴉宛如烏雲壓頂一般向他撲來，胡小天嚇得魂飛魄散，抱頭鼠竄，腳下的步伐頓時亂了，什麼躲狗十八步頃刻間被他忘得一乾二淨。

烏鴉從四面八方向胡小天包繞而來，眼看就要撲到他的身上，胡小天大叫道：「且慢！我有話說！」

他的這聲大叫居然起到了效果，那群烏鴉突然就停下攻擊，掉頭向塔上飛去。

胡小天被驚出了一身的冷汗，感覺肩頭被輕輕拍了一下，卻是夕顏笑盈盈來到他的身邊，嬌笑道：「想抓住你還不容易。」

胡小天心想你有種自己來抓我？還不是動用了一幫烏鴉兵，想想夕顏這妖女還真是厲害，蛇蟲、蝙蝠、烏鴉每樣東西都能隨意驅策，遇到她能打過的就單打獨鬥，遇到厲害的角色她就動用這些幫手，和這妖女為敵豈不是惹了個大麻煩。

胡小天道：「看來咱倆還真是有些緣分呢，想不到居然在天波城也能遇上。」

夕顏道：「虛偽！」

「我哪裡虛偽了？」

夕顏道：「你是不是特別不想見到我？每次看到我出現總以為我要坑你害

你？」

胡小天嘿嘿笑道：「我倒不是怕你，我是害怕你身邊的蛇蟲蝙蝠。」

夕顏歎了口氣道：「你這個沒良心的傢伙，你仔細想一想，從咱們最開始相識到現在我何嘗害過你一次？又有哪一次不是你對不起我？」

胡小天居然無言以對，仔細回想一下，當初在燮州環彩閣，自己身無分文，是夕顏讓人借給了自己五十兩銀子，後來在青雲拍賣，夕顏過來非但沒砸自己的場子還給自己幫了不少的忙，等到他和周王陪同沙迦國的使團前往西州，是他和秦雨瞳聯合將夕顏拿下，中途幾度對夕顏施以辣手，夕顏假死意圖脫身，又是他想出主意要將夕顏的屍體焚化，說起來還真是自己對不起她多一些。

最後一次見面是自己逃出燮州，以自己對待夕顏的手段，夕顏就算是殺了自己也不算過分，可夕顏仍然放過了他，現在自己仍然好端端活著，而且她沒有任何報復自己的舉動，不對啊！難道這妖女愛上了自己？

胡小天望著夕顏，臉上的表情充滿了迷惑。

夕顏道：「你是不是沒良心？你是不是感到內疚？」

胡小天道：「我就納悶了，既然我三番兩次地對不起你，你為什麼還要對我那麼好？你有病啊？」

夕顏氣得柳眉倒豎：「你才有病呢！」此時遠處有幾個人挑燈向這邊走來，夕顏道：「上去說話！」她抓住胡小天的手臂，騰空飛掠而起，胡小天不忘自己的裘皮大氅，抬腳一勾，將大氅抓在手中。

本來以為夕顏要帶著他一起飛上塔尖，卻想不到方才掠到二層，夕顏就突然鬆開了手，胡小天應變奇快，伸手抓住了塔角飛簷，身軀稍一用力，再度向上竄起，夕顏足尖立在簷角之上笑盈盈望著胡小天，輕聲道：「小胡子，看看咱們誰先到塔頂。」

胡小天好勝心起，將大氅繫好，夕顏靜靜等著他，胡小天點了點頭：「開始！」施展金蛛八步，手足並用，在塔身之上攀爬疾行如履平地。夕顏美眸生光，想不到分別大半年，胡小天的輕功竟然修煉到了如此境界，她足尖在屋簷上輕輕一點，嬌軀螺旋上升，如同一道紅色龍卷旋轉向上。

胡小天攀爬的速度雖然很快，但是和夕顏相比仍然差上一籌，果然夕顏先來到了塔頂之上，站在塔尖金色寶瓶頂之上，俯視下方，卻見胡小天這才如同一隻大蜘蛛一樣爬到了塔頂屋簷之上。

夕顏格格笑道：「不壞不壞，我還以為你仍然是過去那個手無縛雞之力的廢柴，想不到居然學會了這麼厲害的輕功。」

胡小天道：「我現在是太監，東西沒了一身輕鬆。」

夕顏呸了一聲，這厚顏無恥的傢伙不以為恥反以為榮。胡小天挨著寶瓶坐下，塔頂之上已經積滿了雪，抬頭仰望，卻見夕顏立在寶瓶之上，衣袂飄飄，宛如凌波仙子，造型真是美呆了。

胡小天道：「臭美夠了沒？夠了就下來，真要滑下去，十有八九會摔死啊！」

夕顏道：「你關心我啊！」

胡小天道：「我是可憐你！」

「呸！本姑娘不稀罕！」夕顏輕輕一躍從塔尖寶瓶上跳了下來，挨著胡小天的身邊坐下，雙腿蜷曲，手臂抱住雙膝，靜靜望著天波城的燈火，此時天波城閃爍著萬點燈火，宛如銀河般璀璨美麗。

「屁股涼嗎？」此情此境，胡小天卻說出了一句大煞風景的話。

夕顏怒視胡小天：「廢話！」

胡小天站起身，把裘皮大氅脫下來，重新披在夕顏的肩頭，夕顏也不客氣，坦然受之。

胡小天道：「真搞不懂你們女人，明明天這麼冷，雪這麼大，為什麼還要穿得這麼少？」

夕顏幽幽歎了口氣道：「女為悅己者容，人家還不是為了哄你開心，現在你應該明白我對你有多好了吧？」

胡小天搖了搖頭道：「沒用的，換成過去說不定我會把鼻血都噴出來，可現在不行了。」

「怎麼不行了？」

胡小天看了看周圍，神神秘秘湊到了夕顏的耳邊：「東西沒了，我是太監！」

夕顏聽他說完，又格格笑了起來。

胡小天看到她居然是這種反應，反倒有些鬱悶了：「我是太監啊，你還笑？」

夕顏笑得越發歡快了。

「你不知道太監意味著什麼？」

「誰不知道啊，不就是命根子被喀嚓了，既不是男人也不是女人。」

「你知道啊？」

夕顏點了點頭道：「所以才好笑嘛，你這就叫惡有惡報。」

「呃……用不著這麼惡毒……」

夕顏道：「其實你也不用自卑，我又沒看不起你，剛才還好心把繡球拋給了你。」說到這裡她停下來，忽然伸出手去，掐住胡小天的大腿根兒狠狠擰了下去。

痛得胡小天慘叫了一聲，差點沒從塔尖上滾落下去：「你幹嘛扭我？」

夕顏道：「本姑娘好心拋繡球給你，你卻一刀把繡球給劈了，你有沒有良心？你還是不是人啊？」

「還不是你在繡球中藏毒，意圖陷害我。」

夕顏怒道：「你那隻眼睛看到我在繡球中藏毒了，倘若你安安生生將繡球接住，那繡球絕不會有任何的事情，可你這混蛋居然敢不接我的繡球。」

胡小天道：「你是真不懂還是假不懂，知不知道繡球意味著什麼？」

夕顏道：「我要是不懂，為何在台上拋繡球？」

胡小天道：「大小姐，沒人拿這種事情玩的，我要是接住那個繡球，你就得嫁給我，如果是過去接了也就接了，可現在我是個太監嘜，我多少還是有些良知的，這繡球我不能接，不能坑害你一輩子。」

夕顏眨了眨眼睛，黑長的睫毛閃動了一下：「說得還真是有些感人呢。」

胡小天道：「你就別感動了，我這人見不得女孩子哭。」

夕顏道：「其實你要是真接住了，我還真不怕嫁給你。」

這次輪到胡小天眨眼睛了，怎麼個情況？難道夕顏真看上了自己？回頭想想好像自己沒什麼讓她惦記的地方，按說要是殺了自己都更合理一些，這妖女詭計多端，還不知她心底在打什麼主意。

胡小天道：「我是太監嘜！」

夕顏道：「太監更好，我又不在乎，反正我這輩子也沒想著嫁人，但是又怕別人說我嫁不出去，於是就想找一個名義上的丈夫。」

「呃……真的？」

夕顏很認真地點了點頭，小聲道：「我不管，你劈了我的繡球，破壞了我的美滿姻緣，所以你必須得賠給我，你做我未婚夫好不好？」

求婚，胡小天居然遭遇美女主動求婚，倘若別人遇到這樣一位美女求婚肯定會幸福的頭暈，會感覺這是上輩子修來的福分，可胡小天沒那麼認為，甚至連一丁點的幸福感都沒有，他認為其中有詐，夕顏用心不良。

「我是太監……」

夕顏怒道：「夠了！知道你是太監，也不必反反覆覆說上無數遍，我又沒想給你傳宗接代，咱們就做一對名義夫妻，你意下如何？」

「呃……」天上不會掉餡餅，胡小天才不相信會有這種好事落在自己頭上：「為什麼一定要找上我？」

夕顏道：「沒有為什麼，本姑娘喜歡，總之你答應也得答應，不答應也得答應。」

胡小天道：「這事兒總得兩廂情願吧？再說了我長這麼大，一直都是個孝順孩子，訂婚這種事必須要先跟爹媽說一聲，然後再請媒人帶著聘禮前往尊府下聘，不然豈不是顯得對你不夠尊重……」

夕顏道：「推三阻四，我說你都慘成這個樣子了，區區一個太監，除了本姑娘以外，誰還待見你。」

「呃，惡語傷人。」

夕顏春蔥般的手指狠狠戳在他腦門上：「胡小天你別給臉不要臉，你要是敬酒不吃吃罰酒，我只要一聲令下，馬上讓這群鳥兒把你給活剝了，還有你的寶貝公主，嘿嘿……」她笑了起來，笑容顯得說不出的陰險歹毒。不過她這樣的絕世容顏，無論拿捏出怎樣歹毒的表情都不會讓人討厭。

胡小天道：「怎樣？」看來安平公主的身分已經被她查得清清楚楚。

夕顏白璧無瑕的俏臉上蒙上一層陰冷的殺氣：「你要是不答應，我就將你們那群人全都殺個一乾二淨。」

胡小天暗吸了一口冷氣，這妖女說得出就做得到，真要是激怒了她，不排除她幹出這樣的行徑。胡小天道：「咱們之間的事情何必遷怒於其他人。」

夕顏道：「我認定的事情誰都改變不了，胡小天，現在所有人都看到你把我拋出去的繡球給搶了，你要是不肯娶我，我還有何顏面去面對他人，眼前只有兩條路讓你選，要麼娶我，要麼去死。」

胡小天真是有些哭笑不得了，他長這麼大，兩輩子加在一起還從沒有遭遇到一個這樣的女孩子，居然向一個太監逼婚，胡小天道：「說起來咱倆也算是相識一場，就你這長相，就算稱不上清麗絕倫，也得算得上騷媚入骨，誰要是能娶你當老婆，那還不是上輩子修來的福分。」

夕顏雖然聽得有些不入耳，不過好歹算是誇讚自己的，於是皺了皺眉頭承受了下來。

胡小天道：「我都慘到這份上了，你還不嫌棄我，我要是再推辭，那就是不識抬舉了，不過有件事我得事先聲明，打小我爹娘就給我定下一門親事，你要是執意嫁給我，以後也只能做妾了……」

夕顏道：「別說了，不就是西川李天衡的女兒嗎？你少騙我，你們之間的婚約不是已經解除了？」

胡小天看到這也糊弄不過去，頓時無言以對。

夕顏道：「你給我仔仔細細聽清楚了，接了我的繡球，就認了我這個老婆，明不明白？」

胡小天點了點頭，夕顏屈起手指在他額頭上敲了一記道：「以後不許背著我在外面勾三搭四，明不明白？」

胡小天苦笑道：「我是太監啊，想勾搭也沒那個資本。」

夕顏又給了他一個爆栗：「你什麼德行我不知道？雖然力所不及，可是心比天大，連安平公主的主意都敢打，還有什麼事你不敢做。」

胡小天嚇得慌忙伸手捂住她的嘴巴，目光向四周望去：「話不能亂說啊，你這是坑我，我一個太監哪有那心思？」

夕顏一巴掌將他的手臂打落，輕聲道：「打我見到你那天起，就知道你是個花心大蘿蔔，就算把兒沒了，仍然改變不了花心大蘿蔔的本質。」

胡小天為之絕倒，這比喻還真是貼切呢。

夕顏道：「我不瞞你，這次我可不是湊巧出現在天波城。」

胡小天笑道：「我就知道。」

夕顏道：「那就猜猜我這次究竟為了什麼過來？」

胡小天暗忖夕顏此次出現，十有八九和安平公主的事情有關，他並沒有將心中想法說出來，搖了搖頭道：「想不出。」

夕顏道：「你是不是在想我是為了安平公主的事情前來？」

胡小天嘿嘿笑了一聲：「當真是什麼都瞞不過你。」

夕顏道：「那是當然，知夫莫若妻嘛！」她居然真以胡小天的妻子自居了。

胡小天也不忍心打斷她，咳嗽了一聲道：「對不對？」

夕顏搖了搖頭，向他靠近了一些，壓低聲音道：「其實這次我是為你而來。」

胡小天哪裡肯信：「我好像沒那麼大魅力吧？」

夕顏道：「有人找到我，要我幫忙殺你。」

胡小天怎麼都不會想到自己才是夕顏對付的目標，內心一沉，倘若夕顏真心想要對付自己，只怕自己以後有得麻煩了。

夕顏一雙清澈如水的明眸，宛如夜空中的星辰一般明亮，動人心魄的目光在胡小天臉上掠過，柔聲道：「我想來想去，只有一個不殺你的理由。」

胡小天道：「誰讓你殺我？」

「一個和我非常親近的人。」

「不會是男人吧？」

「我呸！你腦子裡怎麼全都是這些烏七八糟的東西。」

「那就是女人！」

夕顏此時方才知道無意中進了他的圈套，這廝根本是想從自己嘴裡套出誰在背後指使。夕顏道：「總之，你乖乖聽話就好，反正我不會害你。」

胡小天道：「你對我那麼好，我更不忍心害你了，我是太監啊，跟了我，豈不是要痛苦一輩子。」

夕顏笑道：「我喜歡太監，就是喜歡你這個不男不女的傢伙。」

「你好變態啊！」

此時寶塔下方燃起了煙花，一道火光直衝天際，蓬的一聲煙花就在他們頭頂上空炸響，五彩斑斕的煙花將夜空照亮，夕顏仰起俏臉，仰望著空中的花火，美眸淒迷，表情如詩如幻。

胡小天心中暗忖，真要是得到如此嬌妻美眷，也不失為人生一件樂事，只是這妖女心機深沉，動機絕非那麼簡單。

夕顏道：「考慮得怎麼樣了？」

胡小天道：「什麼考慮得怎麼樣了？」

夕顏怒道：「你想死嗎？」

胡小天道：「能活著何必去死，能娶到你這麼一位千嬌百媚的小美人兒，即便是死也心甘情願了。」

夕顏因為他的這句情話，俏臉不由得有些發紅，小聲道：「你當真這麼想？」

胡小天點了點頭道：「真，比真的還要真！我看今夜良辰美景，不如咱們就在這塔尖上拜了天地，成就一樁美好姻緣如何？」胡小天適時反將了夕顏一軍。

夕顏道：「你不用先稟報你爹娘了？」

胡小天道：「婚姻大事乃是你情我願兩情相悅的事情，只要我爹我娘他們知道咱們是真心相愛，自然不會原諒我們私定終身，只會衷心祝福。」

夕顏道：「胡小天啊胡小天，你好多的理由，反正都是你的道理，我還真有些害怕了，誰知道你以後會不會騙我。」

胡小天心中暗笑，剛才追著喊著要嫁給自己的是她，來真格的她反倒有些怯場了，胡小天轉守為攻步步緊逼道：「口說無憑，咱們還是拜了天地，讓天地為咱們作證，讓風雪為我們祝福，哪管什麼世俗禮節，今晚過後你我就是夫妻。」看出夕顏表情忸怩明顯打起了退堂鼓，胡小天上前一把抓住了她的柔荑。

夕顏低下螓首，小聲道：「可婚姻大事畢竟不能兒戲，我看拜天地的事情以後再說吧。」

胡小天暗自開心，跟我鬥，你還嫩了點，他故意道：「那可不行，我胡小天是個負責的男人，既然劈了你的繡球，就得對你負責。」

夕顏忽然格格笑了起來，笑靨如花，一雙美眸春波蕩漾望著胡小天道：「你當我怕你啊，拜就拜！」

胡小天這才知道她剛剛只是故意裝出來給自己看，讓自己得意忘形，稀裡糊塗地進入了她的圈套，拜就拜，老子還怕你不成？真以為我胡小天是個沒把的花心大蘿蔔。

兩人各懷心事，手牽手彼此望著對方的眼睛，都猜到對方心中必有不為人知的盤算，可他們居然真的就在塔頂上跪了下去，胡小天望著夕顏道：「我胡小天接受夕顏成為我的妻子，從今以後永遠擁有你，無論環境是好是壞，是富貴是貧賤，是健康是疾病，我都會愛你，尊敬你並且珍惜你，直到死亡把我們分開，我向上天宣示，並向他保證我對你的神聖誓言。」

夕顏原本打算看這廝如何表演，可是聽到他一連串說出了這麼多話，說來奇怪，這番似乎每個字都擊打在她的內心深處，開始的時候還不覺得什麼，可是聽到後來夕顏竟然有種流淚的衝動，猛然轉過身去，生怕胡小天看到自己流淚的樣子。

胡小天道：「到你了！」

夕顏卻在此時甩開了他的手掌，騰空飛掠而起，如同一道紅雲飄向夜空之中，她的笑聲從遠處傳來：「胡小天，你居然當真了，本姑娘只是跟你開個玩笑……」

胡小天站起身來，望著她漸行漸遠的身影：「開玩笑？玩不起才對。」他忽然想起了一件事：「嗳！你把我大氅拿走了！」

胡小天前後失蹤了一個時辰，躲在塔頂和夕顏風花雪月之時，這邊卻展開了一場全城搜捕行動，雖然文博遠巴不得胡小天就此失蹤，活不見人死不見屍才好，可表面功夫卻不得不做，護送安平公主返回驛站之後，派出三百名武士在天波城內進行搜索，同時又通知天波城太守王聞友，讓他協助尋找胡小天的下落。

就在所有人都以為胡小天可能遭遇不測的時候，這廝卻完好無恙地回來了，安平公主聽說胡小天平安返回的消息，顧不上別人的眼光，急匆匆來到驛館前院相迎，這會兒功夫眼睛都已經哭得紅腫了，明眼人都能看出這位公主對胡小天的感情非同一般，當然多數人都明白胡小天是個太監，公主對他或許只是主僕情深，少有人會往別處想。

胡小天快步上前，向安平公主作揖道：「小天擅自行動，讓公主為我擔心了，請公主降罪！」

安平公主雖然心中牽掛到了極點，可是在人前仍然竭力控制住自己的感情，輕聲道：「沒事就好。」或許是意識到自己剛才有些失態了，轉向紫鵑道：「咱們先回去，小胡子，等會兒你來我這裡一趟，我有話要當面問你。」

「是！」

文博遠和吳敬善全都趕了過來，吳敬善拿捏出一臉關切道：「哎呀呀，胡公公，你到底去了哪裡，害得我們找得好苦。」心中卻充滿失望，這太監怎麼不就此在他們的面前消失？

胡小天道：「因為發現那戲台上的女子有些古怪，所以我就一路追蹤而去，一直追到城西南處，突然失去了她的影蹤。」

文博遠冷冷道：「胡公公這趟去了很久。」

胡小天笑道：「本來用不了這麼久的時間，可是等我追出去之後，方才發現自己的身邊連個幫手都沒有，文將軍帶著這麼多的親衛武士，居然無人過來接應。」

文博遠道：「事發倉促，我等的首要任務是要保護公主的安全，胡公公想必應該明白這個道理，我還以為胡公公的首要反應是保護公主，卻想不到胡公公居然敢貿然追了上去，還好今天沒事，若是發生了什麼不測，豈不是冤枉。」他的意思很明顯，沒人讓你追出去，我們的責任是保護公主，而不是保護你，你死了也是倒楣活該。

胡小天笑道：「聽起來文將軍好像是有些失望呢。」

文博遠冷冷道：「胡公公想怎麼想就怎麼想。」

吳敬善慌忙打圓場道：「都這麼晚了，大家折騰了這麼久也都累了，還是各自回去休息吧。」

胡小天道：「對了，我還得去公主那邊向她稟報，文將軍，您是不是要幫我跟門口的侍衛說一聲呢？」

安平公主剛才已經放話要召見胡小天，文博遠自然沒有藉口阻攔，他總覺得這小太監的身上透著古怪，望著胡小天大搖大擺離去的背影，目光中流露出一絲怨毒之色。

吳敬善嘿嘿笑了一聲道：「虛驚一場，能夠平安回來也是好事。」

文博遠道：「這一個時辰不知他做了什麼？」看一個人不順眼，就會對他的任何行徑都產生懷疑。

吳敬善道：「老夫剛剛聽說，文將軍和他立下一個賭約？」

文博遠道：「不是什麼賭約，只是要切磋一下畫技。」

吳敬善習慣性地撫了撫鬍子：「他居然敢和文將軍比畫？」

文博遠道：「此人性情狂妄，恃寵生嬌，沒有什麼事情是他不敢幹的。」

吳敬善奸笑道：「豈不是自取其辱？」這話說得言不由衷，其實吳敬善雖然對胡小天記恨在心，但是對胡小天的才學他在心底是承認的，兩次在天水閣都折了自己的面子，就不能用偶然來解釋了。胡小天這小子表面玩世不恭，可事實上卻深不可測，此前都知道胡不為的兒子是個傻子，誰又能想到這廝居然才華橫溢，不但擅長吟詩作對，而且居然還懂得醫術，即便他再做出什麼驚世駭俗的事也不足為奇。

文博遠道：「說起這件事，今晚小侄可能要挑燈夜戰了。」

吳敬善道：「期待文將軍的墨寶。」

文博遠心中暗自琢磨，卻不知胡小天會拿出一幅怎樣的畫作？過去從未聽說過他會畫畫呢。

胡小天在皇宮這麼久，除了畫了幾張人體解剖圖讓秦雨瞳見識過，在其他人面前還真沒怎麼顯露過自己的本事，單就畫技而論他也明白自己不是文博遠的對手，人家是從小學畫，又是名師高徒，自己對國畫幾乎是一竅不通，想要取勝唯有出其不意了。

來到安平公主的房間內，卻見小桌上擺了幾樣小菜，卻是龍曦月專門讓人送過來的，小聲道：「餓了吧，先吃點飯再說。」

紫鵑笑了笑，抱著雪球出去，反手將門關上了。

胡小天折騰了這麼半天，的確有些餓了，他來到桌旁坐下，拿起筷子道：「一起吃！」

安平公主嫣然一笑，雖然眼睛還有些紅腫，可是仍然風姿不減，反而平添了一種我見尤憐的滋味，她在胡小天身邊坐下，輕舒廣袖，端起酒壺將胡小天面前的酒杯斟滿，胡小天坦然受之，房間內只有他們兩個，沒必要再演戲。

安平公主道：「剛剛你去了哪裡，讓我好不擔心。」

「擔心什麼？」胡小天的目光充滿了挑逗。

安平公主在他的注視下俏臉又紅了起來，小聲道：「怕你出事，又怕你被人給搶走去成親……」

胡小天發現女人的想法往往都很奇怪，居然會被她想到這一層，而且恰恰這奇怪的想法還真的發生了，胡小天哈哈笑了起來。

安平公主撅起櫻唇啐道：「你還有心情笑，不知道人家有多擔心。」胡小天伸出右腿在桌下緊貼在龍曦月的玉腿之上，龍曦月嬌軀一顫，端起的酒杯潑出了一些酒水，不無嗔怪地看了他一眼，可並沒有逃離。

胡小天道：「我沒什麼事情，不過假如我真被人搶去成親，你會不會答應？」

龍曦月咬了咬櫻唇道：「你究竟認不認識戲台上的那個女子？我發現她好像一直都在盯著你。」女人果然是敏感的，在當時那種紛亂的局面下，龍曦月居然還能夠留意到這個細節。

胡小天唯有發笑了，他搖了搖頭道：「不認識！」

向來乖巧的龍曦月居然抬腳踢了胡小天一記，啐道：「撒謊，你若是不認識她，她何以會把繡球投給你。」再溫柔文靜的女孩子在某些問題上也會流露出她的霸道，在胡小天歸來之前，龍曦月最為擔心的是他的安全，可確信他平安無事之後，她的注意力就完全放在今晚拋繡球之後發生的事情上了。

胡小天苦笑道：「公主殿下，她扔的不是繡球，乃是一個大火球，她不是要招親，她根本是要奪命追魂，如果剛才不是我眼疾手快，只怕已經變成了一隻燒豬。」

龍曦月聽到這裡禁不住笑了起來，想起當時的情景不由得有些後怕，小聲道：「你不該冒險追出去，若是遇到了什麼危險，讓我該如何是好。」

胡小天端起酒杯道：「大難不死必有後福，咱們乾一杯，今兒元宵佳節，月圓人圓，慶祝咱們離開康都，順便也慶賀一下我有驚無險地躲過一劫。」

龍曦月點了點頭，端起酒杯跟他碰了碰，兩人同乾了一杯酒。龍曦月道：「你吃飽了趕緊回去休息，明天一早起來還要畫畫呢。」她仍然惦記著胡小天和文博遠比畫的事情。

胡小天道：「我沒怎麼學過畫畫，連畫筆都不知道怎麼用。」

龍曦月道：「那豈不是輸定了？」

胡小天道：「輸倒是未必，我畫畫有個習慣，必須要對著模特兒方才能夠畫得出來。」

龍曦月道：「何謂模特兒？」

胡小天笑道：「簡單點來說，就是我給你畫像，你就是我的模特兒，不知公主願不願意呢？」

龍曦月咬了咬櫻唇，有些羞赧道：「畫就畫嘛，只要你能夠畫好，勝了文博遠，我給你當模特兒又有何妨。」

胡小天道：「那我明天一早就過來給公主畫像。」

第二章

切磋畫技

文博遠以為自己穩操勝券，聽到吳敬善這麼說方才想到了這一層，
不錯，評判當然非常重要，其中最有發言權的是安平公主，
她說誰畫得最像那就是誰勝。
在安平公主擁有話語權的前提下，今天比賽結果未必樂觀。

兩人說定，胡小天酒足飯飽之後，返回了自己房間，此時外面飄飄灑灑下起了鵝毛大雪，地面上的積雪轉眼之間已經有了半尺多厚，想想明日反正也是留在天波城調整一天，倒也不甚著急。胡小天特地繞了一圈從文博遠的房間外經過，卻見他的房間內仍然燈火通明，想必這廝正在挑燈夜戰，卯足了勁要在眾人面前贏自己一次，胡小天搖了搖頭，心中暗笑，等明兒老子拿出一幅驚世駭俗的人像作品，肯定讓你把眼珠子都瞪出來。

身後忽然響起悉悉索索的腳步聲，胡小天轉過身去，卻見展鵬和趙崇武兩人正巡邏經過這裡，胡小天失蹤的一個時辰，展鵬才是盡心盡力尋找他的那個，不過在外人面前兩人並沒有表露彼此的關係，展鵬的臉上不見任何笑意，沉聲道：「胡公公還沒去歇息？」

胡小天道：「剛吃飽飯，想散散步。」

展鵬道：「胡公公還是早點回去，不要再給大家添麻煩的好。」

胡小天心中一怔，隨即聽到身後又響起一陣細微的腳步聲，頓時明白了展鵬的意思，勃然大怒道：「你算什麼東西，竟然敢在咱家面前如此說話，給我跪下！」他故意捏起了嗓子，當真是又尖又細。

展鵬臉上的表情頗為倔強，對胡小天怒目而視：「胡公公好像搞錯了，我等乃是文將軍麾下武士。」

「文將軍又怎樣？」

身後響起文博遠陰沉的聲音道：「文將軍不能怎樣，可是胡公公想要在這裡仗勢欺人，文某卻看不過去。」

胡小天轉過身去，文博遠果然來到了他的身後，雙目虎視眈眈望著自己。胡小天呵呵冷笑道：「文將軍來得正好，他們兩個竟然對咱家無禮。」

文博遠哪裡知道是胡小天和展鵬故意在演戲，他冷冷道：「我的手下我自會約束，胡公公還是多管好自己，展鵬說的沒錯，胡公公還是少給大家添麻煩為好。」

胡小天裝出火冒三丈的樣子，恨恨點了點頭，經過展鵬身邊的時候又惡狠狠瞪了他一眼：「你最好給我記住。」留下一句威脅的話方才離去。

展鵬望著胡小天離去的背影，心中暗笑，他們今晚的配合還算默契，文博遠縱有通天之能，也不會想到這其中的內情。

文博遠來到展鵬身邊伸出手去，輕輕拍了拍他的肩頭，充滿欣賞道：「很好，不用理會他，日後他膽敢為難於你，只管告訴我。」

展鵬恭敬道：「多謝文將軍。」

文博遠向趙崇武道：「我有幾句話想單獨跟展鵬說。」

趙崇武馬上走向一旁。

文博遠壓低聲音向展鵬道：「你幫我留意他的一舉一動，若是發現有何不對的地方，第一時間過來向我稟報。」

「是！」

胡小天這一夜睡得酣暢，這一覺一直睡到天光大亮，直到紫鵑過來敲門催他，他方才從睡夢中醒來，心中還有些怨念，剛剛正做著美夢，左擁右抱，左邊公主，右邊妖女，盡享齊人之福，快活似神仙，可惜一覺醒來，自己仍然是孤身一人。

紫鵑過來也是奉了安平公主之命，胡小天雖然對這場繪畫比賽抱著無所謂的態度，可龍曦月卻不這麼想，一旦一個女人愛上男人，她就會將這個男人的榮辱看得比自己的榮辱都重要。

胡小天讓紫鵑先回去，自己洗漱之後，吃飽喝足，這才優哉遊哉來到了安平公主的小院內，雪小了許多，這一夜落雪，地面上積了一尺多厚，房頂屋簷，乃至假山樹叢，上面全都堆滿了積雪，好一個粉雕玉琢的世界。

胡小天的裘皮大氅被夕顏隨手順走，新換了件狐皮襖子，手中夾著一塊木板。他抵達的時候，安平公主正在院子裡賞雪，其實是在等他到來。

胡小天來到龍曦月面前，裝腔作勢道：「小天參見公主千歲千千歲！」

龍曦月道：「你怎麼現在才來？」

胡小天道：「昨晚過於疲憊，沒留神竟然睡了過去，如果不是紫鵑過去叫我，恐怕要一直睡到中午了。」

龍曦月聽他這樣說，不由得有些焦急道：「你難道忘了要和文博遠比畫之事？」

胡小天故意拍了拍腦門，一副恍然大悟的樣子：「你不說，我幾乎忘了。」

龍曦月道：「這麼重要的事情你都不放在心上，現在距離午時還不到一個半時辰，你如何能夠來得及？」

胡小天道：「來不及就來不及，大不了我低頭認輸，又不是什麼丟人的事。」

龍曦月道：「那怎麼可以，還沒有比怎麼就可以認輸？」她對胡小天的榮譽看得比他自己還著急。

胡小天對這位美麗單純的公主更是愛到了極點，這樣一心對待自己的女孩子到哪裡去找？他認識的女孩子雖然很多，漂亮的倒也不少，可是像龍曦月這樣美麗智慧並重，而且對他一心一意，絲毫不摻雜任何邪念的可真是不多。慕容飛煙對他雖然也是關心備至，但是個性稍強，溫柔方面還是有些欠缺。當然每個女孩子都有自己的性情，但是在男人的潛意識裡，還是喜歡這種百依百順的溫柔女孩。

龍曦月這樣的性情更容易激起男人對她的呵護之情。

龍曦月小聲道：「你跟我進來。」

胡小天跟著她來到了房間內，龍曦月指了指書案，胡小天順著她手指的方向望去，卻見書案上已經畫好了一幅人像，畫上的人正是龍曦月無疑，原來她擔心胡小天可能會輸給文博遠，於是昨晚熬夜畫了這幅自畫像，以備不時之需。

胡小天看到這幅畫頓時明白了龍曦月的意思，低聲道：「你是讓我拿這幅畫去比？」

龍曦月點了點頭，顯得有些不好意思，用這樣的手段去贏文博遠未免有些勝之不武，可是為了情郎的顏面，自然也顧不上那麼多了。龍曦月的畫風清新飄逸，這幅人像絕對是精品之作，胡小天觀賞了一會兒感覺愛不釋手，微笑道：「這幅畫我收下了，不過，我還是要親自去跟他比。」

龍曦月小聲道：「那怎麼還來得及？」

胡小天伸出手去挑起她的下頜，在她櫻唇之上輕吻了一記。龍曦月俏臉緋紅，啐道：「眼看就要到時間了，你還不著急，難道當真要輸給他，到時候還不知他們要怎樣取笑你。」

胡小天笑道：「常言道皇帝不急急死太監，今兒卻是太監不急急死我的寶貝公主了。」

龍曦月道：「還在胡說八道，你不是說要讓我給你當模特兒嗎？」她對胡小天的話記得清清楚楚。

胡小天連連點頭道：「是啊，是啊！」

龍曦月道：「你要我怎樣做？」

胡小天道：「其實有件事我沒有告訴公主呢，做模特兒的有兩種，一種是穿衣服畫，還有一種是把衣服脫得乾乾淨淨的那叫人體模特兒。」

「啊！」龍曦月掩住櫻唇，羞不自勝道：「那我不幹了，我做不了。」

胡小天故意挑逗這位美麗公主：「那我可就畫不出來了，我必須要面對人體模特兒才能畫出來，倘若穿著衣服，這衣服就會阻礙我的思維和創意，我的創造力難以達到巔峰狀態。」

龍曦月啐道：「你騙誰，還不是故意騙我。」

胡小天笑道：「我是真心話，其實人體才是這世上最美麗的藝術品，你這麼好的身材，如果不在青春韶華之時留下幾幅人體藝術畫，那可真是可惜了。」

龍曦月紅著臉道：「胡小天，你可真是下流，那豈不是春……」她本想說春宮圖來著，話到唇邊卻感覺到難以啟齒，狠狠瞪了胡小天一眼。

胡小天哈哈大笑，壓低聲音道：「那可不是什麼春宮圖，等有時間我畫給你看你就會明白了。」

龍曦月難為情地皺了皺眉頭。

胡小天道：「時間不早了，再不畫真要來不及了。」

龍曦月用力搖了搖頭道：「不行，我……我不當這個模特兒了，羞死人了。」

胡小天道：「那我就不比了，反正輸定了。」

龍曦月左右為難，跺了跺腳道：「你這個壞人，故意戲弄我。」

胡小天笑道：「如果以後有機會，如同那晚咱們在陷空谷一樣單獨相守，公主願不願意讓小天幫你留下這青春的影像呢？」

龍曦月俏臉緋紅，轉過身去，過了好一會兒方才點了點頭。感覺一雙有力的臂膀從身後抱住了自己，然後胡小天的面頰貼在她的俏臉上，龍曦月緊閉雙眸，慢慢將俏臉轉了過去，胡小天灼熱的唇落在她柔軟的櫻唇之上。兩人的心在瞬間完全融化，他們寧願時光在此刻永遠凝固，彼此永不分離。

一時間胡小天感覺自己似乎擁有了全世界，什麼權利野心什麼是非成敗都變得不重要了，他已經擁有了人世間最為美好的感情。然而現實卻無法允許他們盡情享受這份美好，胡小天忽然感覺到唇邊的鹹澀，卻是龍曦月留下了晶瑩的淚珠，胡小天還以為是自己冒犯了她，輕輕放開手臂，低聲道：「對不起，我只是情不自禁。」

龍曦月搖了搖頭，重新投入他的懷抱中，雙臂緊緊摟住他的脖子，俏臉埋在他堅實的胸脯上，無聲啜泣著，嬌軀如同一隻受驚的小鳥般不停戰慄著，胡小天輕撫她的香肩，以這樣的動作幫助她平靜下來。

「除了這顆心，我什麼都不能給你……」龍曦月仰起俏臉，滿臉淚痕。

胡小天搖了搖頭抓住她的雙手，在唇邊親吻了一下，低聲道：「我全都要，連皮帶骨頭，甚至連你的一根毛我都不放過。」

龍曦月因他的話而破涕為笑，在他胸前捶了一記：「討厭！」

胡小天道：「洗洗臉，咱們開始吧，我給你畫像？」

龍曦月怯怯道：「可不可以不脫衣服？」

胡小天笑了起來，伸出大手在龍曦月的玉臀之上輕輕捏了一下：「今天我破例一次畫一位穿衣服的模特兒。」

已經過了巳時，前往打探情況的展鵬過來向文博遠稟報：「文將軍，胡公公正在公主那裡給她畫像。」

文博遠道：「哦？他居然也會畫畫？」拿起畫筆在自己已經完工的肖像圖上開始題字。

展鵬向畫卷上瞥了一眼，文博遠果然畫功出眾，即便是展鵬這個外行也能一眼認出畫上畫的就是安平公主，畫得頗具神采，展鵬心中暗歎，早就聽說文博遠師從畫壇大師劉青山，現在看來果然如此，胡小天這次只怕是要敗了，本來敗了也沒什麼，可是當著這麼多人的面要學狗叫，豈不是顏面盡失，傳出去以後還怎麼見人？

文博遠道：「這麼說，他的畫還沒畫完？」

展鵬道：「沒畫完，正在院子裡畫呢。」

「什麼？」文博遠停下筆，有些奇怪地望著展鵬。

此時吳敬善從外面走了進來：「文將軍在嗎？」

文博遠慌忙起身相迎：「吳大人早！」

吳敬善笑道：「不早了，眼看就是午時了，老夫特地過來看看，文將軍的畫畫好了沒有。」他來到書案前，拿起文博遠畫好的那幅畫，嘖嘖讚道：「果然是丹青妙手，這幅畫形神兼備，盡得神韻，妙啊！真是妙啊！看到這幅畫，彷彿看到公主從畫中走來，文將軍的畫技已經爐火純青了。」

展鵬雖然也承認文博遠畫得不錯，可也沒有吳敬善說得那麼玄乎。真要是說這幅畫畫得也就是有七分相像，其實這倒不是文博遠畫技上有問題，而是畫種的局限，他目前所掌握的畫種勝在意境渲染，可是在寫實方面肯定不如素描之類的西洋畫法。

聽到禮部尚書這位當世大儒對自己贊許有加，文博遠也覺得面上有光。

吳敬善習慣性地撫鬚道：「剛剛老夫途經公主院落門前的時候看了一眼，胡小天正在院子裡給公主畫像呢。」

文博遠皺了皺眉頭道：「他可真是招搖。」

吳敬善道：「他拿著一塊木板，公主就坐在他前方讓他比照著樣子畫。」

文博遠聽說這件事頓時醋海生波，公主啊公主，你未免也太偏心了，我跟胡小天比試畫技，你竟然主動給他幫忙，這分明是想我輸啊。

吳敬善又道：「聽說他連毛筆都沒用，也沒用任何的顏料，真是讓人好奇呢，他到底在畫什麼？」

文博遠不屑道：「他最擅長的就是裝神弄鬼，無論搞什麼花樣，最後還是得拿出作品說話！」文博遠雙目精光乍現，內心強大的自信浮現在面龐之上。

吳敬善道：「實打實的比試自然不用怕他，可是評判也非常重要。」

文博遠一直以為自己穩操勝券，聽到吳敬善這麼說方才想到了這一層，不錯，評判當然非常重要，這其中最有發言權的那個肯定是安平公主，她說誰畫得最像那就是誰勝。在安平公主擁有絕對話語權的前提下，今天比賽的結果未必樂觀。信心再不如剛才那般強大，畢竟安平公主肯定不會站在他這一邊。

吳敬善畢竟老奸巨滑，早已考慮到可以左右比賽的因素，雖然他也認為文博遠在畫功上勝過胡小天絕無問題，但是安平公主才是決定勝負的最終關鍵。吳敬善道：「老夫倒是有個主意，到時候由公主殿下、我、王聞友共同評判。」

文博遠道：「王聞友明顯在巴結胡小天，他未必肯公正評判。」

吳敬善笑道：「這點你倒無須擔心，王聞友這個人在這方面還是有節操的。」

終於到了午時，雪仍然未停，所有人都來到了驛館的宴會廳，共同見證胡小天和文博遠的這場畫技比拚。

天波城太守王聞友也帶著一幫手下官吏在此恭候，按照公主的吩咐，他們也不敢大操大辦，但是午飯還是要準備的，已經吩咐後廚做好準備，等到這場比試結束馬上就開始上菜。

胡小天陪著安平公主一行姍姍來遲，安平公主輕紗敷面，如果不是為了親眼見證這場比賽的結果，她才不會在這樣眾目睽睽的場合下現身。

一眾官吏慌忙上前參拜，安平公主擺了擺手示意他們不用多禮，來到給她準備的位子坐下。

吳敬善和文博遠一起來到安平公主面前，吳敬善笑道：「公主殿下，今日文將軍和胡公公切磋畫技也為這裡平添了雅趣，雖然意在切磋，可最終還是要分出一個勝負，所以評判是必不可少的，大家都是自己人，當然要力求公平公正，關於評判，老夫有個主意。」

胡小天聽他這樣說，已經明白這老傢伙壞心眼已經想到前頭去了，根本是害怕公主要吹黑哨。

龍曦月點了點頭道：「吳大人請說。」

吳敬善道：「依老夫之見，就由公主、我和王大人三人組成評審，評審他們這兩幅畫，得票多者勝出，不知公主意下如何？」

龍曦月何其聰穎，頓時明白吳敬善的用意，他是害怕自己偏心胡小天，其實就連她現在都不知道胡小天畫的究竟是什麼樣子，胡小天畫畫的時候始終都背著其他人，不讓人看到，搞得異常神秘，龍曦月對他能否戰勝文博遠根本沒有什麼把握，點了點頭道：「就依吳大人！」心中卻想，無論你想出什麼主意，總之小天我是幫定了，只要他畫得不是太離譜，我就說他畫得好，我倒要看看你們誰敢跟我對著幹！龍曦月雖然性情溫柔，可畢竟是公主，金枝玉葉哪能沒點脾氣，尤其是鐵了心想要護衛自己的情郎，她可不願胡小天當眾受辱。

吳敬善笑著望向文博遠道：「文將軍意下如何？」

文博遠道：「我沒什麼意見。」

吳敬善又朝胡小天看去：「胡公公……」

胡小天卻道：「我不同意！」

所有人都是一驚，同時向他望去，文博遠唇角露出不屑的笑意，這廝一定是怕了，離開公主庇護，你豈是我的對手。他淡然道：「胡公公難道現在就要認輸？」

胡小天笑道：「你才認輸呢！我覺得這件事不妥，公主殿下不適合當評審。」

龍曦月美眸圓睜，胡小天的話實在是太出乎她的意料之外，不讓自己當評審，她真是看不懂胡小天了，你這不是自陷囹圄嗎？

胡小天渾然不管眾人錯愕的目光，不慌不忙道：「公主殿下若是參與評選，無論她手上的這張票投給誰，其他人肯定都要順著公主的意思，誰也不敢跟公主公然作對，吳大人，如果公主將這一票投文將軍，你會堅持自己的意見，不怕得罪公主殿下，將手中的這一票投給我嗎？」

吳敬善被他問得張口結舌，老子從一開始也沒有想過要將這一票投給你好嗎！這太監說話實在是太歹毒了，我要是說我投給文博遠，那就是說我阿諛奉承，如果說我把票投給你，那就是擺明了跟公主作對，這不是逼著老子說粗話嗎？吳敬善這位禮部尚書竟然被胡小天問得不知如何作答，支支唔唔了半天方才道：「一切還是作品說話。」

天波城太守王聞友笑道：「吳大人這句話說得極是，一切最終還是要看作品說話，而且各花入各眼，每個人欣賞的風格都不一樣。」王聞友這番話說得倒是不過不失。

吳敬善道：「胡公公，假如公主不參加評選，那麼只剩下老夫和王大人兩個，假如我們選得不一樣，那豈不是分不出勝負？」

王聞友道：「其實大家切磋畫藝未必一定要分個輸贏，又不是比拚武功非得拚個你死我活。」他心底還是回護胡小天的，畢竟胡小天是姬飛花的人，王聞友聽說過文博遠的名氣，對胡小天卻知之甚少，不過在他看來，畫壇大師劉青山的徒弟絕不是浪得虛名，再怎麼著也得勝過胡小天。

胡小天道：「既然是比賽，終歸還是要有個輸贏的，王大人有句話說得很對，各花入各眼，每個人的喜好不同審美觀也不同，所以單憑你們兩位大人也做不出公平的判斷。」

吳敬善不禁啞然失笑，胡小天這是要把他們的評審資格全都取消的節奏，看來這廝是害怕了，想要歪攪胡纏把比賽給攪黃了。

文博遠終於沉不住氣了：「你待要如何？」

胡小天道：「很簡單，咱們將咱們的畫並排掛在這裡，在場的所有人都有投票資格，覺得那幅畫畫得更像，就在畫下面擺上一文銅錢，最後統一計數，到最後誰得到的銅錢更多，就算誰優勝，文將軍以為如何？」

文博遠一聽這樣更好，這麼多人更何況多半都是自己的手下，就算他們公平投票，自己也是穩操勝券，當下點了點頭道：「好！就按照你說得辦。」

胡小天又道：「在宣佈結果之前，不可公佈那幅畫是誰的手筆，先用紙將簽名題跋給蓋住，這樣更公平一些。」

文博遠點了點頭道：「行！」無論你胡小天搞什麼花樣，畫技才是硬道理。我在繪畫上下了這麼多年的苦功，我就不信不如你這個小太監。

兩人將作品拿了出來，交給公證人王聞友，由王聞友去偏廳給掛好了，然後再拿到大堂之上，為了保持神秘，上面還都蓋著一塊紅色綢布，在兩幅畫下面分別放了一個大大碗公，這是為了投票準備的。

胡小天道：「回頭把外面負責警戒的武士全都叫進來，人越多越好，每人一票，票高者勝出。」

看到胡小天信心滿滿，文博遠這會兒心中有些忐忑了，莫非這廝真是一位深藏不露的丹青高手？不可能，就算他從娘胎裡開始畫畫，也不及我的功力。

王聞友來到兩幅畫之間，朗聲道：「大家聽著，今日胡大人和文將軍以畫會友，切磋技藝，他們畫的都是公主殿下的肖像，大家請公平評判，誰畫得更像，誰畫得更好，就將銅錢投在那幅畫的下面。」

眾人齊聲答應。

在眾人的注目下，王聞友同時揭開兩幅紅綢，眾人的目光同時集中在那兩幅畫上，看到文博遠那幅畫的時候已經讚歎不已，可是當所有人看到胡小天所畫的那幅素描的時候，簡直就是歎為觀止了。因為在當今的年代，沒有人見過這樣的畫法，論到畫功，文博遠的水準何止超出胡小天一籌，可是畫法不同，各有所長，素描技法在人像畫中可謂是得心應手，那種光影營造，強烈的立體感是傳統畫法無法比擬的，胡小天之所以敢於挑戰文博遠這位丹青高手，真正的本錢就是出其不意，用充滿新意的素描畫來吸引所有人的眼球。

安平公主本來還擔心胡小天要當場出醜，可是當她看到那兩幅畫的時候，簡直不敢相信自己的眼睛，胡小天竟然將自己畫得維妙維肖，如同鏡中人一樣，奇特的是他竟然可以畫出人物的眼神，畫中人的眼睛似乎正在瞧著自己微笑。

不僅僅安平公主是這樣的想法，在場的人都被這幅畫給驚豔到了，每個人都認為畫中人是在看著自己。

吳敬善之前就見識過文博遠的那幅畫，所以他當然知道這兩幅畫分別是誰的作品，心中暗歎，完了！這胡小天真不是凡人，這小子實在是太深不可測了，人怎麼可以將畫畫到這種地步，歎為觀止，真是歎為觀止啊！

眾人開始投票，紫鵑第一個走了過去，將一枚銅錢放在那幅素描下面的碗裡，眾人開始有序投票，每個人都要在胡小天所畫的素描面前駐足一會兒，然後聽到叮噹之聲不絕於耳，多數銅錢都扔在了素描下面的碗裡，只有零星幾個放在文博遠的作品下。

看到眼前情景，文博遠的臉色變得越來越難看，最後已經完全變成了鐵青色。

吳敬善道：「不如將外面的武士請進來，多些人投票。」其實他也明白，再多人過來結果還是一樣，胡小天畫得實在是太像了，如果看久了，真正的內行還是會傾向於文博遠的那幅畫，前來投票的人都是第一眼印象，當然是誰畫得更像就投給誰。

眼看胡小天作品下的碗已投滿了，文博遠作品下的大碗銅錢堪堪將碗底蓋上。

胡小天笑瞇瞇望著文博遠，跟我鬥，老子分分鐘碾壓你，雖然勝之不武，那也是壓倒性的優勢，胡小天來到文博遠身邊低聲道：「你服不服？」

文博遠咬了咬嘴唇，一雙目光幾乎要噴出火來。

吳敬善看出勢頭不妙，慌忙上前充當和事老：「我看就不用比了，其實書畫本來就不是用來比的，兩種風格不同的畫，如何能夠拿來比較，又如何能夠做出正確的評判。」

胡小天哈哈笑道：「吳大人，早就知道你會這麼說，假如今天我和文將軍的位置倒過來，你會不會這樣說？」

「呃……」

胡小天不等他說話，就打斷他道：「願賭服輸，文將軍，昨晚咱們在觀瀾街的時候說過什麼來著？」

文博遠當然記得清清楚楚，胡小天是在說誰輸了誰就要學狗叫的事情，士可殺不可辱，當著這麼多同仁部下，如何能夠張得開口，如果今天真要是當眾學狗叫，他以後如何還有顏面去面對世人？文博遠雙手緊握拳頭，手指關節宛如爆竹般劈啪作響。

胡小天很誇張地向後退了一步：「怎麼？還要打人？文將軍，你不是輸不起吧？」

此時安平公主開口道：「我看吳大人說得不錯，其實書畫本來就不是用來比的，這兩幅畫在我看來分不出高低勝負，如此雅致的事情被你們搞得劍拔弩張，真是了無趣味，好了，今天的事情就到這裡，誰再說什麼勝負，就是不給本公主面子，紫鵑，咱們走！」她似乎生氣了，起身就走。走了幾步又道：「胡小天，你跟我過來！」

文博遠內心中鬆了口氣，他是真沒想到胡小天會贏了自己，更加沒想到安平公主會在最後關頭為自己說話，化解了尷尬。把胡小天叫走之後，自然沒有人再逼他學狗叫，總算是逃過了一劫。

吳敬善也為文博遠按捏了一把汗，年輕人畢竟是年輕人，好不容易才積累了那麼點名聲，只差那麼一點就被小太監毀得乾乾淨淨。所以凡事都不能輕敵，麻痹大意搞不好就會陰溝裡翻船。

王聞友讓人將兩幅畫收好，給安平公主送過去，安平公主的肖像，他們可是不敢隨便留的。經歷這件事之後王聞友總算明白，為何姬飛花會對胡小天如此看重，別看胡小天年輕，此子的確有過人之能，如果今天不是龍曦月最後給了他台階，文博遠這個跟頭不可謂栽得不重。

胡小天跟著龍曦月回到了她的房間內，轉身將房門給關上了。佯裝生氣道：「好啊，關鍵時刻你居然倒戈相向，站在那個孫子的立場上。」

龍曦月咬了咬櫻唇，有些忸怩地走了過來，鼓足勇氣，摟住胡小天的脖子，主動奉上香吻，這還是開天闢地頭一次，胡小天心裡這個美，既然主動上門，在下卻之不恭，唇舌並用，把這位美麗公主伺候的嬌嘘喘喘，手足痠軟，嬌軀無力偎依在他的懷中，小聲道：「你這個壞蛋，我真是愛死你了。」

胡小天笑道：「那還胳膊肘往外拐？」其實他心中明白安平公主是擔心他激怒文博遠，樹立強敵，這一路之上會有凶險。

龍曦月柔聲道：「得饒人處且饒人，你已經贏了面子，何必要咄咄逼人，就算不能多一個朋友，也沒必要多一個敵人，小天，人家心裡一直都在為你驕傲呢，到現在還激動地怦怦跳。」

胡小天道：「口說無憑，讓我摸摸！」這貨說做就做，一伸手抓住了龍曦月的左胸，可能是有些用力過度，龍曦月痛得嗯了一聲，痛苦得眉頭都皺了起來。

胡小天慌忙鬆手：「情難自禁，公主恕罪，是不是抓疼你了？」

龍曦月在他胸前捶了一拳，有些難為情地說道：「這兩天有些脹痛，應該是……」她羞於啟齒，將螓首抵在胡小天肩頭，羞得攥起粉拳不停在他胸膛捶打。

胡小天抓住她的手腕低聲道：「是不是月事要來了？」

龍曦月點了點頭，根本不敢看胡小天，這傢伙究竟是不是人？連這樣隱秘的事情他都猜得到。

胡小天心中暗自琢磨，那豈不是這兩天就是安全期？

龍曦月哪知道這廝會有那麼多的想法，附在他耳邊柔聲道：「曦月為你感到驕傲，你是這世上最最最優秀的男子。」

胡小天被這位公主的軟語溫言搞得骨頭都酥了，摟住她的纖腰，讓她和自己親密無間地貼在一起：「等有時間有機會，我為你畫一幅人體像好不好？」

龍曦月紅著俏臉，睫毛閃動了一下，瑤鼻中輕輕嗯了一聲。

胡小天得寸進尺：「不穿衣服的……」

龍曦月將俏臉埋入他的胸膛，感覺自己的肌膚幾乎就要燃燒起來了：「你想怎樣就怎樣。」

聽到這句話，胡小天更是熱血沸騰，恨不能現在就將這位美麗公主推倒在床上來個劍及履及，可此時卻聽到外面傳來雪球的叫聲。胡小天頓時清醒了過來，龍曦月比他驚覺的還要快一些，掙脫開他的懷抱，害怕胡小天看到自己此時的羞澀模樣，迅速轉過身去。

胡小天道：「公主殿下，小天先行告退，晚上再來看你。」

龍曦月嗯了一聲，心中充滿了不捨，可是卻知道在目前的情況下，他們是不可能公然出雙入對，耳鬢廝磨的，整理了一下情緒，柔聲道：「無論做什麼事情都要小心。」

胡小天笑道：「公主放心，小天絕不會讓你再為我擔心。」

胡小天走出門外，卻見王聞友親自將那兩幅畫送過來，王聞友遠遠就拱手向胡小天行禮道：「胡大人丹青妙手真是讓下官歎為觀止了。」

胡小天呵呵笑道：「雕蟲小技讓王大人見笑了才對。」

「胡大人真是過謙了，王某活了大半輩子，也算見識過不少名家大作，可是像胡大人如此精彩的作品，我還是第一次見到。」王聞友這番話雖然有恭維的意思，但是也稱得上是實話實說，胡小天的這種畫法他可以說是聞所未聞見所未見。

胡小天道：「畫法不同罷了，我的這種畫法重在寫實，而傳統畫法重在寫意，論到形象之貼切具體，我應該勝出一些，論到意境方面其實要比傳統畫法差了許多，不過比起文博遠還是強出無數倍。」

王聞友微微一笑，看來胡小天和文博遠之間的矛盾不可化解，雖然今天安平出面暫時平息了這件事，文博遠逃過了學狗叫的尷尬，但是他們之間的樑子應該結得更深。王聞友並不知道這其中詳細的內情，只知道文博遠和胡小天代表著不同的利益集團。他將手中的兩幅畫遞給了胡小天，胡小天將不遠處的紫鵑叫來，讓她將自己畫的那幅拿去送給公主，至於文博遠那幅，他讓紫鵑直接撕碎扔掉。

王聞友看在眼裡，心中暗自好笑，這胡小天做事還真是夠黑，如果此事傳到文博遠的耳朵裡，只怕要將他氣得吐血三升了。

胡小天壓根沒有避諱什麼，向紫鵑交代的時候故意大聲說話，分明是讓外面的武士聽清楚，回頭向文博遠稟報。交代完這件事，胡小天向王聞友道：「王大人，有件事我還想請你幫忙呢。」

王聞友點了點頭道：「胡大人但請吩咐，王某一定盡力而為。」

胡小天道：「昨晚我在天波城內邂逅了我的一位故友，如今他流落街頭，境況慘澹……」說到這裡胡小天故意停頓了一下。

王聞友道：「胡大人放心，這事情包在我的身上，只要您告訴我他目前的地址，我馬上就讓人去安排。」

胡小天道：「他性情有些孤傲，未必願意接受您的幫助，我是想您交代一下，暗中照顧於他，免得他受人欺負。」

王聞友點了點頭道：「也好。」

於是胡小天將楊令奇所在的方位描述了一遍，王聞友聽他說完牢牢記在心頭。

向王聞友交代之後，胡小天決定前往觀瀾街一趟，雪已經徹底停了，但是地上的積雪已很厚，反正觀瀾街距離驛館也沒有多遠的距離，胡小天決定步行前往。

過了元宵節，街邊的店鋪已經陸陸續續開張，天波城是康都北方第一大城，街市上還是比較繁華熱鬧的，胡小天走了沒兩步就發現展鵬在後面跟蹤著自己，停下腳步轉身看了看，展鵬向他會心一笑，欲蓋彌彰地躲入人群之中。文博遠讓他跟蹤胡小天，留意胡小天的一舉一動，剛好給了他一個冠冕堂皇保護胡小天的理由。

胡小天笑了笑，繼續向前方走去，來到楊令奇的畫攤前，看到楊令奇已經早早就出攤了，生意一如昨晚那般冷清，獨自站在寒風之中，顯得落魄潦倒，目光有些麻木地望著來往人群，不知在想些什麼。

胡小天在一旁靜靜觀察著楊令奇，發現此人的目光深處仍然隱藏著倔強和不屈，雖然他和楊令奇接觸不多，卻感覺到此人絕非是輕易會被命運擊垮之人。一個人的外表可以騙人，但是他的眼睛絕對騙不了人。

胡小天緩步來到畫攤前，咳嗽了一聲，引起了楊令奇的注意。楊令奇看到胡小天慌忙拱手行禮，對他的稱呼也從胡公子變成了胡大人。

胡小天道：「我不是什麼大人，楊兄不要客氣，若是看得起我，就叫我一聲胡老弟吧。」

楊令奇道：「尊卑有別，令奇不敢！」

胡小天道：「我現在也沒有官職在身，楊兄何必在乎這些小節。」

楊令奇道：「這兩天城裡多少還是傳來了一些消息，令奇雖然不才，可是從昨晚相見時的情形還是揣測出一些事情，若是令奇沒有猜錯，昨晚那位前呼後擁的小姐就是當今安平公主了，胡大人此行乃是護衛安平公主前往大雍成親是不是？」

胡小天暗暗佩服他的眼力，笑道：「楊兄好像沒什麼生意啊。」

楊令奇道：「一直都沒什麼生意。」

胡小天道：「明天清晨我就要離開天波城，和楊兄一見如故頗為投緣，不知楊兄有沒有空，咱們找個地方坐坐，喝杯酒敘敘舊？」

楊令奇抿了抿嘴唇，看得出他仍然有些猶豫，不過最終還是點了點頭道：「也好。」

胡小天指了指前方的多味坊道：「就去那邊吧。」楊令奇將畫攤收了，跟隨胡小天一起來到了多味坊。

今天也是多味坊新年第一天開門迎賓，所到之處小二都是笑臉相迎喜氣洋洋，倘若楊令奇就這樣走進來，說不定會被人當成叫花子趕出去，可他和胡小天走在一起就明顯不同。胡小天衣飾華美，器宇不凡，一看就是非富即貴，小二跟在胡小天身邊噓寒問暖，極盡奉承，對於胡小天身邊的楊令奇卻視若不見，楊令奇暗歎人情冷暖世態炎涼。

胡小天叫了一個二樓臨窗的位子，讓那小二拿來菜譜遞給了楊令奇，楊令奇道：「胡公子看著點就是。」目光掃了一眼菜譜，對他來說，這些菜肴無一不是天價了。

胡小天笑了笑，也不勉強，隨手點了四樣特色菜，又叫了一壺好酒。酒菜上來之後，胡小天端起酒杯道：「你我也算得上是有緣千里來相會，為咱們的相識相逢乾上一杯。」

楊令奇點了點頭，他伸出右手和已經殘廢的左腕抵住酒杯，端起來仰首飲下。

胡小天看到他這般模樣，憐憫之心頓起，飲盡了自己的那杯酒低聲道：「楊兄到底遇到了什麼事情，怎會流落到此地？」

楊令奇放下酒杯，一不留神酒杯傾倒，胡小天眼疾手快一把將酒杯捉住，重新扶好放在楊令奇的面前，又為他將酒斟滿。

楊令奇看到自己連這麼簡單的事情都做不好，不由得黯然歎了口氣。

胡小天之前就已經聽說他父母先後遭遇不測的消息，依然記得蕭天穆曾經說起過，楊令奇在前往青雲奔喪的路上不知所蹤，從楊令奇如今的情況來看，他必然遭遇了一番生死磨難。

楊令奇道：「我本來已經在前往京城趕考的路上，可是中途就聽說我爹發生了不測，於是放棄趕考，匆匆返回青雲，可是就快到青雲的時候，卻被一股馬賊襲擊，他們並非謀財，而是為了害命，我一個文弱書生，豈能是他們十多個兇神惡煞般的賊人的對手，我的書童被他們當場砍殺，我也被他們砍傷，走投無路之下，我跳下了山崖，也許是我命不該絕，剛巧懸崖上有一棵樹將我掛住，我這才從閻王那裡撿來了一條性命。」

說到這裡楊令奇喝了口酒，蒼白的臉色因為酒意而蒙上一層紅暈。他黯然道：「我歷盡千辛萬苦返回青雲縣城，無論如何我都要給爹送終。我回到青雲縣城，卻聽說在我家中搜出了銀子，我娘因為受辱不過而懸樑自盡。」他悲不自勝，不禁留下了男兒血淚。

胡小天道：「我在擔任青雲縣丞之時，聽說了尊父的一些事，知道楊大人是個清廉之人。」

楊令奇道：「我爹兩袖清風嫉惡如仇，他從小就教導我要做個頂天立地的男子，為人做事要對得起天地良心，連我上京趕考的盤纏都是我爹找人借來的，他又怎麼可能貪贓枉法。我祖上住在東海城，我爹水性極佳，大江大海裡都能劈波斬浪，又怎會失足溺水？」

胡小天道：「許清廉和劉寶舉那幫人全都是貪官污吏，整個青雲縣衙全都在貪腐，唯獨你爹剛正不阿，也許就因為此，他成了那幫人的眼中釘、肉中刺。」

楊令奇紅著眼圈點了點頭道：「不錯！我爹娘正是死於這幫貪官污吏之手。他們和天狼山的馬賊必有勾結，我在途中被馬賊阻殺也是他們的緣故。」

胡小天道：「你當時為什麼不去報官？」

楊令奇歎了口氣道：「天下烏鴉一般黑，這大康的吏治已經腐敗透頂，去變州、去西州，哪怕是去康都又能怎樣，到頭來還不是官官相護，他們擔心有人會為我爹娘翻案，所以在我爹娘下葬之後，仍然派人埋伏在墳前，我真是不孝，竟然沒能送爹娘最後一程。」

胡小天安慰他道：「君子報仇十年不晚，在大仇未報之前，絕不可以盲目行動，若是你也遭遇不測，那麼又有誰為你的爹娘報仇雪恨？」

楊令奇點了點頭：「我正是存著這個念頭，方才忍辱負重地活了下來，不敢待在青雲，就去了紅谷縣一邊養傷一邊尋找報仇的機會，後來我聽說青雲來了一位新縣丞，本來我以為只是又多了一個貪官來盤剝百姓。」

胡小天笑了起來。

「再後來聽說你將許清廉那幫人全都抓了起來，我這才知道你和他們那些人不同，心中也萌生出了希望，我準備去青雲找你，看看能不能幫助我的爹娘昭雪，可又聽說你去了燮州。」楊令奇道：「你離開青雲不久，西川就發生了兵變，雖然戰火並沒有波及青雲，但是許清廉那幫人卻又被放了出來，重新執掌青雲的權柄。」

「什麼？」胡小天愕然道。

楊令奇道：「李天衡擁兵自立，但凡主動投誠者非但既往不咎，還有可能加官進爵，對於那些敢於公然抗爭他的官員，採取殺無赦的策略，許清廉陰險狡詐，第一時間向叛軍表明忠心，所以仍然被西川李氏任用，還是做他的青雲縣令。」

胡小天後悔不迭道：「早知如此，就應該將他們全都殺掉。」

楊令奇道：「許清廉那幫人掌權之後自然變本加厲，他們對當初親近大人的那些人大肆報復，你走後的這段時間青雲不知出了多少冤案。」

胡小天咬牙切齒道：「這混帳東西，等我日後抽出時間，必將此賊凌遲處死，方解我心頭之恨。」

楊令奇道：「別看許清廉只是一個青雲縣的小小縣令，這個人卻非常的不簡單，他和天狼山的馬賊之間一直互通款曲，不知聯手殘害了多少無辜百姓。」

胡小天道：「楊兄，你從西川逃出來，想必也經歷了一番辛苦吧？」

楊令奇道：「我只是一個廢人，本來並沒有想離開西川，可是李天衡自立之後，西川各地開始清剿亂黨，那幫下級官員為了向他表忠心，紛紛在自己的管轄範圍內大肆搜捕，一時間風聲鶴唳，我擔心被人發現自己的真正身分，於是便一路逃向大康，本想去康都暫時落腳，卻想不到幾經輾轉來到天波城，到這裡已經一文不名，唯有暫時安頓下來，想賺些盤纏再往京城去。」說起自己的經歷，楊令奇不勝唏噓：「我現在這般光景，畫的畫也賣不上什麼價錢，自己過去倒是還有些畫作，卻捨不得賣給那些附庸風雅之人。」

胡小天道：「楊兄可否將手給我看看？」

楊令奇聽他提出這樣的要求，猶豫了一下，還是將右手遞了過去，胡小天托住他的右手看了看，楊令奇的右手如同鳥爪一樣不能完全伸直，從他手背的刀痕可以推測出當時他是用右手擋了一刀，這一刀入肉很深，砍斷了他中指和食指的肌腱，受傷後又沒有得到及時救治，所以才落下殘疾，假如可以進行手術，並進行術後功能康復訓練，相信他右手的功能應該會有所改觀。

胡小天道：「楊兄，你的右手應該還有康復的機會。」

第三章

黑松林

胡小天認為天有不測風雲，誰知道這黑松林中會發生什麼事，
任何一個意外因素都可能導致他們途中延遲，
萬一在天黑前走不出黑松林，那就要在樹林中過夜，
對他們來說絕對是件冒險的事情。

楊令奇聞言目光一亮，可旋即又黯淡了下去，他昔日才華橫溢，書畫雙絕，對這雙手可謂是珍視到了極點，他失去左手，右手又落下殘疾，當時痛不欲生，甚至想到過要結束自己的生命。可是想起父母的冤情尚未昭雪，就算是死也無顏去面對爹娘，正是復仇的願望支撐他活了下來。楊令奇之前也曾經求醫，可是所有大夫都對他的這隻手束手無策，心中早已認命，聽胡小天這樣說，只當是安慰自己罷了，他搖了搖頭道：「沒機會了，傷的時間太久，又沒有得到及時救治，不過至少我還能寫字畫畫。」

胡小天道：「楊兄，我可不是故意說話寬慰你，你應該聽說過玄天館的名聲。」其實他本來想說自己要幫楊令奇醫治，可是說出來楊令奇肯定不信，於是抬出玄天館的招牌，至少可以讓楊令奇萌生出希望。

果不其然，楊令奇聽到玄天館三個字的時候明顯精神一震，可隨即表情又變得黯淡下去，笑著搖了搖頭道：「玄天館門檻極高，人家醫治的病人非富即貴，又怎麼會幫我治病，其實我早已看開了，命該如此，又何必去勉強呢。」

胡小天道：「楊兄難道不想為父母報仇？難道就忍心讓父母的冤情就此沉淪，永世不得昭雪？」

楊令奇激動道：「我怎會不想，我苟活到現在，唯一支撐我活下去的理由就是要為父母報仇，我要親手殺掉許清廉那個奸賊，以告慰我爹娘的在天之靈。」

胡小天道：「楊兄，我願意幫你！」

楊令奇靜靜望著胡小天，他的目光理性而冷靜，過了一會兒方才道：「你我萍水相逢，為何要幫我？」

胡小天笑道：「我喜歡管閒事，路見不平拔刀相助，這個理由夠不夠充分？」

楊令奇道：「胡公子想我為你做什麼？」說完這句話他又歎了口氣道：「其實我現在真不能為你做什麼，我這隻手連筆都拿不好了。」

胡小天道：「我說過你的手還有康復的機會，如果楊兄認為我有所圖，那麼等你將來右手康復之後，我想什麼時候找你要畫你都不可以拒絕。」

楊令奇點了點頭道：「聽起來倒也公平。」其實他心中明白，胡小天給了他一個很大的人情，人家是擔心他自尊心太強，不肯接受幫助所以才這樣說。

胡小天道：「我此次前往大雍，一來一回可能需要幾個月的時間，等我回來的時候，楊兄隨我一同前往京城，療傷之事包在我的身上。」

楊令奇點了點頭，有些話欲言又止。

胡小天看出了一些端倪，微笑道：「楊兄有什麼話不妨直說。」

楊令奇道：「胡公子對這次前往大雍的風險，有沒有充分的估計？」

胡小天道：「早已想過了，西川李氏肯定不想大康和大雍兩國聯姻，十有八九會在途中作亂。」其實這件事在昨晚他見到夕顏以後就已經基本確定了。

楊令奇道：「胡公子既然把我當成朋友，在下就將自己心中的想法說出來。」

胡小天道：「洗耳恭聽。」

兩人同乾了一杯酒，楊令奇道：「和親只是表面，從古到今每一次和親真正的實質都是政治目的。李天衡自立之前，大康就有意和沙迦和親，穩定西南邊陲，從而抵禦大雍日益強大的壓力。後來因為李天衡自立而作罷，李天衡也不能免俗，將他的大女兒莫愁許配給了沙迦的十二王子霍格。大康在這種情況下為了避免四面楚歌，選擇與大雍聯姻也是無奈之舉。」

胡小天點了點頭，這件事他非常清楚，當初護送霍格前往西州的時候，他還和這位沙迦王子拜了把兄弟。

楊令奇道：「其實這些年天下大勢早已發生了改變，即便是沒有西川變亂，大康和大雍的實力已經發生了逆轉，現在大雍的國力要強過大康不少。此次聯姻是大康主動提出，大雍方面答應了下來，可當時的情況是大雍正面臨著北方黑胡國的進擊，就在幾天以前兩國在深淵城開始和談。」

胡小天皺了皺眉頭，他沒有想到楊令奇對當今時局如此的瞭解。

楊令奇道：「照我看，黑胡和大雍必然達成同盟，假如這樣，胡公子以為大雍皇帝薛勝康還會不會看重這次的聯姻呢？」

胡小天倒吸了一口冷氣，假如一切如楊令奇所說那般發展，只怕這場聯姻就會在大雍皇帝眼中變得無足輕重。

楊令奇道：「薛勝康此人野心勃勃，生平最大的志向就是揮兵南下一統中原，我聽說他當年曾經在大雍太廟在列祖列宗面前發誓，有生之日要滅掉大康，最近聽說大雍幾位皇子正為了立嗣之事明爭暗鬥，還有人傳言薛勝康身患怪病，所以才急於選定太子。這其中最被人看好的就是大皇子薛傳道和七皇子薛傳銘。」

楊令奇道：「安平公主嫁給薛傳銘無疑可以為薛傳銘增色不少，我看薛傳道未必甘心此時順利達成。」他歎了口氣道：「胡公子此行只怕凶險重重啊！」

胡小天心中暗歎，楊令奇僅僅憑著他對局勢的把握，就已經推測出目前大雍的局勢和內部矛盾，從而也推斷出自己此行的困難程度，此人絕對是個不可多得的人才。

胡小天道：「楊兄對如今的時局怎麼看？」

楊令奇道：「山雨欲來風滿樓，目前的平靜只是暫時的，一旦平衡被打破，必然引起天下大亂，」

胡小天道：「若是安平公主途中遭遇不測，我又當如何面對皇上？」

楊令奇道：「安平公主在大康若是出事，胡公子必死無疑，若是在大雍出事，胡公子若是有命離開大雍，回到大康或許能夠逃過一劫。」

胡小天道：「聽楊兄這麼一說，大雍乃是虎狼之國。」

楊令奇道：「大雍文有李玄感，武有尉遲沖，這兩人都是經天緯地安邦定國的人才，李玄感身故之後，他的長孫李沉舟文武雙全，據說才華已然超過了他的爺爺，深得大雍皇帝薛勝康的寵信，胡公子去大雍之後要留意這兩個人。」

胡小天點了點頭，他心中忽然產生了一個念頭，楊令奇此人智慧出眾，機警過人，若是能夠得到他的相助，此次前往大雍豈不是事半功倍，他沉吟片刻，終於決定提出邀請：「楊兄，在下有個不情之請，楊兄可願意陪同我前往大雍一趟？」

楊令奇道：「不願意！」

胡小天沒想到他回絕得那麼乾脆，不禁啞然失笑。

楊令奇道：「不是在下不願隨同公子冒險，而是我心有餘而力不足，不過我可以給公子出個主意，確保你此行無恙。」

胡小天鄭重道：「楊兄請指教。」

楊令奇道：「明知山有虎，又何必偏向虎山行，胡公子可以選擇回頭。裝病不失為一個好辦法，及早抽身就可遠離是非。」

胡小天不由得苦笑起來，自己不是不想抽身，而是抽身不能，拋開姬飛花交給自己的任務不說，單單是他對龍曦月的承諾，這次無論如何都要解救這位可愛又可憐的公主。胡小天坦白道：「我無法抽身，必須陪同公主一起抵達雍都。」

楊令奇道：「放著退路不要，胡公子此行必然還肩負其他的重任。」

胡小天點了點頭道：「不錯！」

楊令奇盯住他的雙眼，彷彿要看透他的內心，過了一會兒低聲道：「為公還是為私？」

胡小天內心劇震，楊令奇能夠提出這樣的問題，足以證明他從自己的身上看出了一些端倪，更顯出此人的高明之處。胡小天的表情仍然風輕雲淡：「為公如何？為私又如何？」

楊令奇直言不諱道：「為公愚不可及，為私也是捨生忘死。」

胡小天笑道：「照你這麼看，我此行是九死一生了？」

楊令奇道：「令奇雖然不知公子前往大雍還有什麼私事，有一句話要奉告，無論任何時候，切忌不要感情用事，性命大過天，生死關頭務必要記得沒有什麼比自己的性命還要重要。」

胡小天微笑道：「多謝楊兄忠告。」

楊令奇喝完面前的那杯酒，站起身來向胡小天拱了拱手道：「今日言盡於此，若是胡公子能夠安然返回，令奇會在這裡設下薄酒為公子接風洗塵。」

胡小天拱了拱手，欣然應諾。楊令奇從自己的畫簍中抽出一幅畫，遞給胡小天道：「這一幅畫是我最為得意的山水畫，我聽聞大雍燕王薛勝景乃是好畫之人，此人身為皇帝廣納門客，仗義疏財，有當世孟嘗的美名，胡公子將此畫獻給他，他必然如獲至寶，以他的好客性情，勢必會對公子以上賓之禮相待。」

胡小天內心中不免有些激動，楊令奇淪落如此，對待自己仍然慷慨解囊，足見此人高義，胡小天推辭道：「如此珍貴的禮物，我怎麼好收。」

楊令奇道：「我不瞞你，當初我是想前往雍都將這幅畫謹獻給梁王，以此換來他為我做一些事情，現在看來……」他苦笑搖了搖頭，暗歎自己連走出大康的本事都沒有。將畫交到胡小天的手中：「我看得出，胡公子不是普通人，此次若是能夠從大雍安然返回，他日前程必不可限量。」楊令奇說完轉身就走。

胡小天將這幅畫收好，心中默默下定決心，等他從大雍回來，一定要幫助楊令奇改變境遇。

胡小天離開酒樓時，迎面和一群人遇上，那群人中有唐鐵生、唐鐵鑫兄弟，讓胡小天沒想到的是，周默也在其中，看來短短的兩天內，周默已經成功贏得了唐家兄弟的信任，並和他們打成了一團。

這群人中有一人見到胡小天慌忙將頭低了下去，胡小天不免多看了一眼，卻見那人眉清目秀，臉色微黑，雖然只是看了一眼，胡小天卻已經斷定此人乃是女扮男裝，看容貌有些熟悉，用心一想，豈不是唐家小妞唐輕璇？想不到她也跟著兩位哥哥一起過來了，難道是想趁著這次機會對自己不利？胡小天馬上又否決了這個念頭，唐家人膽子再大，也不敢當眾對自己這個副遣婚使動手。

唐輕璇低頭是因為心虛，擔心胡小天看破自己的真正身分，其實她這次並非是為了報仇而來，當時和胡小天發生誤會的時候只恨不能殺之而後快，可是時過境遷，過去那麼久，經歷了那麼多事情之後，心中的仇恨也就隨之淡忘，加上她本身和慕容飛煙就是閨蜜，在慕容飛煙返回京城加入神策府之後，幾次和她見面，又向她解釋了當初的誤會，聽說胡家落難，胡小天又入宮當了太監，就算有什麼深仇大恨也都報了。

這次唐輕璇之所以會出現在送親的隊伍裡並沒有什麼特殊原因，而是她一直嚮往大雍美麗的北國風光，聽說兩位哥哥要去大雍出使，於是鬧著要一起過去看看，她向來是唐家的掌上明珠，兩位兄長拗不過她，只能答應帶她一起去，不過有個條件，就是要讓她女扮男裝，混在隊伍裡以免引起不必要的麻煩。

唐家人並沒有意料到此行的凶險，若是知道這次出使背後存在著那麼多的力量博弈，只怕他們說什麼都不會讓唐輕璇跟來了。至於周默，本身長得魁梧健壯，在挑夫的隊伍裡表現異常出色，加上他身上與生俱來帶有的領袖氣質，很快就吸引了唐鐵漢的注意，唐鐵漢將他調到騾馬組幫忙，兩人都是好酒之人，一來二去竟然熟識起來。

唐鐵漢性情暴烈，相對來說唐鐵鑫更為靈活一些，看到胡小天慌忙拱手道：

「原來是胡大人！」雖然打心底看不起胡小天這個太監，可是人家畢竟是欽差，還是要表示出一定的尊敬。

胡小天點了點頭，微笑道：「唐兄好，旅程還順利嗎？」

唐鐵鑫道：「托大人的福，出門以來還算順利。」

此時外面又飄飄揚揚下起了大雪，胡小天皺了皺眉頭道：「又下雪了，不知明日能否順利出行？」

一直沒說話的唐鐵漢道：「積雪倒是不怕，就怕雪後結冰路滑，那樣的路面對牲口和車輛都是嚴峻的考驗。」

胡小天拿了一錠金子放在櫃檯之上，向那掌櫃道：「一併將他們的帳都付了。」這錠金子用來付帳絕對是綽綽有餘，那店老闆千恩萬謝地收了。

唐家兄弟對望一眼，也沒跟胡小天客氣，他們以為胡小天主動在向他們示好。胡小天其實根本沒有將唐家兄弟放在眼裡，只是前往大雍行程漫長，實在沒有心情再多結仇怨，有道是冤家宜解不宜結，當年的事情如今想來只不過是小事一樁。

望著胡小天離去的背影，唐輕璇忍不住道：「好像換了個人似的。」

唐鐵漢低聲道：「江山易改本性難移，只是做做樣子罷了。」

唐鐵鑫道：「哥，這飯咱們吃是不吃？」

「吃！不吃白不吃！」

安平公主看到楊令奇的兩幅舊作之後，也不禁拍案叫絕，尤其是今天他送給胡小天的那幅雨後空山圖，用筆用墨用色都已經達到了大成的境界，隱然流露出一派宗師風範，這麼優秀的一位青年才俊卻因為遭遇不幸而雙手殘疾，安平公主歎道：「此人如果不是雙手殘廢，以後必然成為畫壇巨匠。」

胡小天道：「人間哪有那麼多稱心如意的事情。」

安平公主卻因為胡小天的這句話而觸發了心中的感傷，隨之歎了口氣道：「的確，人間不如意之事十之八九，又哪能每件事都稱心如意呢？」

胡小天低聲道：「曦月，你放心，我一定會想辦法帶你離開。」

龍曦月搖了搖頭，光潔的額頭抵在胡小天肩頭，小聲道：「你不用為我冒險，其實曦月現在已經很開心了，可以隨時見到你，聽到你說話，哪怕是哄我騙我，曦月心中都開心得很，感覺這是我這一生中最快樂的時光。」

胡小天道：「我已經有了一個計畫。」

龍曦月抬起頭來，微笑望著他的雙目，輕聲道：「不用做任何事，真的！上天對我已經不薄，我不敢再有任何過份的奢求，只求你能夠一生平安就好，總之你要記住，無論曦月在哪裡，心中自始至終只有你一個，再不會有其他人的位置。」

胡小天心中一陣激蕩，將龍曦月擁入懷中。

龍曦月緊緊偎依在他的胸前，夢囈般道：「真想一輩子就這樣靠在你的懷裡，可是我們越往北走，留給我們相處的時間就越來越短，小天，如果時間能夠停滯不前該有多好？」她心中卻知道這個願望是永遠都不能實現的，閉上美眸，兩行晶瑩的淚水順著潔白如玉的面頰滑落。

時間不可能停滯不前，但是命運可以改變。胡小天輕撫龍曦月的秀髮，低聲道：「我會讓你幸福，我會讓你一直幸福下去。」

翌日清晨，雪已經完全停歇，可是天色卻昏昏沉沉沒有放晴，這宛如黑色鉛塊一般的雲層也投影在人的心中，讓人的心情變得有些壓抑，天波城太守王聞友率領部下又將胡小天一行送出了天波城北門，一直到十里長亭方才停下，王聞友下馬向三位遣婚使道別。王聞友道：「從這裡一路向北人煙稀少，四野荒涼，其間賊人出沒，幾位大人需要提高警惕，多加小心。」

文博遠道：「正感覺這途中無聊，若是讓我們遇上，剛好活動一下筋骨。」

王聞友笑道：「是下官多慮了，文將軍武功超群，神策府威震天下，自然不用怕那些山賊草寇。」

吳敬善道：「王大人回去吧，等到我們回來之時，再把酒言歡。」

王聞友拱手道：「下官就在天波府等候幾位欽差大人凱旋歸來，到時候我一定設下酒宴為三位大人洗塵慶功！」

胡小天向王聞友回禮道：「王大人放心，等我們回來的時候，一定跟你痛飲一番，不醉無歸！」

午後風變得越來越猛烈，刮起地上的積雪和冰粒子拍打在人的臉上，無孔不入地鑽入他們的袖口領子，打得他們睜不開眼，氣溫突然降低了許多，冷風帶來了北方的潮濕，這種寒冷的滋味似乎可以一直鑽入你的骨頭縫裡。

胡小天騎在大耳朵小灰背上，始終伴隨著安平公主的座駕，展開臨行之時朱八送給他的江湖勢力分佈圖，前方應是黑松林，從圖中標記來看，時常有馬賊出沒。

胡小天催馬來到隊伍前方，小灰一邊跑，一邊甩動著牠的那對大耳朵，將上面的冰粒兒抖落。鼻孔裡噴出兩團白霧，不過牠仍然精神抖擻，絲毫沒有因為這突然下降的氣溫而有任何的萎靡。

文博遠始終行進在隊伍的最前方，覺察到胡小天來到身邊，他有些厭惡地皺了皺眉頭，這是內心的自然反應，在天波城比畫輸給胡小天之後，文博遠對他的恨意更濃。

胡小天道：「文將軍！」

文博遠目光仍然望著前方，看都沒看胡小天一眼：「胡公公有什麼指教？」

胡小天道：「前方是黑松林，聽說那裡經常有強盜出沒。」

文博遠瞇起雙目，望著遠方的天際，天灰濛濛的，地面白茫茫全都是雪，寒風捲起地上的積雪肆虐在天地之間，模糊了天地間的界限，彷彿有一層濃霧籠罩著視野中的景物。

文博遠道：「趙志河！」

「屬下在！」一名身穿黑色皮甲的武士出現在文博遠的右側。

文博遠淡然道：「前面是什麼地方？」

趙志河道：「前方十里乃是黑松林，屬山原界，平日裡有山賊在那裡活動，山賊隸屬臥牛山牛頭寨，賊首張炭，麾下共計二百餘人，利用他們對附近地理情況的熟悉，在這一帶以打劫為生。」

趙志河說完，文博遠微笑望著胡小天道：「多謝胡公公提醒。」

胡小天心中暗罵，老子好心好意提醒你，你居然跟我來這套，是要告訴我一切都在你的掌握之中嗎？胡小天點了點頭，撥馬就走，就算老子多事。

文博遠心中升騰起一股報復的快意，他朗聲道：「趙志河，廖剛，你們兩人率領十名武士先行前往黑松林探路，如有任何異常狀況，馬上傳訊給我。」

「是！」

十二名騎士如同一道黑色閃電般衝向遠方探路。

文博遠又道：「展鵬！」

「在！」

「你率領二十名弓箭手護衛公主座駕左右，發現任何異常，當場射殺。」

「是！」

胡小天途經吳敬善坐車的時候，吳敬善掀開了車簾，大聲道：「胡公公，胡公公！」

胡小天勒住馬韁，低頭笑道：「吳大人有何吩咐？」

吳敬善道：「發生了什麼事情？是不是遇到了賊人？」

胡小天搖了搖頭道：「只是到了一處賊人時常出沒的地方，我去提醒文將軍小心來著。」

吳敬善哦了一聲，他是個文官，巴不得這一路之上平平安安無風無浪地度過。一看到調兵遣將，內心中就不由得驚慌起來。

胡小天看出他在害怕，笑道：「吳大人不用擔心，有文將軍這位高手護駕，就算遇到山賊也不會有什麼危險。」

胡小天回到安平公主的坐車旁邊，此時展鵬率領二十名弓箭手也來到兩旁護駕，和胡小天交遞了一個眼神，兩人已經心領神會。

短短十里道路又花去了一個時辰，事先派去打探消息的武士已經確信黑松林內並沒有危險。這樹林乃是北上前往大雍的必經之地，來到黑松林前，已經是當天未時，根據預先掌握到的情況穿過這片黑松林需要兩個時辰，也就是說走出黑松林應該是黃昏了。

在是否繼續前進的問題上幾人的意見又有不同，胡小天建議穩妥起見就地安營，休息一晚，等到明天再走。而文博遠建議繼續前行，如果一切順利，他們在天黑之前可以走出樹林。

胡小天認為天有不測風雲，誰知道這黑松林中會發生什麼事兒，任何一個意外因素都可能導致他們途中延遲，萬一在天黑前走不出黑松林，那就要在樹林中過夜，對他們來說絕對是件冒險的事情。

可文博遠卻認為就憑他們目前的實力，區區幾百個山賊就算傾巢出動也不在話下。在這件事上吳敬善跟他同一立場，認為凡事趕早不趕晚，讓大家加快行進速度，應該可以在天黑前走出黑松林，到了那邊再休息也是一樣，沒必要白白耽擱半天時間。

少數服從多數，更何況胡小天的主要任務是負責內勤財務，只能點頭答應繼續前進。

進入黑松林之後，文博遠提醒所有人提高警惕，密切注意周圍的一切風吹草動。進入樹林之後，光線明顯黯淡了許多，本身天色昏暗，有種夜色將臨的感覺。

隨著在林中的深入，道路也變得越來越狹窄，樹枝繁茂之處需要武士用刀斧劈開，行進速度明顯減慢了許多。文博遠指揮隊伍繼續前進，放慢馬速，漸漸接近了安平公主的座駕，這是為了應變突發情況，抬頭望去，周圍全都是茂密的松林，樹上堆滿了沒有融化的積雪，從樹葉的間隙向前方望去，遠處都是密密麻麻的樹幹，向北的一面被風雪染白，抬頭望去，只看到被樹枝割裂的天空，烏濛濛的，好像隨時都可能壓落下來。

人馬走在這蒼茫的林海雪原之中，越走越深，積雪單純的白色在漸漸暗淡的天色的映襯下顯得異常刺眼，旗幟被北風撕扯向後，發出獵獵聲響。

胡小天的聲音突然響起在文博遠的身後：「文將軍，看來咱們今晚不得不在這黑松林裡過夜了。」

文博遠道：「天氣晴好的情況下，兩個時辰可以走出黑松林，即便是比預計的時間要長，也就是多花一個時辰，戌時肯定能走出這座林子。」他說得信心滿滿。

胡小天道：「酉時就會天黑，咱們難道要摸黑趕路？」

文博遠轉過頭去冷冷看了胡小天一眼：「你不用擔心，趙志河就是這一帶人，他對這裡的情況非常瞭解。」

胡小天道：「我也為了大家的安全著想，就算他是這一帶的人，積雪已經將道路給覆蓋了，林子又深又密，不怕一萬就怕萬一。」

「胡公公還是關心自己負責的事情好了，我既然接下這趟任務，就會保證公主的安全。」

胡小天呵呵笑道：「文將軍此言差矣，不僅僅是公主殿下，還有吳大人，還有我，還有這隊伍中的每一個人。難不成我們的死活，文將軍就不管了嗎？」

文博遠望著胡小天冷笑道：「胡公公所言極是，我怎麼會忘了你呢？」心中卻巴不得他早點死了才好。

胡小天環視了一眼周圍蒼莽的樹林，歎了口氣道：「這林子無邊無際，若是迷路可就麻煩了。」

文博遠暗罵這廝烏鴉嘴，可是事情卻朝著他所說的方向發展了。趙志河雖然是這一帶人，但是他對黑松林的情況並不能說是特別熟悉，而且他離開家鄉也有十多年，樹木在不停生長，這邊的狀況已經和當初他在的時候有了很大不同，更何況這兩天剛剛下過雪，放眼望去到處都是白茫茫一片，在初入黑松林的時候，道路寬廣還好辨認，真正等他們深入林中，道路越來越窄，到後來已經分不清哪裡才是道路，只能根據方位摸索著向北行進。

本來預計酉時會天黑，因為陰天又加上在樹林中的緣故，不到酉時天色就已經黯淡下來，趙志河不敢盲目行進，過來向文博遠稟報。

文博遠聽他說完稍作沉吟，馬上來到吳敬善的車旁。

胡小天遠遠望著文博遠的舉動，心中暗笑，這廝不聽自己的勸說，執意要穿過黑松林，現在搞得騎虎難下，看來今晚不得不在這林中過上一夜了。

文博遠顯然是在故意忽視胡小天，和吳敬善商量之後就決定就地紮營，等天亮之後繼續出發。

胡小天也懶得跟他理論，眼前的情況下，堅持繼續行進才是不明智的事情。

吳敬善下了馬車，踩著積雪深一腳淺一腳地來到公主座車前，恭敬道：「公主殿下！」

安平公主掀開車簾道：「吳大人有什麼事情？」

吳敬善道：「今日天黑得早，我跟兩位大人商量了一下，決定在此安營紮寨，等到明日天亮後再繼續趕路。」

胡小天心中暗罵，老傢伙著實可惡，你何時跟我商量過？居然敢替我做決定。

安平公主道：「好！那就歇息一晚再走。」

士兵們紮營的時候，唐鐵漢帶人過來例行檢查馬匹和車輛的狀況，其中就有周默，等他們檢查完安平公主的座駕，胡小天指了指周默道：「你，留下！」

唐鐵漢微微一怔，不知胡小天是什麼意思。

胡小天道：「公主的座駕缺少一個人專門檢查維護，你留下來負責這件事。」

其實他真正的用意是讓周默留在公主身邊負責護衛，文博遠帶來的武士雖然很多，但是真正信得過的也只有展鵬一個，但是展鵬不可能寸步不離公主左右，於是胡小天找個機會將周默留在公主身邊。

唐鐵漢道：「胡大人，我們還有其他的事情……」

胡小天毫不留情地打斷他的話道：「什麼事情也比不上公主的事情重要。」走到唐鐵漢身邊，用只有他能夠聽到的聲音道：「你若是不聽話，我就將你妹子的事情說出來。」

唐鐵漢吃了一驚，本來還以為昨日蒙混了過去，卻想不到終究還是被他看了出來，這廝的眼力真是厲害。本以為經歷那麼多事情之後，這廝能夠變好一些，看來本性難移，仍然是過去那個紈絝惡少，居然威脅自己。

胡小天拍了拍他的肩頭道：「大家相安無事最好。」

成功將周默留在身邊，胡小天內心中的一塊石頭落地，周默武功高強，有他保護公主，幾乎可以做到萬無一失。此時展鵬幾人又被調走，公主的營帳紮好之後，龍曦月在紫鵑的陪同下進入營帳。

胡小天讓人在營帳周圍升起篝火，多少可以驅散一些寒意，紮營之後，夜色就已經徹底籠罩了這片密林。

文博遠分派佈防之後，也來到公主營帳前問安。

安平公主只是在帳內敷衍了兩聲，並沒有現身相見。

文博遠離去之後，安平公主和紫鵑帶著雪球離開了營帳，卻見胡小天正在篝火旁忙活著，篝火之上烤著一隻肥羊，隨隊廚師正在胡小天的指揮下專注炙烤。

龍曦月看到胡小天指揮若定的樣子不禁笑了起來，胡小天轉過身去，看到龍曦月她們，也笑了起來：「公主殿下不在營帳內躲避風雪，出來幹什麼？」

雪球汪汪叫了起來。

龍曦月輕撫雪球背上軟絨絨的毛，柔聲道：「只怪你們烤的羊肉味道太香，將雪球引得不停叫喚，我們若是不出來，牠只怕要鬧翻天了。」其實是她心中想見胡小天才對。

胡小天拿起一塊骨頭在雪球眼前晃了晃，然後扔到遠處，雪球掙脫開龍曦月的懷抱，向那塊骨頭追逐而去。

龍曦月驚呼了一聲。

胡小天笑道：「不妨事，對雪球來說，肉骨頭的吸引力永遠比美女大一些。」

龍曦月不無嗔怪地看了他一壓。胡小天不知從哪兒搬了個矮凳放在篝火旁：「公主請坐，等羊肉烤好了就能吃了。」

紫鵑充滿好奇道：「胡公公，你是從哪裡弄來這麼大一頭肥羊？」

胡小天道：「我讓王聞友準備的，聽說這幾天路上荒涼沒什麼人家，於是我就讓他弄了十隻活羊裝車隨行，需要吃的時候就殺一隻。」這辦法還是胡小天在護送周王龍燁方前往燮州的路上跟著沙迦人學會的。

龍曦月道：「我怎麼沒有見到？」

胡小天笑道：「我故意讓人避著你的，君子遠庖廚，若是讓公主看到就不忍心吃了。」

龍曦月道：「其實在宮中我也很少動葷腥。」

胡小天道：「現在可不一樣，天氣寒冷，不吃點肉食體內哪有足夠的熱量，又哪有力氣趕路。」

龍曦月點了點頭，美眸和胡小天對視了一眼又迅速逃開，其實目光中的情意已經告訴胡小天答案，你讓我吃我就吃。胡小天對這位美麗溫柔的公主越看越愛，如果周圍無人，定要將龍曦月擁入懷中好好愛憐一番。

七百多人的隊伍紮營之後規模不小，龍曦月的營帳屬於保護的中心，其餘人將公主的營地團團圍住，這樣的佈防應該萬無一失。

周默和其餘人並不說話，只是守住車馬，目光靜靜觀察著公主周圍。

胡小天看到全羊就要烤好，起身道：「我去把吳大人叫過來一起吃。」雖然吳敬善過去和他不睦，但是胡小天認為在旅途中吳敬善還是有必要拉攏一下的，文博遠和自己的關係現在勢同水火，很多事情必須要吳敬善這個和稀泥的來摻和，更何況姬飛花讓他尋找機會幹掉文博遠，若要幹得神不知鬼不覺，還需要找個合格的替罪羊。

吳敬善雖然是這次的總遣婚史，可他在隊伍中的位置很尷尬，論手下他比不過文博遠，論和公主親近他又比不上胡小天，他心中明白，皇上派自己過來無非是為了緩和胡小天和文博遠之間的關係，避免在旅途之中發生衝突。

胡小天請他過來和公主一起吃烤羊，對吳敬善來說可謂是受寵若驚了，雖然胡小天讓王聞友帶了十多隻活羊，可這些都說是為公主準備的，即便是身為總遣婚史的他也無福享受，胡小天負責後勤財政，這些吃穿用度上的事情完全是他說了算，如果他不過來請，吳敬善這位三品大員禮部尚書，也只有啃乾糧的份兒。

肥羊烤好之後，胡小天讓廚師將羊肉切好裝盤，先給安平公主，安平公主笑道：「我不耽擱你們吃肉喝酒了。」她讓紫鵑端著羊肉兩人回了帳篷。其實依著她的意思，是要胡小天將這些羊肉和所有人共用的，可胡小天認為沒這個必要，一頭烤羊分給七百個人，只怕連一口都分不到。他的任務是將安平公主照顧好，其他人還真不在他的考慮範圍之內，不是因為自私，而是因為實在沒有那個精力跟心情。

胡小天讓廚師切了條羊腿給周默送過去，又分了一些給負責守衛公主營帳的武士。

吳敬善坐在篝火旁拿起一條羊腿，啃了一口羊肉讚不絕口道：「真是美味啊，老夫只有在當年出使黑胡的時候才吃過這麼美味的烤羊。」

胡小天笑道：「吳大人去黑胡出使做什麼？」

吳敬善還沒有回答，胡小天就道：「你不說我也知道，肯定是去說服黑胡和咱們大康來個內外夾攻，一起攻打大雍對不對？」

吳敬善大驚失色：「胡公公，話可不能亂說，咱們現在和大雍是友邦，馬上就是姻親。」

胡小天笑道：「你不用害怕，這兒只有咱們兩個人，這話絕對傳不到大雍皇帝耳朵裡去，其實國家跟國家也就跟小孩子過家家一個鳥樣，今天打了明天又和好，過不兩天還得打，你說是不是？」

吳敬善暗歎，別看這小子沒什麼正行，可是對事情看得倒是很透。

此時隨行的一個小太監過來將一罈酒放在胡小天面前，胡小天打開酒罈，倒了一碗遞給那小太監，讓他送去營帳讓公主喝點暖暖身子，然後又拿了兩個大碗給吳敬善倒了一碗，自己倒了一碗。

吳敬善端起酒碗，突然想起什麼似的：「哎呀，咱們怎麼把文將軍給忘了。」

胡小天道：「他算老幾？憑什麼喊他？」

吳敬善碰了一鼻子灰，不由得有些尷尬。

胡小天端起酒碗跟吳敬善碰了碰，灌了一大口道：「你吳大人縱橫官場這麼多年，難道看不出我跟他根本尿不到一壺。」

吳敬善笑道：「大家風雪同路，有些摩擦也是難免，還是不要放在心上。」

胡小天道：「吳大人，你說句公道話，昨兒比畫是不是我贏了？」

「呃……」吃人嘴軟，吳敬善此時方才意識到這烤全羊不是白吃的，可吞進肚裡的東西總不能再吐出來？反正文博遠也不在這裡，事實上的確是胡小天贏了，吳敬善點了點頭，又笑道：「其實何必分個輸贏呢，都是自己人，還是以和為貴。」

胡小天道：「我是以和為貴啊，可是人家不領情。就說今日我建議在黑松林外面紮營，等明天一早再行通過，可他偏偏一意孤行，非得要進入這黑松林。」

吳敬善笑道：「其實文將軍也是好意，他是不想耽擱了公主的行程。」

胡小天道：「今兒是正月十七，公主大婚之日是三月十六，吳大人，就算咱們耽擱一個月，一樣不會晚了公主的婚期。」

吳敬善知道胡小天說的是實情，可是進入黑松林之前文博遠也跟他商量過，他也同意繼續前進，所以他也不好指責文博遠。吳敬善道：「其實在哪兒過夜還不是一樣，在林子裡還可以遮擋寒風呢。」

胡小天搖了搖頭道：「那可不一樣，吳大人不知道逢林莫入的道理？」

吳敬善道：「文將軍文武雙全，手下還有五百名武士保駕，安全的事情不用擔心。」他似乎對文博遠那幫人頗有信心。

胡小天從身上掏出了那幅綠林勢力分佈圖遞給了吳敬善，吳敬善看完之後默不作聲。

胡小天道：「這幅圖乃是一位朋友在我此次出行之前送給我的，上面標記著沿途強盜劫匪最常出沒的地方，黑松林就是其一，文將軍明明知道，卻仍然堅持己見，不知他在打什麼主意。」

吳敬善笑道：「胡公公可能想多了。」

胡小天拿回自己的那幅圖重新收好，端起酒碗喝了一口道：「不是我想多了，而是我擔心有人心懷鬼胎，吳大人也別以為是小事，倘若公主出了什麼事情，咱們誰都逃脫不了責任，說句您不愛聽的話，真要是那樣，您還要首當其衝。」

吳敬善唇角的肌肉抽搐了一下。

胡小天又道：「城門失火殃及池魚，吳大人還需擦亮自己的眼睛，千萬不要被人利用才好。」

吳敬善雖然沒有回應，可是心中已開始打鼓，胡小天分明在提醒自己，文博遠可能另有盤算，吳敬善對文承煥和姬飛花兩大陣營之間的爭鬥是清楚的。行程開始雖然沒有幾天，胡小天和文博遠已經表現得針鋒相對水火不容，吳敬善雖然在心底站在文博遠一邊，可是他在表面上還是表現得非常中庸，儘量爭取兩邊都不得罪。吳敬善私下裡有他自己的盤算，安安穩穩將這趟行程跑完，把安平公主平安送到雍都，也算是完成了最後的使命，以他的年齡也已經到了頤養天年的時候，這次算是給自己多年的官場生涯畫上一個圓滿的句號了。可是行程真正開始之後，吳敬善才意識到這次的任務比他預想之中還要艱巨得多。

吳敬善在官場上混跡多年，什麼風浪沒經歷過，當然知道胡小天在有意挑唆他和文博遠之間的關係，所以無論胡小天說什麼他都不表態，只管吃肉喝酒，填飽肚子才是正本，老子管你說什麼？

想要改變一個人絕非一日之功，胡小天明白這個道理，也沒打算一頓酒肉就可以讓吳敬善徹底倒向自己。吃飽喝足之後，大家各自回了自己的帳篷，胡小天拎著剩下的半罈酒送到周默面前，周默笑了笑，也不說話，接過那半罈酒放在身邊，用傳音入密道：「兄弟只管去睡吧，今晚我來守著。」

胡小天點了點頭，又來到安平公主營帳前，看到裡面仍然亮著燈火，低聲道：「公主殿下還是早些安歇吧，明兒一早還要趕路。」

安平公主道：「小胡子，你辛苦了一天，也早些休息。」

胡小天應了一聲，他的營帳就在安平公主旁邊，鑽入營帳之中感覺清冷異常，加上內心中總是有些不踏實，始終無法入睡，乾脆坐起來修習《無相神功》，他跟隨李雲聰所學的這手功夫雖然只是入門，但卻精純無比，乃是無上強大的基礎功法。內息在體內運行，周身經脈如沐春風，瞬間已經寒意盡褪，不知不覺運行了兩個周天，非但沒有絲毫的疲憊和睏意，反倒顯得越發精神了。

胡小天睜開雙目，帳內的景物清晰可見。隨著《無相神功》修為的加深，他的夜視能力不斷增強，掀開帳簾走了出去，整個營地都陷入寂靜之中，四周不時可以看到盔甲和兵器的寒光在閃動，那是夜巡的武士。

周默坐在篝火旁，聽到動靜轉過身來，胡小天笑了笑，來到他的身邊坐下。

「還沒睡？」

胡小天點了點頭，遠處忽然傳來了一聲梟叫，兩人同時舉目望去，卻見樹叢之中一雙金色的眼睛瞪得滾圓，正看著他們的方向。

胡小天分辨出那是一隻夜梟，從地上撿起一塊剩下的羊肉，舉起手猛然向半空中投去，那夜梟幾乎在同時振翅飛起，伸出利爪，在半空中準確無誤地抓住那塊羊肉，然後振動翅膀向夜空中飛去。

還沒等牠飛起，一道冷電般的光芒倏然從側方射入，噗地一聲穿透了夜梟的身體，那夜梟甚至連哀鳴聲都沒有來得及發出，便直墜而下，落在地上已然氣絕。

黑暗中文博遠手握長弓緩步走出，從雪地上撿起那隻夜梟，目光卻冷冷向胡小天望來，假如目光是利箭，此刻早已穿透了胡小天的胸膛。

胡小天點了點頭，向他豎起拇指，箭法不錯！不過這一箭射得有些莫名其妙，夜梟只是想吃塊肉而已，文博遠竟然對牠痛下殺手。

文博遠居然主動向篝火前走了過來，望著胡小天道：「胡公公為何還不去睡？」

胡小天道：「身處險境，睡不踏實。」

文博遠道：「胡公公不用擔心，我已經做好佈防，萬無一失。反倒是你最好不要半夜到處亂走，刀劍無眼，萬一找錯了對象，豈不是麻煩？」他話裡有話充滿威脅之意。

「刀劍無眼，但是人總長著眼睛，若是人不長眼，恐怕就命不長久了。」胡小天淡淡然道。

文博遠唇角泛起一絲冷笑：「不錯！」

此時他們忽然同時停住了說話，因為他們看到樹林之中，樹梢之上同時亮起了千百盞小燈籠，眼睛，全都是夜梟的眼睛，四面八方到處都是，將他們的營地全部包圍。

胡小天心中一驚，想要從地上站起來，卻被周默一把抓住手臂，他緩緩搖了搖頭，示意胡小天不要輕舉妄動。

文博遠佇立在那裡，手中仍然拎著那隻被他射殺的夜梟。

周默向文博遠搖了搖頭，暗示他不要輕易發聲。

文博遠卻忽然將那隻夜梟的屍體扔在了雪地之上，同時朗聲道：「兄弟們！都給我打起精神！保護公主殿下！」

撲啦啦，驚天動地的振翅聲和梟叫聲響起，上千隻夜梟從樹林之上俯衝而下。

文博遠彎弓射箭，咻！咻！咻！連續三箭已經將三隻夜梟射殺當場。周默暗罵文博遠冒失，在己方人員尚未完全準備好的前提下就發起攻擊。胡小天刀不離身，鏘的一聲抽刀出鞘，隨手一刀將撲向自己面門的一隻夜梟劈成兩半，棕色羽毛和鮮血到處翻飛。

淒厲的梟叫聲將已經入睡的人們驚醒，安平公主和紫鵑也醒了過來，聽到外面淒慘的鳴叫，內心中恐慌不已，處於自然的反應，龍曦月驚聲道：「小天！」

外面傳來胡小天沉穩的回答聲：「公主不必驚慌，我在外面！」說時遲那時快，他手起刀落，將一隻撲向帳篷的夜梟劈落。

周默操起一根燃燒的木棒守在營帳門前，不停揮動，宛如打棒球一般將前來攻擊的夜梟打得橫飛而去。

前來奔襲的夜梟雖然很多，但是胡小天他們這邊人數也不少，單單是神策府的武士就有五百名，其餘二百人也非等閒之輩，在這千餘隻夜梟剛剛開始發動攻擊的時候還有少許驚慌，不過他們很快就穩定了陣腳，將這場突然到來的襲擊演變成了一場捕獵行動。

箭如飛蝗射入夜空，伴隨著陣陣淒厲的梟叫，一隻隻夜梟墜落在地。

眼看著頭頂俯衝攻擊的夜梟越來越少，胡小天鬆了口氣。沒過多長時間，戰局就已經平定，除了少數幾隻夜梟還在瘋狂進擊之外，其他的死的死逃的逃。

文博遠在不遠處還刀入鞘，朗聲道：「打掃戰場，將沒來得及逃走的全部射殺！」端的是威風凜凜，霸氣側漏。

胡小天顧不上欣賞這廝勝利之後的得意模樣，第一時間來到公主營帳前，掀開帳門走了進去，安平公主和紫鵑主僕兩人相擁坐在營帳中，安平公主手中還握著一支匕首。雪球膽子更小，縮在兩人中間正在瑟瑟發抖。

看到胡小天進來了，兩人都發出一聲驚喜的呼聲。

胡小天笑道：「公主莫怕，只是一些鳥兒嫌咱們占了牠們的地盤，現在問題已經解決了。」

安平公主道：「什麼鳥兒叫聲如此淒厲？」

胡小天道：「夜梟！」

安平公主點了點頭，情緒這才平復下來。

胡小天伸出手去將匕首從她的手裡要了過來，在手中把玩了一下，微笑道：「公主從何處得來的匕首？」

龍曦月俏臉微紅，這柄匕首是她背著其他人偷偷藏在身邊的，剛才遇到危險以為大禍臨頭，方才將匕首拿了出來，自然在胡小天面前暴露。她小聲道：「用來防身的，沒有其他的意思……」低下頭去宛如一個做錯事情的孩子。

胡小天心中卻是一緊，他知道龍曦月雖然性情溫柔，可這卻只是表像，實則是外柔內剛，有這麼多的武士保護她，龍曦月當然沒必要再私藏一把匕首，而且這件事居然還瞞著自己，顯然她是另有盤算，難道她有了要尋短見的想法？想到這裡胡小天不禁害怕了，他將匕首插入自己的靴筒之中，笑道：「我先幫公主殿下收著。」他又向紫鵑道：「紫鵑，你出去一下，我有句話想單獨對公主說。」

紫鵑應了一聲，有些好奇地看了胡小天一眼，這才抱著雪球低頭出去了。

胡小天附在龍曦月的耳邊低聲道：「周默是我大哥，你完全可以信任。」

龍曦月美眸一亮，芳心不由得加速跳動起來，胡小天竟然安排他的大哥潛入送親隊伍之中，證明他在密謀帶自己離開，龍曦月心中又是感動又是擔心，顫聲道：「小天……」胡小天掩住她的櫻唇道：「什麼都不用說，我明白！」

胡小天不敢在帳篷內逗留，說完便離開，出去之後就看到文博遠和吳敬善兩人過來問候。

吳敬善陪著小心道：「胡公公，公主現在怎樣？」

胡小天冷哼了一聲：「公主受到了驚嚇，現在什麼人都不想見。」

吳敬善歎了口氣道：「說實話，剛才連老夫也嚇了一跳。」

文博遠淡然道：「虛驚一場罷了。」

胡小天呵呵冷笑道：「虛驚一場？剛剛不是文將軍還說萬無一失嗎？」

文博遠道：「我方人馬沒有任何損傷，這種事情誰也無法預測。」

胡小天道：「反正怎樣說都是你文將軍的道理。」

文博遠怒視胡小天：「我怎樣做不需要你來指點！」

胡小天正想反駁，卻被吳敬善攔住：「大家都少說兩句，文將軍，還是要增強戒備，千萬不可再發生這樣的事情。」然後轉向胡小天道：「胡公公，其實文將軍也不容易，這一路之上負責大家的安全，沒日沒夜的操勞，老夫也看在眼裡，其實有些事情並不是人力能夠控制的，咱們也要多些理解才好。」仗著自己的老資格，說這兩個小輩幾句，吳敬善的作用就在於此，也正是到了這種時候，才能夠秀出一些存在感。

文博遠去檢查戰場打掃的情況，吳敬善並沒有馬上離去，不是不想走，而是被胡小天拽住了袖子。

吳敬善苦笑道：「胡公公還有什麼指教？」

胡小天低聲道：「吳大人知不知道過去天機局裡面的馭獸師？」

吳敬善點了點頭道：「聽說過。」

胡小天道：「剛剛攻擊咱們營地的夜梟足有上千隻，我看應該不是偶然。」

吳敬善顫聲道：「你是說這些夜梟是有人驅策？」

胡小天沒說話，讓吳敬善自己去想。

吳敬善拍了拍額頭道：「如果真是如此，咱們應該儘早離去才好。」

胡小天道：「我說了沒用，你去跟他商量商量。」

吳敬善離去之後，胡小天來到周默身邊，周默聽到了他剛才和吳敬善的對話，低聲道：「從這些夜梟攻擊的規模來看，很可能是馭獸師所為，看來真要多加小心了。」

胡小天道：「現在什麼時候了？」

「剛過午夜。」

胡小天心中暗歎，這一夜看來還真是漫長。

第四章

自導自演的煙幕彈

文博遠對眼前一切感到迷惑，死去的三名武士是他派去刺殺胡小天的，
想不到這三人刺殺未成反而死在胡小天手裡，
這太監真是陰險，明明殺了三人，卻裝作什麼事都沒有發生過一樣。

周默讓他繼續回去休息，由他負責放哨即可。吳敬善雖然去找了文博遠可是並沒有什麼結果，這種時候拔營離開顯然是不現實的事情。

發生了這種事情之後，多半人都已經無法安然入睡，文博遠手下的一些武士乾脆起來將夜梟拿來在火上炙烤，夜梟叫聲雖然淒厲，可是肉味鮮美，還有藥用的價值，這些武士本來就膽色過人，整天過著刀頭舔血的日子，哪還有那麼多忌諱。剛才已經被胡小天這邊烤全羊的香氣勾起了饞蟲，苦於沒有食材，現在等於上天給他們送來了珍饈美味。

沒過多久，這營地便瀰漫著一股誘人的肉香。

胡小天在帳篷裡也無法睡著，再次出來的時候，看到周默仍然守在營帳前，天空中居然飄起了零星的小雪。舉目望去，四處有不少武士圍攏在篝火旁吃著烤熟的夜梟肉，剛才的那場獵殺讓他們搜集了不少的美味。

胡小天搖了搖頭，來到周默身邊在篝火旁坐了下去，周默笑道：「睡不著？」

胡小天道：「不知為了什麼，我心裡總感覺到有事情要發生。」

周默道：「可能是預感吧。」

胡小天向火中扔了一根枯枝道：「我這人的預感總是好的不靈壞的靈。」

周默笑了起來，此時忽然聽到遠處傳來幾聲大笑，卻是文博遠手下的值夜武士說話聲音大了一些。

胡小天舒了個懶腰道：「我去那邊轉轉，看看他們搞什麼花樣？」

周默點了點頭。

胡小天緩步向文博遠所在的營地走去，途經幾處篝火，雖然都有武士在旁邊值守，卻沒有一個人主動跟他打招呼。文博遠的這幫手下對胡小天都極為反感，認為這個小太監狗仗人勢，終日在他們面前耀武揚威。

胡小天來到那幾名武士身邊，聞到一股酒氣，馬上就知道他們喝了酒，其實在寒夜值守喝點酒本來沒什麼，可是說話聲音太大，驚擾到別人休息就不好了。

幾名武士看到胡小天過來，只當他隱形一樣，仍然繼續說笑。

胡小天微笑道：「幾位兄弟，說話聲音稍小一點，不要驚擾了公主休息。」

其中一名大鬍子武士抬頭斜睨胡小天，一副蠻不在乎的樣子，抓起酒葫蘆灌了一口道：「別人吃香的喝辣的，睡著熱被窩做著美夢，咱們兄弟在這裡值夜，連喝個酒說句話都不行了。」

另外一人道：「大哥，您這就不懂了，咱們只知道賣命出力，哪比得上人家會拍馬屁！」

幾人呵呵笑了起來，雖然竭力抑制住笑聲，可對胡小天的輕蔑無視已經展露無遺。

胡小天並沒有生氣，微笑道：「喝酒聊天沒事，只是不要驚擾了公主休息，不然的話……」

那大鬍子猛然將眼睛一翻：「不然怎樣？咱們浴血殺敵的時候，你躲在哪裡？一個沒把的太監有什麼資格對我們指指點點？我們可不受你的指揮。」

胡小天微笑道：「好！我最欣賞的就是有膽色的漢子，你叫什麼？」

那大鬍子應該是帶了些酒意，又灌了口酒，抹乾唇角的酒漬道：「大丈夫行不更名坐不改姓，董鐵山！」

胡小天笑瞇瞇道：「董鐵山！好名字！聽起來倒是有些骨氣，不知你的骨頭是不是像你的名字一樣硬氣，再笑一個給咱家聽聽！」

董鐵山有些奇怪地看了胡小天一眼，然後向周圍同伴看了一眼，率先哈哈笑了起來。他的笑聲剛剛發出，眼前一花，飛來一腳狠狠踹在他的面門之上，董鐵山魁梧的身軀竟然當不起這一腳之力，被胡小天踹得撲通一聲撲倒在雪地上。

胡小天的這一腳捅了馬蜂窩，篝火旁的五名漢子同時站起身來，腰間鋼刀鏘的一聲拔了出來。

胡小天負手而立，不屑笑道：「有種，咱家倒要看看誰敢動我？」

遠處的周默靜靜望著這邊的動靜，他並沒有過來相助，從胡小天起身走過去那一刻起，他就知道胡小天可能要挑起爭端，事情的發展證明果然如此。胡小天的火氣應該不是衝著這幾名武士，而是衝著文博遠，胡小天正在按照他的計畫一步一步展開行動。

董鐵山捂著鼻子，手指間仍然不停有鮮血滲出，他剛才是輕敵，根本沒有想到胡小天會突然向他出手，更加沒想到這個太監的腳力如此厲害，踢得他鼻血長流，頭昏腦脹。董鐵山惡狠狠罵了一句：「操！我劈了你這混帳……」他抽刀衝了上去，手中刀剛剛舉起，斜刺裡衝過來一個人，一把將他的手腕握住，董鐵山雖然力大，卻根本無法掙脫開對方的手腕，怒吼道：「你他娘的給我放開……」說完之後方才看出是文博遠來到了自己身邊，頓時嚇得魂飛魄散，臉都綠了。

文博遠鬆開他的手腕，反手狠狠給了他一巴掌，打得董鐵山門牙都飛出去兩顆，這巴掌打得比胡小天剛才那一腳可要狠多了。文博遠道：「不開眼的東西，你們不認得胡公公嗎？還不把刀給我收起來。」

幾人慌忙將刀收了起來，文博遠向胡小天拱了拱手道：「胡公公勿怪，我這幾個手下性情粗魯，得罪之處還望海涵。」

胡小天笑道：「原沒什麼大事，只是他們說笑的聲音太大，我怕驚擾了公主休息。」

文博遠道：「胡公公對公主殿下真是關懷備至。」話語中明顯帶著嘲諷意味。

胡小天道：「應該的。」此時他忽然聞到一股濃煙的味道，短時間內他們的周圍已經彌散淡淡的煙霧，文博遠也在同時覺察到了這一點。他們向四周望去，看看是哪邊的篝火熄滅引起的煙霧，可是在短時間內煙霧已經包繞了他們的營地，文博遠大聲道：「保護公主！」然後他率先向公主營地衝去。

胡小天也想跟著過去，可是沒走兩步，有幾名武士將他護住，其中一人道：「胡公公，您跟我們來！」

遠處文博遠已經發出了撤退的信號，濃煙從正南的方向而來，隨著北風蔓延的速度奇快，他們必須要儘快離開這片營地，脫離煙霧的籠罩。

胡小天本想第一時間前往公主的營帳去和龍曦月會合，可是煙霧彌散的速度遠超他的想像，沒等他和龍曦月會合到一起，身邊已經到處都是煙霧，不過周默一直都守在營帳外面，他應該能夠照顧好龍曦月。

幾名武士護著胡小天向前方逃去，試圖逃出這煙霧籠罩的區域。胡小天屏住呼吸，自然而然又用上了老乞丐教給他的裝死狗呼吸法，只有到了危急關頭才體會到這絕招的奧妙，雖然名字不怎麼好聽，但是樸素實用，難怪老百姓都喜歡給孩子起個帶狗的賤名，什麼狗蛋，狗娃，狗剩，敢情沾上狗字就能長命百歲。

文博遠的聲音又在遠方響起：「大家不要慌張！慢慢……退出去……」他顯然也被濃煙給嗆著了，咳嗽了幾聲。

胡小天修煉無相神功之後雖然目力增強了不少，但是在煙霧之中也不能看清周圍的景象，身邊的幾名武士紛紛用布掩住口鼻，只露出一雙眼睛在外面。

胡小天指了指文博遠發聲的方向，示意他們向那邊走去。此時周圍樹林忽然傳來一陣陣喊殺之聲，聲震松林，一時間分不清到底有多少人埋伏。

兩名武士一左一右守在胡小天身邊貼身保護，對這位副遣婚史照顧得非常周到。他們在煙霧中摸索了一會兒，仍然沒有找到同伴。胡小天懷疑可能走錯了方向，轉過身去，正看到身後一名武士舉起長劍照著他後心刺來。

胡小天大吃一驚，危急關頭，足尖在雪地上一點，身體向後方竄了出去，可是兩旁武士在同時出手，一左一右抓住了他的臂膀。胡小天嚇得魂飛魄散，自己一時大意，竟然落入對方的圈套之中。

眼看劍鋒已經來到眼前，胡小天爆發出一聲大吼，吼叫聲多少有些絕望，這一劍豈不是要將自己刺個透心涼。他抬腳向對方踹去，就算自己被對方砍死，也要踢掉他半條命。

可那名在身後偷襲的武士吃驚更甚，明明一劍刺到了胡小天的心口，可是劍尖刺到他的胸膛上便再也無法深入分毫，強大的力量甚至讓劍身都發生了彎曲，可是劍尖卻根本無法突破胡小天胸前的衣服。

胡小天的這一腳飛踹正中那武士的小腹，將這名在背後偷襲自己的武士踢得凌空飛起，撞在樹幹之上。

那武士痛得捂住小腹，以劍拄地，意圖起身再次發動攻擊。

咻！一支羽箭撕裂煙霧，以驚人的速度射中揮刀者的頭顱，噗的一聲貫穿了他的顱腦，染血的鏃尖從他的後腦透出，深深釘入樹幹之中，那武士驚恐萬分，一雙眼睛瞪得滾圓，到死都沒有搞清楚是誰對他下了殺手。

抓住胡小天手臂的兩名武士幾乎在同時抽出匕首，狠狠刺向他的肋下，結果還是一樣，匕首刺在胡小天的身上，根本無法深入分毫。

胡小天這會兒方才回過神來，我靠啊！老子有烏蠶甲護體，跟我鬥！他用力摔開兩人的手臂。與此同時，咻！咻！又射來連續兩箭，抓住胡小天手臂的兩名武士根本沒有來得及做出下一步的舉動，他們的咽喉已經先後中箭。這兩人也是死不瞑目，本以為偷襲的是一個不通武功的太監，卻想不到這廝有著一身強悍的橫練功夫，不是金鐘罩就是鐵布衫，他們做夢也不會想到胡小天穿著刀槍不入的烏蠶甲。

胡小天趁機掙脫開他們的手臂，抽出腰間烏金刀，怒吼一聲，一刀橫削出去，烏金刀銳不可當，接連削斷兩人的頭顱，鮮血從斷裂的腔子裡噴了出來，胡小天不急逃避，身上沾染了不少的鮮血。

他抬頭望去，上方煙霧升騰，看不清景物，低頭望去，不遠處有一個人貓著腰向他靠近，從身形看應該是展鵬。

「小心！」伴隨著弓弦輕響，一支羽箭貼著胡小天的左肩飛了過去，將一名借著煙幕掩護的蒙面人射殺當場。聲音暴露了展鵬的位置，在他發聲之後，馬上有五支羽箭射向他的方位，展鵬在地上連續翻滾，右手在空中來回抓了幾下，竟然將射向他的羽箭全都抓住，同時射了出去，煙幕中傳來兩聲慘叫，又有兩名敵人中箭。

展鵬落地之後，先將羽箭從三人的屍體之上拔了下來，重新納入箭囊之中，然後低聲道：「跟我來！」他快步向右側跑去。

胡小天拖刀緊隨展鵬的身後，雖然他最近武功進展不小，可畢竟欠缺實戰經驗，加上四處煙霧瀰漫，根本無從分清方向，也搞不清敵我。

一道人影從前方閃現，展鵬反應神速，一箭將之射翻。胡小天緊跟上去補了一刀，連敵人的樣子都沒看清就遭遇伏擊，這廝憋了一肚子火，這種狀態下出手格外果斷，毫不留情。

展鵬是獵戶出身，森林本來就是他最為熟悉的地方，雖然他從未來過這片黑松林，但是對山林與生俱來的熟悉，讓他得以在最短的時間內適應這邊的環境。其實胡小天走向那幾名武士的時候，展鵬就已經在關注他，濃煙升起，幾名武士保護胡小天逃離，展鵬悄然尾隨，始終沒離開胡小天左右，即便如此，他也沒有想到幾名護衛胡小天逃離的武士會突下殺手，他本以為自己出手晚了一步，卻驚喜看到胡小天安然無恙，馬上就推測到胡小天可能穿了護甲之類的寶物。

胡小天在煙霧中早已暈頭轉向，剛才是順著風跑，其實有煙霧的時候順風跑反倒是下策，風吹著煙霧一直在追趕著他們的腳步，所以他們一時間無法逃出煙霧的籠罩範圍。

展鵬示意他躬下身去，儘量壓低自己的身體。胡小天這才想起火災中的自救知識，到了危急關頭竟然忘了，煙霧往上走，應該儘量壓低身體才對。

展鵬遞給胡小天一塊用雪水沾濕的棉布，示意胡小天將口鼻護住。胡小天卻搖了搖頭表示不用，他獨特的呼吸方法可以保持長時間的屏息狀態。跟在展鵬的身後，沒多久就走出了煙霧籠罩的區域。

展鵬拉下護住口鼻的濕布，吸了口氣，又抓了一團雪塞入口中。雙目警惕望著周圍，然後又趴伏在雪地上傾聽周圍的動靜。

胡小天低頭看了看自己，身上的狐皮襖子已經爛了好幾個大洞，露出裡面的烏蠶甲，得虧李雲聰送給自己的這件烏蠶甲，不然今天至少要被人捅三刀，死上三次了，想起剛才的一幕，胡小天真是驚魂未定。那幾名武士明明是文博遠的手下，竟然向自己下手。胡小天稍一琢磨就已經猜到了這根本是個陰謀，姬飛花讓自己殺文博遠，本來自己還有些不忍心呢，卻想不到文博遠比自己更狠，剛出天波府就給自己來了一個先下手為強。如果不是自己福大命大，此時小命已經沒了。

展鵬直起身來，向胡小天低聲道：「他們在西北方向。」

胡小天點了點頭：「走！」

展鵬道：「剛才伏擊你的那幾名武士都是神策府的人。」

胡小天低聲道：「我知道！」

展鵬眉頭緊鎖，心中不由得為胡小天感到憂慮，那幾人顯然都是受到了文博遠的指使。

前方又響起喊殺聲，胡小天和展鵬循聲走了過去，聽到吳敬善聲嘶力竭的聲音道：「將這些強盜全部剷除，一個不留，保護公主，保護公主！」

胡小天心中暗笑，看來已經鎖定勝局了，否則吳敬善不會叫得如此賣力。他和展鵬分開走向前方和隊伍會合，果然不出他的所料，現場已經有五名劫匪被殺，其餘的劫匪已經逃了。

聽說胡小天平安歸來，吳敬善也是欣慰不已，文博遠的臉色卻變得異常陰沉。胡小天也沒有提起剛才的事情，故意詢問發生了什麼，吳敬善歎了口氣道：「這些劫匪真是膽大包天，竟然敢製造煙幕，又在我們撤退的中途想要伏擊我們，幸虧有文將軍在，將他們一網打盡。」

胡小天看了看地上的五具屍體，心中暗自冷笑，真當別人都是傻子，區區五名劫匪居然敢來打劫七百名訓練有素的武士，而這其中不乏高手存在。文博遠啊文博遠，你的佈局也搞得有些智商好不好？

此時其餘失散的武士陸續抵達了這裡。

文博遠道：「就地休息，展鵬，趙崇武，你們各自帶領五十人，等到煙霧散去前往檢查營地，看看還有沒有敵人，順便檢查一下有無物品遺漏。董鐵山！清點一下人數。」

胡小天向文博遠笑著點了點頭，然後向安平公主的方向走去。龍曦月一直都在為胡小天的安危擔心不已，恨不能衝入煙霧中去找他，現在看到他平安歸來，方才放下心來，向前走了一步，卻意識到自己有些失態，馬上停下了腳步。

周默看在眼裡，心中暗歎，這位公主和我三弟之間是情根深種，這緣分只怕是割捨不掉了。周默剛才始終護衛龍曦月左右，所以並不知道胡小天經歷了如此驚心動魄的一段。

胡小天來到龍曦月面前，龍曦月強行抑制著內心的激動和關切，平靜道：「小胡子，回來了？」

胡小天微笑道：「回來了！」簡簡單單的三個字中卻包含著無數的曲折和凶險。此時他們的馬車也被帶到了這邊，胡小天請龍曦月先回座駕休息。

周默低聲道：「怎樣？」

胡小天望著遠處的文博遠，冷冷道：「應該是那混帳自導自演的一齣戲而已。」

周默留意到胡小天破裂的衣衫，馬上判斷出是刀鋒所致，推測到胡小天剛才必然經歷了一場凶險，低聲道：「沒事就好。」他的目光投向營地的方向：「不知那些賊人是從哪裡來的？」

胡小天不屑笑道：「同樣是用來掩飾他行為的煙幕彈而已。」剛開始的時候，胡小天還以為文博遠堅持穿過黑松林只是一意孤行，現在方才明白他根本是狼子野心，早已在黑松林內布下了埋伏，意圖謀害自己，然後推在劫匪的身上。從這刻開始，即便沒有姬飛花交給他的使命，胡小天也一定要將文博遠置於死地，對敵人果然來不得半點的仁慈，尤其是在這個人還將自己視為情敵的前提下。

周默低聲道：「我今天就幹掉他！」今天這場針對胡小天的謀殺已經徹底激起了周默心中的怒氣，他要率先剷除文博遠，從而保證胡小天的安全。

胡小天搖了搖頭道：「不急，這件事必須要做到萬無一失，只是展鵬可能要暴露了。」

遠處有人抬來了幾具屍體，胡小天讓周默原地守候，自己湊了上去。趙崇武帶來了五具屍體，其中有三具屍體是文博遠麾下的武士，也就是剛才偷襲胡小天的三個，一個頭上還有一個大血洞，兩人沒了頭顱，頭顱被一名武士拎著放在雪地上，暫時擺成了一個全屍。另外兩人乃是偷襲他們的劫匪，也是被箭射殺。這兩具屍體的身上仍然插著羽箭。

文博遠走了過去，從其中一具屍體身上拔下了羽箭，握著那支羽箭在手中，神策府手下武士羽箭統一編制，都有著明顯的標誌，可是這些羽箭顯然並不屬於他們，文博遠的眉頭頓時皺了起來，眼前的一切讓他感到有些迷惑，死去的三名武士正是他派去刺殺胡小天的三個，想不到這三人刺殺未成，反而死在胡小天的手裡，這太監真是陰險，明明殺了三人，回來後卻隻字不提，裝作什麼事情都沒有發生過一樣。這五人都應該死於冷箭，可是其中三支箭矢卻被人拔走，另外兩名劫匪身上的羽箭並不屬於神策府，看來應該是屬於劫匪那邊的。在他們身上究竟發生了什麼事情？也許只有胡小天才知道內情。

文博遠向胡小天看了一眼，胡小天裝模作樣地搖了搖頭：「真慘啊！這三個好像是咱們的人吧，哎呦喂，怎麼連腦袋都沒有了？厚葬，一定要厚葬！」

文博遠聽他這樣說，恨得心底都癢癢了。

胡小天此時方才明白展鵬為什麼要冒著危險空中借箭，又為什麼在離去之前拔走他射出的箭矢，想不到在剛才那種情況下，展鵬居然還可以保持這樣的冷靜心態，這份心理素質就算自己也未必趕得上。

胡小天暗自欣慰，文博遠短時間內是無法猜到究竟是誰下手了。

胡小天走了沒多久又轉身回來，手中已經多了一張弓，這廝彎弓搭箭，瞄準地上劫匪的屍體，咻的就是一箭。

他的這一舉動將所有人都弄愣了，向死人射箭，這廝還有節操嗎？即便是這麼近的距離下，胡公公居然還將這一箭給射偏了，胡小天將弓箭扔在了地上，罵道：

「混帳東西，居然敢驚擾公主聖駕，我看你是不想活了。」人家早就死了好嗎！胡小天這戲演得實在是太蹩腳了。

欲蓋彌彰！文博遠的臉上佈滿狐疑之色，胡小天啊胡小天，你故意當眾射偏這一箭，好讓我不懷疑到你，信你才怪，真是沒想到，你居然是個百步穿楊的好手。人有時候太過多疑也不好，文博遠就屬於聰明反被聰明誤。

胡小天是真心瞄準了，可惜這手頭的準星差了點，望著文博遠一臉的疑竇，胡小天心中暗樂，愛怎麼想怎麼想，就算現在不殺你，也得多殺你幾個腦細胞。

清點人數之後，發現己方一共死了五人，輕傷十二人，夜襲伏擊他們的歹徒被殺十六人，傷者不祥。

胡小天認定這些劫匪都是文博遠布下的幌子，心中更加堅定了將之殺掉的信念。

所有人員在經歷了這一夜的折騰之後，都顯得有些萎靡。文博遠決定原地調整，生火灶飯，等到天光完全放亮再行出發。

天色已經現出一片青灰，黎明在不知不覺中到來，胡小天牽著小灰來到距離營地不遠處的小溪處，洗了把臉，然後幫小灰洗去身上的泥濘。

前方有人影向這邊走來，胡小天頓時警覺了起來，等到那人走近一看，卻是前去打探道路的趙志河。趙志河這個人物極其可疑，他負責隊伍的嚮導和打探情報，昨晚發生的事情此人難辭其咎，胡小天幾乎能夠斷定，文博遠和那幫劫匪之間正是通過趙志河聯繫，想要切斷他們之間的聯繫，就必須從趙志河下手。

胡小天拍了拍小灰的臀部，讓小灰在小溪邊等著，然後迎向趙志河道：「這不是趙兄嗎？好早！」趙志河本來並沒有準備搭理這位胡公公，可人家主動跟自己打招呼總不能視而不見，他向胡小天躬身行禮道：「屬下趙志河參見胡公公。」

胡小天笑道：「客氣，趙兄這麼早去了哪裡？」

趙志河道：「奉文將軍之名去前方探路。」他向胡小天身後望去，距離營地只不過百餘步的距離。

胡小天嘿嘿笑了一聲，然後伸出手很親熱地搭在趙志河肩膀上，趙志河微微一怔，自己和這位公公好像沒有熟悉到這個地步。

胡小天道：「趙兄，我有句話想單獨問你。」

趙志河又向營地的方向望了一眼：「可我還有要緊事向文將軍稟報。」

胡小天樂呵呵道：「不急，就兩句話。」

趙志河無奈，只能跟他向一旁走了兩步，胡小天低聲道：「其實你做了什麼事情，我都明白。」

趙志河哪能想到他會這樣說，愕然道：「胡公公什麼意思？您的話我一點都不明白。」

胡小天笑道：「不是不明白，而是裝糊塗，那幫劫匪從何處而來，你心裡清楚，文博遠讓你做了什麼，你心裡更加清楚。」

趙志河臉色一變，他搖了搖頭道：「胡公公，您怎樣想我管不了，可是清者自清，有什麼話，你去對文將軍說。」

胡小天道：「你身為嚮導，卻故意將我們引入這黑松林，害得我們損兵折將，驚擾公主，該當何罪？」

趙志河道：「欲加之罪何患無辭，我趙志河對大康忠心耿耿，此心可昭日月。」

胡小天冷笑道：「只怕是對文博遠忠心耿耿吧。」

趙志河猛然掙脫開胡小天的手臂，怒視胡小天道：「胡公公，我對你一忍再忍，你卻咄咄逼人，做人還是不要太過分為好。」

胡小天嘿嘿笑道：「威脅我？你居然敢威脅我？」

趙志河道：「我乃神策府將官，只聽從文將軍的號令，你無權對我指手畫腳，再敢對我無禮，休怪趙某不講情面。」仗著有文博遠撐腰，趙志河說起話來也是相當的硬氣。

胡小天點了點頭道：「好啊！」說話的同時，身軀宛如獵豹般衝了上去。

趙志河無論如何都想不到胡小天敢在這裡對自己出手，他第一反應就是去拿胡小天的手臂，胡小天出手奇快，以肘部擋開趙志河的手臂，玄冥陰風爪探伸出去，牢牢鎖住了他的咽喉。以趙志河的武功原本不會在一招之內就落敗，只是事發倉促，他全無準備，而且胡小天出手就是高妙的玄冥陰風爪這種上乘武功。趙志河對胡小天的武功又缺乏正確的估計，根本沒有想到這個小太監居然也身懷絕技。

趙志河滿頭冷汗剛想掙扎，胡小天已經掏出了匕首，抵在他的頸側動脈之上，壓低聲音道：「你敢呼救，我就一刀割了你的喉嚨。」

趙志河嚇得整個人僵在那裡，顫聲道：「你……你想做什麼？」

胡小天道：「你老老實實回答我，若敢有半句謊話，我讓你命喪當場！」

趙志河道：「你是朝廷命官，豈可草菅人命！」

胡小天道：「你不要忘了，臨行之前姬公公賜我一把烏金刀，可先斬後奏。」

趙志河聽到這裡，嚇得身軀一顫，姬飛花在大康的地位他當然清楚，就算胡小天殺了自己，姬飛花也一定可以為他撐腰。

胡小天看到他雙目之中流露出驚恐的目光，低聲道：「你現在老老實實告訴我，前面是不是還有埋伏？」

「我怎麼知道？」

「死到臨頭還敢嘴硬。」

趙志河忽然一把抓住胡小天的手腕，大聲道：「救……」胡小天不等他的話說完，揚起匕首狠狠插入他的頸中，就在同時，忽然聽到身後發出一聲尖叫。

胡小天拔出匕首，一腳將趙志河的屍體踹了出去，鮮血從趙志河的頸部噴了出來，並沒有一滴沾到胡小天的身上，他轉身望去，卻見一名身穿勁裝的少年滿臉惶恐地站在自己的身後，定睛一看卻是女扮男裝的唐輕璇，胡小天頓時頭大起來，剛才只顧著趙志河，壓根沒有注意唐輕璇何時出現，又或是她一直都在這裡。

唐輕璇看到胡小天望向自己，慌忙去拔腰間的長劍，她性情雖然潑辣，可是畢竟沒有親眼目睹過這血淋淋的殘忍場面，惶恐之中竟然沒有成功將手中長劍及時拔出，胡小天已經來到了她的面前。

與此同時，營地之中十多名武士已經聞聲衝到了這裡，胡小天暗叫不妙，現在再想滅口已經來不及了，他靈機一動，竟然一把就將唐輕璇摟入懷中，唐輕璇也想不到他會抱住自己，嚇得魂不附體，胡小天壓低聲音道：「你若是敢將此事說出去，你的兩個哥哥休想活命。」

唐輕璇整個人都嚇傻了，還沒有完全回過神來，那些武士已經趕到了近前，胡小天附在她耳邊道：「此人乃是內奸，我若不殺他，咱們全都會死在他的手中。」

文博遠也在第一時間內趕到了現場，看到趙志河趴倒在地上手足不停抽搐，文博遠上前抓住他的肩頭將他的身體翻轉過來，出手如風點了他的幾處穴道想要為他止住血流，可是趙志河的頸總動脈已經被胡小天切斷，豈是點穴能夠止住的，趙志河抽搐了幾下，眼看已經不活了。

文博遠緩緩站起身來，猛然回過頭去，目光死死盯住胡小天，凜冽的殺機將胡小天籠罩。

胡小天卻彷彿沒發生任何事一樣，放開了唐輕璇道：「這混帳東西簡直是畜生，竟然想強暴唐姑娘。」

唐輕璇剛才是大驚失色，這會兒感覺五雷轟頂，自己剛才只是躲在這邊小解，誰想到竟不巧看到了胡小天殺人的場景，她本想不出聲以免被他們發覺，可是最終還是因為胡小天殺人滅口時候血淋淋的場面而感到害怕，忍不住發出了一聲驚呼，這才落到了如此危險的境地，有一點她能夠斷定，倘若不是這幫武士及時聞聲趕到，只怕胡小天也要將自己殺了滅口了。

唐輕璇這會兒才想起自己明明會武功，可是她的武功根本登不了大雅之堂，真正看到以性命相搏的血腥場面整個人都嚇傻了。可以說她的腦子到現在都是一團混亂，沒有恢復正常，所以胡小天才敢信口開河。讓唐輕璇惱火的是，胡小天竟然將她是女兒身的事情公諸於眾了。

文博遠陰冷的目光轉向唐輕璇，森然的寒意看得唐輕璇心中一顫，臉色頃刻間變得蒼白。

此時唐鐵漢、唐鐵鑫兄弟也聞訊趕了過來，唐輕璇看到兩位哥哥過來，彷彿看到救星一般向兩人奔去。

文博遠怒道：「給我站住！」在他看來胡小天很可能和唐輕璇聯手殺死了趙志河。他這一叫，唐輕璇反而跑得更快，唐鐵漢和唐鐵鑫上前護住自己的妹子，兩人不明情況，來到現場只看到妹妹在逃，而文博遠正疾言厲色地令她停下。唐鐵鑫道：「文將軍，不知我兄弟有什麼地方得罪了您？」文博遠的出身當然不是他們能夠相比的，唐家兄弟之中也就數這個老三最為理智，所以一說話就陪著小心。只是唐鐵鑫並不知道，胡小天已經將他妹子的身分給公諸於眾。

文博遠壓根沒把唐鐵鑫這種小人物放在眼裡，冷哼一聲：「滾開！」他已經被完全激怒，自己的手下竟然在眼皮底下被胡小天幹掉，是可忍孰不可忍。

唐輕璇躲在大哥身後，聽到文博遠如此呵斥她的三哥，心中頓時有些火氣，她在家裡素來驕縱慣了，雖然心中也明白對方來頭不小，可終究忍不了他對自己哥哥如此說話。

文博遠指著唐輕璇怒道：「賤人，你給我出來！」他這句話等於把唐家三兄妹全都給得罪了，唐家兄弟同時對他怒目相向。

胡小天一旁不慌不忙道：「文將軍何必遷怒於人，趙志河是我殺的，冤有頭債有主，你有火衝著我來就是！」

文博遠咬牙切齒，宛如一頭暴怒的雄獅般怒視胡小天：「胡小天，你竟敢殺我的人！」

胡小天笑道：「無恥淫賊，人人得而誅之。」

唐家兄弟當然不想捲入這兩人的爭端之中，可是現在事情根本由不得他們控制，妹子顯然已很難置身事外。唐鐵鑫低聲道：「小弟，究竟發生了什麼事情？」

唐輕璇心中這會兒翻來覆去矛盾之極，胡小天雖然不是什麼好人，可看起來這個文博遠也不是什麼好鳥，胡小天殺人和自己何干？只怪自己倒楣，無非是找個僻靜之處小解，卻想不到惹了這麼大的麻煩，她越想越是委屈，趴在唐鐵漢肩頭哭了起來，唐鐵漢最疼這個妹子，一看妹子這般模樣，認為妹子十有八九是被人欺負了，怒道：「輕璇，你不用怕，誰敢欺負你，大哥都不饒她。」

文博遠顯然沒有跟他們糾纏下去的耐性，大聲道：「將此女給我拿下！」在文博遠眼中，唐家兄妹只不過是一些小人物，他們的命運完全在自己的掌握之中，根本沒有想過去給予他們任何的尊重。

胡小天這會兒似乎成了旁觀者，聽到文博遠這樣說話，他心中暗笑，文博遠還敢稱什麼智勇雙全，簡直是豬一樣的頭腦，過於傲慢自大，分明在到處樹敵。以唐家兄弟的個性，未必能夠吞得下這口氣。

果不其然，唐鐵漢看到幾名武士過來要拿他妹子，鏘的一聲就將腰刀抽出來了，怒吼道：「我看誰敢動我妹子！」這下等於承認了唐輕璇女扮男裝的事實。

文博遠怒道：「好你個大膽狂徒，竟然欺上瞞下，攜帶女眷混入隊伍之中，你該當何罪，究竟又有何目的，來人！將他們兄妹三個一併給我拿下。」

倘若文博遠一開始態度好一些，對待唐輕璇好生勸慰，說不定唐輕璇還真把胡小天做的事原原本本給供出來，可是他本性傲慢無禮，加上因趙志河被殺而被怒火衝昏了頭腦，採取的應對措施過於強勢，顯然激起了唐家兄妹的反感。

胡小天道：「文將軍好威風好煞氣，趙志河根本就是該死，你這般護著你的手下，是不是想掩蓋自己管教不力。」

「你！」文博遠緊握刀柄，就快將刀柄攥出水來。

胡小天絲毫沒有退讓的樣子，向前邁出一步，和文博遠無懼對視著。

「冷靜！兩位大人都冷靜……一些……」吳敬善在兩名家將的陪同下，氣喘吁吁來到了現場，與此同時，騾馬隊的腳夫，還有不少武士也趕到了現場，多半武士都是文博遠的手下，可這些腳夫卻都是唐家兄弟帶來的班底，他們心中自然向著唐家兄弟。

吳敬善上氣不接下氣地來到胡小天和文博遠面前，歎了口氣道：「為何？為何自己人要鬧起來……呢？」

文博遠指向地上趙志河的屍首，充滿悲憤道：「他殺了趙志河。」

吳敬善現在才留意到地上的屍體，不由得嚇了一跳：「胡公公，這又是為何？」

胡小天向地上的屍首掃了一眼，微笑道：「他該死！」

文博遠怒吼道：「胡小天，你欺人太甚！」

此時一個清脆的聲音道：「是……是他殺了那個人……」卻是唐輕璇開口說話，伸手指著胡小天。

胡小天心中暗罵，沒良心的小娘皮，老子沒來得及把你滅口真是個麻煩，真是後悔當年在碧雲湖把你給救起來，早知你今天會出賣我，當時把你淹死多好。

吳敬善面孔一板：「胡公公，你作何解釋？」

唐輕璇走了過來：「剛剛我來到河邊洗漱……」說到這裡停頓了一下，根本不是洗漱分明是小解，可這事兒不能說說出來太丟人。唐輕璇整理了一下情緒，鎮定下來之後方才指向地上趙志河的屍體：「此人突然竄了出來，他捂住我的嘴巴，想要……想要非禮於我……」說到這裡她嘴巴一扁，淚水嘩嘩流下，宛如大河決堤，無可收拾。

唐鐵漢咬牙切齒道：「畜生，竟敢欺辱我妹子，老子必將你碎屍萬段！」

唐輕璇抽抽噎噎道：「正在危急之時，這位……這位……恩公衝了出來，他過來阻止此人，卻想不到他竟然抽刀想要把我們殺死，搏鬥之中，恩公錯手殺了他……」說到這裡她悲不自勝，趴到大哥懷中大聲哭了起來。

胡小天心中暗讚精彩，女人果然都是天生的演技派高手，撒起謊來簡直比真的還要真。唐家小妞，老子果然沒白白救你一次。衝著你撒謊撒得那麼漂亮的份上，過去的那些過節老子不跟你計較了。

唐鐵漢和唐鐵鑫兩人當然對自己妹子所說的話確信無疑，兩人義憤填膺，恨不能現在衝上去就將趙志河的屍體給撕碎了。唐鐵鑫向吳敬善拱了拱手，充滿悲憤道：「還請吳大人為我們兄妹主持公道。」

吳敬善撚著鬍鬚道：「這……」他心裡當然是更傾向文博遠多一些，可事實擺在眼前，人證物證俱在，趙志河又被胡小天殺了，死無對證，這件事還真沒地兒說理去。

文博遠冷笑道：「趙志河向來對我忠心耿耿，豈容你們玷污他的清白，焉知你們不是狼狽為奸，設計將他謀害。」

胡小天道：「文博遠，你他媽什麼意思？」有了唐輕璇為他作證，胡小天這會兒底氣十足，連粗話都帶了出來。

文博遠被他氣得臉色鐵青，這貨根本就是個市井無賴。文博遠雖然居心叵測，可是他畢竟出身世家，向來自持身分，連粗口也不輕易說一句，若是比起罵戰，他哪裡會是胡小天的對手。

胡小天道：「趙志河對你忠心耿耿，未必代表他對陛下忠心耿耿，這種卑鄙無恥的混帳死不足惜，你居然還有臉說清白二字，照你的邏輯，唐姑娘的清白就不重要，就可以任憑你任意污蔑？」

文博遠冷笑道：「別以為我看不出你們之間的關係。」

胡小天道：「文博遠，你別過分，咱家乃是一個太監，你侮辱我沒什麼，可人家唐姑娘還是一個未出閣的黃花閨女，還請你口下留德。」

唐鐵漢忍耐到了極點，他性情暴烈，火氣上來什麼後果都不顧，所以當初才會幹出帶人圍攻尚書府的事情來，聽到這裡哪還忍得住，大吼道：「誰敢侮辱我妹子，就是與我唐鐵漢為敵，老子捨得這條性命也要跟他死磕到底！」

文博遠怒視唐鐵漢：「大膽！你想做亂嗎？」身後武士同時抽出刀劍。

唐鐵鑫慌忙上前攔住大哥，他知道自己大哥的脾氣，不過文博遠的傲慢無禮也讓他不爽到了極點，唐鐵鑫道：「我們只是負責車馬調度的小人物，可我們唐家人也不是任人欺負的。」他們身後的馬夫腳力此時也氣不過了，一個個嚷嚷道：「大當家的，咱們不受他們的鳥氣，大不了不幹了……」

「對，不受這窩囊氣，不幹了！」

一時間群情激奮，大有局面無法控制的跡象。

文博遠冷冷道：「弓箭手準備，擅離職守者，當即射殺！」弓箭手紛紛抽出弓箭，一時間劍拔弩張，氣氛緊張到了極點。

吳敬善叫苦不迭，怎麼會突然搞成這個樣子，他慌忙道：「大家冷靜，都冷靜！」

唐鐵漢吼叫道：「老子不怕你，有種你射死我！」

文博遠目光一凜，沉聲道：「準備！」頃刻間弓箭手拉弓引弦，嚴陣以待。

胡小天心中大樂，當真是有心栽花花不開，無心插柳柳成蔭，唐家兄妹和文博遠對立卻是他計畫之外的事情，兩方鬧成現在這個樣子真是意外之喜。事情不怕鬧大，兩邊翻臉最好不過，文博遠的敵人就是我的戰友，這廝絕對是個唯恐天下不亂的主兒。

吳敬善叫道：「全都把武器放下，全都放下！」他雖然是總遣婚使，但是那幫武士只聽從文博遠的命令，文博遠不發話，他們當然不會聽從吳敬善的命令。

胡小天搖了搖頭，歎了口氣道：「吳大人，看到沒有，這幫人連您都不放在眼裡，根本不懂什麼尊卑之別。」

吳敬善知道他在煽風點火，可眼前的局勢的確如此，文博遠手下的這幫人是沒有將他放在眼裡。吳敬善道：「文將軍，讓他們放下武器！」

文博遠一言不發，彷彿沒有聽到吳敬善的話一樣，目光灼灼盯住唐家兄妹道：「你們竟然容留一個女眷混入隊伍之中，究竟有什麼圖謀？快快從實招來，不然休怪我不講情面！」柿子撿軟的捏，文博遠認為唐家兄妹相較胡小天而言更容易攻破，卻沒有想到他的做法等於將唐家兄妹推向了胡小天的一方，唐輕璇本來還有些猶豫，此時已經異常堅定了。

唐鐵漢大聲道：「是我讓妹子女扮男裝跟隨一起前往大康的，咋地？有什麼責任我來承擔！」

文博遠冷笑道：「唐鐵漢，你還算有些膽色，來人，將他們兄妹三個給我拿下審問。」

那幫車夫腳力又鼓噪起來，唐鐵鑫終究還是害怕事情鬧大，他轉向眾人拱手道：「兄弟們的好意俺們兄弟心領了，今天的事情因我妹子而起，自當由我們承擔責任，大家先冷靜。」

胡小天笑道：「承擔什麼責任？人是我殺的，這種畜生人人得而誅之，我是正當防衛，文博遠，你不要仗勢欺人，這兒有吳大人在，還輪不到你一手遮天。」

吳敬善唯有苦笑，今天算是被胡小天給綁架了，什麼事都能扯上自己。

文博遠道：「趙志河的死因不查清楚，我絕不會善罷甘休。來人……」

一個輕柔的聲音從遠處響起：「難道吳大人說話都不頂用嗎？」圍攏的人群閃開了一條道路，卻是安平公主龍曦月在紫鵑的陪同下走了過來，周默悄聲無息地跟在她的身後。

第五章

夕陽無限好

安平公主芳心一顫，為胡小天的才華所觸動，
胡小天誦出的這句詩正是她此刻內心的寫照，
兩人相處的日子如此美好，讓她無比留戀，
可是她卻又清醒地知道，這樣的時光越來越短暫，
也許這份美好即將永遠埋葬在這片生她養她的土地上。

吳敬善看到公主親自來了，慌忙呵斥道：「爾等還不趕緊收起刀箭！」那幫武士膽子再大，也不敢在公主面前舞刀弄劍，一個個慌忙收起刀劍，弓箭手鬆開弓弦，將鏃尖指向地下。

安平公主輕紗敷面，饒是如此，絕世風姿仍然讓眾人呼吸為之一窒，清澈如水的美眸環視了眾人一眼，最終落在唐輕璇的臉上，輕聲道：「是我讓唐家妹子跟著一起過來的，有什麼事情我來擔待。」

文博遠道：「公主，胡小天剛剛殺了我的一名手下。」

龍曦月道：「他既然敢做出這種喪盡天良的事情自然死有餘辜，文將軍，以後你要好好約束你的這幫手下，倘若再有同樣的事情發生，我唯你是問！」

文博遠心中窩火到了極點，他敢不聽吳敬善的卻不敢不服從安平公主，忍氣吞聲地低下頭去：「末將明白。」心中的確明白，明白這位安平公主根本就是和胡小天穿一條褲子，只要是胡小天的事情，她不管黑白是非都要站在胡小天那一邊。

龍曦月道：「大家各自散了吧，都是自己人，難道當真想要自相殘殺嗎？」

吳敬善跟著道：「大家散了，趕緊散了，不得對公主無禮！」

事到如今，文博遠知道堅持下去也不會有什麼結果，安平公主顯然是護定了胡小天，這裡還沒有離開大康的地界，若是激怒了安平公主只怕不會有什麼好結果，小不忍則亂大謀，且忍他一時，讓胡小天這個閹賊多活幾日，看他能夠得意到什麼時候。

眾人紛紛散去，等到文博遠離去之後，唐輕璇慌忙向安平公主行跪拜之禮道：「民女唐輕璇多謝公主殿下為我主持公道……」話沒說完，眼淚又落了下來，女人一旦入戲，還真沒那麼容易從裡面抽身出來。

安平公主沒等唐輕璇跪下就扶起她道：「你不用害怕，凡事有我為你做主。」唐家兄弟聽說公主願意為他們撐腰，也放下心來，文博遠再大，能大過公主？

安平公主向唐輕璇道：「你跟我過來吧。」

胡小天並沒有急著走，到最後只剩下他跟吳敬善幾個，吳敬善歎了口氣道：「胡公公，你完全可以抓住他，何必一定要殺他。」

胡小天嘿嘿笑道：「我不殺他，他就殺我，換成是吳大人也沒有其他的選擇。」

吳敬善搖了搖頭，率領家將離去，胡小天看到眾人走了，不慌不忙繞到樹林後，倒不是又有什麼盤算，而是這會兒功夫有些尿急，必須要開閘放水，剛剛解開褲帶，卻看到雪地上有一灘琥珀色的痕跡，胡小天微微一怔，想不到有人居然搶了他的先，馬上就聯想到了唐輕璇那張驚慌失措的俏臉，胡小天唇角露出一絲邪惡的笑意，看了看周圍，又仔細傾聽了一下動靜，確信四周無人，這才掏出自己層層防護的命根子對著那片琥珀色的痕跡飛流直下三尺高。

唐輕璇若是看到眼前的一幕，只怕要羞得一頭撞死在樹幹上了。

胡小天大搖大擺回到營地，看到眾人正在收拾清點物品，準備趁著天亮走出黑松林。

胡小天來到正在備車的周默身邊，向他微微一笑。

周默以傳音入密道：「兄弟好俐落的身手！」

胡小天低聲道：「文博遠心裡有鬼，昨晚的事情百分百是他設計想要除掉我，趙志河很可能是他和那幫賊人聯繫的紐帶，必須將之剷除。」

周默點了點頭，心中暗讚，這位三弟做事真是乾脆果斷，如今隊伍之中大半都是文博遠的人，在敵眾我寡的前提下絕不容許有半點馬虎，剷除趙志河等於切斷了文博遠和外界的聯絡，完全打亂了他的既定計劃。

遠處安平公主和唐輕璇仍然在說著什麼，看來兩人談得頗為投契，隊伍重新行進的時候，唐輕璇居然被邀請和安平公主同車，非但如此，安平公主還對外宣稱自己和唐輕璇剛剛結拜了金蘭。

胡小天明白安平公主的意思，她應該是做樣子給文博遠他們看，讓這幫人知道她對唐輕璇不薄，從而不敢再找她的麻煩。心中不禁為安平公主的善良感動，要說唐輕璇這刁蠻丫頭真是祖墳上冒煙，居然得到安平公主的庇護，不過這樣一來，她應該更不好意思把自己供出來，不得不成為自己的同謀，要為自己做偽證了。

天空完全放亮之後，黑松林的可怖和神秘感似乎減輕了許多。接下來的行程再也沒有受到伏擊，正午時分一行人就順利離開了黑松林。胡小天心中暗自得意，看來自己的判斷果然沒錯，趙志河這廝果然有問題。

接下來的幾天都在平靜中渡過，文博遠和胡小天在黑松林公然發生衝突之後，兩人之間再無交流，任何事情都需要通過吳敬善代為轉達，這樣一來吳敬善的作用凸顯了出來，吳敬善越來越認識到這是一趟苦差，剛剛離開天波城就已經死去了四個人，黑松林遭遇的一系列事件絕非偶然，雖然他並沒有盤根問底，可是憑他多年的閱歷也能夠推斷出，這其中必有陰謀。讓吳敬善痛苦的是，旅程才剛剛開始，以後還不知要有怎樣的危險等著他，身處泥潭之中，想要獨善其身，難！實在是太難。

自從走出黑松林之後，這些天都在曠野中行進，越往北走，天氣變得越冷，人煙也開始變得稀少，並非是因為土地貧瘠，而是因為這一帶災情不斷，兼之臨近兩國分界，這些年時常燃起戰火，老百姓為了躲避戰禍，有能力者多半南遷，所以變得越來越荒涼，很多的村落竟然完全荒廢。

當日黃昏時分他們來到一處名為魯家村的地方，這村子也是千百個廢棄村落之一，周圍雖然擁有良田萬頃，但是因為無人耕種，也已經完全荒蕪，村外有一片墳塚更加平添了幾分荒涼氣息。

這幾日的晴天，雪融化了不少，不少地方露出黃褐色的土地，和殘雪交織在一起顯得斑駁陸離。西方的夕陽已經緩緩墜落，巨大的橙紅色的圓和地平線即將形成相切的狀態。

行進在隊伍最前方的文博遠揚起右臂，示意後方車馬停下，他的臉色卻沒有隨著天氣的晴好而顯露出任何的陽光，反而變得越發陰鬱。抬起頭來看到村口破舊的木質牌樓，早已被風雨侵蝕腐朽，原本的漆色都無從分辨，依稀可以看出上面寫著魯家村三個字。牌樓的飛簷之上孤零零佇立著一隻烏鴉，看到這支聲勢浩大的車隊居然沒有惶恐飛走，好奇地擰動著小腦袋觀察著這支陌生的隊伍，當它遭遇到文博遠陰森的目光之後，頸部的羽毛竟然因為恐懼而豎立起來，然後發出一聲淒厲的鳴叫，震動翅膀飛向遠處的曠野。

文博遠傳令下去，今晚就在魯家村暫時歇息調整一晚，等到明日清晨再次啟程。

這幾日的行程都安排得很緊，而且大都是露宿曠野，幕天席地聽起來雖然浪漫，可是在這寒冷的冬季卻是一種煎熬，今晚總算有個村落可以躲避風寒，對在寒風中苦捱了幾日的士卒來說已經是一種莫大的福利。

文博遠先派出兩支各二十人的小隊進入魯家村查看情況，確保沒有危險之後才可以讓大隊人馬進入。

眾人在村口等待小隊返回的時候，安平公主推開車門走了下去，胡小天翻身下馬，跟隨在安平公主身後，紫鵑見狀識趣地停下步伐。

安平公主緩步朝著夕陽走去，胡小天躬身相隨，在眾人眼中他們只是一主一僕，胡小天時刻不忘阿諛奉承，可誰又能知道他們早已心心相印。

安平公主在曠野中停下步伐，美眸凝望著夕陽，這種遠離人群的感覺真好，仿若天地間只剩下她和胡小天兩個。安平公主輕聲感歎道：「夕陽真美。」

胡小天俯首低眉，毫無節操地剽竊了一句口水詩：「夕陽無限好，只是近黃昏。」

安平公主芳心一顫，為胡小天驚人的才華所觸動，只覺得胡小天誦出的這句詩正是她此刻內心的寫照，兩人相處的日子如此美好，讓她無比留戀，可是她卻又清醒地知道，這樣的時光越來越短暫，再往前行就快到了康雍兩國的交界，也許這份美好即將永遠埋葬在這片生她養她的土地上。

夕陽一點點沉入地平線下，色彩從橙黃變成了血紅，龍曦月皺了皺秀眉，輕聲道：「我不喜歡血色！」

胡小天低聲道：「我也不喜歡！」

龍曦月道：「離開康都是不是已經很遠了？」

胡小天微笑道：「算起來咱們已經出來了十二天，後天應該可以抵達武興郡，過了武興郡就是庸江，那裡就是兩國的分界。」

龍曦月道：「今天已經是正月二十五了，春天的腳步越來越近了。」停頓了一下，黯然神傷道：「春天來了，我們卻在不斷遠離她。」這些日子，他們不停地向北走，非但沒有感覺到任何春天到來的跡象，反而感覺越來越冷。

胡小天微笑道：「咱們走得再快，也比不過春風，就算大雍的春天要來得晚一些，可終究還是會到來。」

龍曦月點了點頭，幽然歎了口氣道：「我只怕再也見不到大康的春色了。」

胡小天能夠體諒她此刻的複雜心情，卻又清楚地知道，任何言語的安慰對這位善良的公主來說都起不到太大的作用，唯有等到自己逃離行動真正實施的那一天，才能給她足夠的信心，胡小天暗暗發誓，一定要給龍曦月安全感，一定要讓她對未來的人生燃起希望。

文博遠派出的兩支小隊搜查了整個村落，魯家村應該已經荒廢多年，除了遊蕩在村裡的幾隻野貓，再也看不到任何的生靈。因為村裡房屋長久無人居住，不少房屋已經坍塌。

文博遠讓人挑選出完好的院落，清掃之後提供給安平公主休息，等到眾人全都安頓下來，夜色已經降臨。

晚飯過後，吳奎過來請胡小天過去，卻是吳敬善有事找他商量。

胡小天跟隨吳奎來到吳敬善留宿的院落，吳敬善也像多數人一樣，將營帳紮在院落之中，雖然這戶人家房間大都保存完好，可是荒廢多年，他也不想進去過夜。

胡小天抵達的時候，文博遠已經在那裡了，正和吳敬善一起坐在院內的石桌旁。自從黑松林之後，兩人一直都互不搭理，今日能夠湊在一起也是吳敬善的原故。胡小天隱約推測到有重要事情商量，笑瞇瞇來到他們的身邊，微笑道：「吳大人吃過飯沒有？」

吳敬善笑道：「簡單吃了些，老夫將兩位請來是要商量咱們接下來的行程。」

胡小天道：「我聽吳大人的，吳大人往哪兒指揮我就往哪兒走。」

吳敬善向文博遠點了點頭，文博遠在石桌上展開一幅地圖。他平靜介紹道：「咱們現在宿營的地方叫做魯家村，最遲後日正午即可抵達武興郡。武興郡距離兩國邊界的庸江只剩下大概一百里的距離，跨過庸江就是大雍地界了。」

胡小天道：「到了武興郡剛好可以調整幾天，從康都一路走來，大家都又累又乏，需要休息了。」

吳敬善道：「文將軍的意思是，咱們這次還是不要進入武興郡了。」

胡小天微微一怔，原定計劃中他們是要在武興郡停留的，調整休息幾天之後才繼續上路，卻不知文博遠因何突然更改路線。

文博遠道：「剛剛接到前方線報，武興郡周圍一帶發生民亂，最近很不太平，為了公主的安全考慮，我決定還是繞過武興郡，改為向西北行進，在長樂縣調整休息一天，然後再前往青龍灣渡江。」

胡小天伸出手指按照文博遠所說的路線尋找了一下軌跡，這樣一來他們前往青龍灣的路線就從一條直線變成了一條曲線，路程上顯然要遠了不少，讓胡小天警惕的是，這條路剛好通過峰林峽，而這一帶卻是朱八送給他的那張綠林勢力分佈圖重點標注的地方，乃是庸江一帶極具勢力的渾水幫的老巢。胡小天道：「捨近求遠，這峰林峽好像並不太平。」

文博遠道：「峰林峽乃是渾水幫的老巢，不過渾水幫近年來被官軍清剿多次，年初他們的大當家嚴白濤戰死之後，渾水幫已經處於群龍無首的狀態，根本就是一幫烏合之眾，就算他們膽敢來犯，對我們也不會有任何的威脅。」

吳敬善聽說峰林峽有賊人出沒，心中也有些害怕，低聲道：「既然峰林峽有強盜，咱們還是按照原計劃前往武興郡就是。」

文博遠道：「我已經說過了，武興郡發生了民亂，這種事情可大可小，若是處置不當很可能情況會不可收拾，咱們若是執意前去，恐怕會深陷險境。」

胡小天陰陽怪氣道：「我反倒不懂了，咱們自己的邊關重鎮不能去，反倒是強盜窩可以去。」

文博遠道：「我是經過深思熟慮才做出這樣的決定，我既然建議這樣走，就能夠負擔起這個責任，就能夠確保公主的安全，兩位大人若是不同意，可以按照原計劃繼續前往武興郡，你們帶路，你們來承擔這個責任好不好？」

吳敬善道：「文將軍不要動氣，這件事咱們再考慮考慮，反正今晚不急著走，明天清晨再定。」

文博遠點了點頭道：「好，你們仔細考慮，最好能夠儘早給我一個結果。」他說完起身就走。

吳敬善望著那張地圖一籌莫展，他雖然是這次的總遣婚使，官職也是最高，但是在實際行程中，起到主導作用的一直都是文博遠，畢竟這五百名武士全都是文博遠的手下。本指望著順順利利到了武興郡，然後由武興郡那裡的官軍護送到青龍灣，只要上了船，越過了兩國邊界，那邊就會有大雍的人過來迎接，只要到了大雍的地界上，就等於心落下去了一半。卻想不到這中途又生出了波折，文博遠竟突然改變了原定路線。吳敬善望著胡小天苦笑道：「胡公公怎麼看？」

胡小天道：「我信不過他！」

吳敬善聞言一怔，他當然知道胡小天信不過文博遠，其實應該是他們相互不信任才對，不過這麼直白的說出來還是讓他有些意外，吳敬善笑道：「胡公公這倒不必疑心，文將軍滿門忠良，對大康忠心耿耿。」

胡小天嘿嘿笑道：「人心隔肚皮，你又不是他爹，你怎麼知道他是忠是奸？」

「呃……這……可是文將軍還是很有信心的。」

胡小天道：「他有信心確保公主的安全，沒說有信心確保咱們的安全。說句不好聽的，你我是死是活跟他無關。」

吳敬善笑得有些生硬了：「胡公公想多了。」

胡小天道：「不是想多了，吳大人，我不瞞你，黑松林遭遇伏擊的事情根本就是文博遠自導自演的一齣戲。」

吳敬善一臉不能置信的表情：「胡公公，沒有證據的事情可不能亂說。」

「我當然不會亂說，吳大人還記不記得當初我提出要在黑松林外紮營，休息一夜第二天再行通過，是文博遠堅持要當日通過黑松林，當時已經是未時，距離天黑只不過兩個時辰，而就算天氣晴好之日，有嚮導帶路也需要兩個時辰。那天的情況卻是白雪皚皚，掩蓋住了林中道路。就算文博遠不瞭解情況，趙志河身為當地人，負責嚮導之職也應該知道咱們天黑之前必然無法通過黑松林。」

「趙志河？」

胡小天道：「就是被我殺掉的那個。」

吳敬善這才搞清楚趙志河是哪個，胡小天舊事重提，吳敬善回頭那麼一想的確有些道理。

胡小天道：「那晚先是夜梟襲營，然後濃煙滾滾，廝殺陣陣，可是真正前來攻擊咱們的賊人倒沒有多少，這些賊人難道傻了嗎？區區幾十上百人竟然敢攻擊咱們的隊伍，要知道他們面對的是五百名訓練有素的神策府武士，沒有人會傻到主動送死吧？」

吳敬善道：「可的確有劫匪。」

「我不是說沒有，而是說這些人實在太過可疑，活的一個也沒抓住，只是發現了幾具屍首，這些人根本是在故意虛張聲勢，造成咱們的內部混亂，導致咱們轉移陣營，在此過程中……」胡小天故意停頓了一下。

吳敬善道：「什麼？」聽到胡小天的剖析，吳敬善也已經對那晚的事情產生了懷疑。

胡小天道：「有件事吳大人並不知道，在轉移的過程中有人想要刺殺我，幸虧被我及時發現，將之剷除。」

吳敬善低聲道：「可是趙志河？」問完他又有些後悔，不該表現得如此迫切。

胡小天道：「沒證據的話我不會亂說，吳大人，我敢斷言，有人想借著這次的機會製造混亂，公報私仇。」

「怎麼會？」吳敬善嘴裡雖然這樣說，可心中已經認同了胡小天的看法，文博遠和胡小天本來就屬於兩個不同的陣營，加上他們兩人有私怨在先，文博遠趁著這次出行，伺機幹掉胡小天也很有可能。

胡小天道：「吳大人，不要小看此事，也不要以為自己能夠置身事外，隔岸觀火，須知城門失火殃及池魚，就算這一系列的事情未必是針對您，可是您不要忘了此次護送公主遠嫁之事由您負責，您是總遣婚使，出了任何差錯，首當其衝需要承擔責任的那個人都是您。」

吳敬善不由得倒吸了一口冷氣，右手習慣性地去撫鬍鬚，可摸到鬍鬚便停在那裡，低聲道：「胡公公，你看這如何是好？」

胡小天道：「小天聽吳大人的。」

吳敬善道：「實在不行，咱們還是按照原計劃前往武興郡。」

胡小天道：「吳大人還是先搞清楚情況再說，武興郡若是真有民亂，繞路也未必不可，可是如果有人憑空捏造此事，故意更改路線，那麼吳大人需要儘早想出對策了，畢竟咱們的路程連一半都沒有走到呢。」

吳敬善點了點頭：「好，老夫落實這個消息再說。」

胡小天離開了吳敬善的住處，回程的路上，經過魯家村的老油坊，負責車馬調度的那幫人全都駐紮在這裡，迎面遇到了從外面回來的唐輕璇，自從唐輕璇跟龍曦月結拜金蘭之後，兩人之間的友情突飛猛進，幾乎每天唐輕璇都會去龍曦月那裡陪她聊天，現在也是剛剛從她那邊回來。經歷黑松林的事情之後，唐輕璇就一直都在迴避和胡小天見面，自從目睹胡小天殘忍殺死趙志河之後，她對胡小天產生了一些莫名的畏懼感。

可這次狹路相逢，避無可避了，唐輕璇低下頭，想裝出沒看到一樣跟胡小天擦肩而過，胡小天卻主動招呼道：「唐姑娘好！」

唐輕璇這下總不能再裝出沒有聽到，抬起頭有些慌張地向他點了點頭。

胡小天道：「上次的事情多謝唐姑娘了。」

唐輕璇當然明白胡小天是指她幫忙做偽證之事，其實她也不想幫胡小天，可是在當時的情況下，文博遠實在是太過盛氣凌人，激起了她心中義憤，逼迫他們兄妹不得不和胡小天站在了同一立場上。

唐輕璇咬了咬櫻唇，低聲道：「我沒想幫你……你不要誤會……」說話的時候目光卻不敢看胡小天。有道是鬼怕惡人，她雖然潑辣歸潑辣，畢竟不是什麼殺人如麻的毒辣女子，遇到胡小天這個殺人不眨眼的惡人，真正是有些畏懼。

胡小天想起當年他們相遇的情景，不由得笑了起來，如果不是因為那場矛盾，或許老爺子就不會把他發送到西川暫避風頭，也不會引出以後那麼多的故事。事情過去了那麼久，胡小天總覺得自己有必要解釋一下：「其實我和唐姑娘第一次見面的時候，我只是從碧雲湖中救起你，並沒有做過什麼對不起你的地方。」

唐輕璇聽他提起這件事，俏臉不由得有些發熱了，其實事後慕容飛煙也為胡小天解釋過，她自己冷靜下來也梳理了當時的狀況，別的不說，胡小天假如不把她從湖水中撈出來，她當天也就淹死了。至於後來她的幾位哥哥率領那麼多人圍攻尚書府，自己又在尚書府中追殺這位尚書公子。當時兩家地位懸殊，如果胡家人跟他們一般計較，肯定不會輕饒他們，事實上胡家並未追究，她父親還因為那次的風波，擔心胡家報復，不安了好長一段時間呢。

唐輕璇道：「事情都過去了，就不要再提了。」以她的刁蠻性情能夠有今日的大度也實在難得。說完她又將目光垂落下去，小聲道：「胡公公，沒有其他事情我先走了。」心中暗想，這胡小天也算是得到了報應，如今都已經被人送入宮中當了太監，連個男人都算不上了，自己又何必跟他一般計較。

胡小天道：「唐姑娘留步，我還有一句話想要對你說。」

唐輕璇皺了皺眉頭，心想我跟你可沒那麼多話說。

胡小天道：「唐姑娘的身分既然已經暴露，留在隊伍之中只怕多有不便，再有幾天就要離開大康，唐姑娘為何不考慮提前返回康都？」胡小天其實是一番好意，唐輕璇的身分暴露是其一，還有一個更重要的原因，她幫助自己作證，在趙志河的事情上顯然得罪了文博遠，以文博遠的性情未嘗不會報復她，無論怎樣唐輕璇都算得上幫助過自己，胡小天所以才會善意提醒。

唐輕璇道：「我這次是一定要去雍都的。」

胡小天微微一怔。

唐輕璇道：「蒙公主不棄，和我義結金蘭，她背井離鄉，遠嫁他國，這輩子還不知道有沒有機會返回故國，現在身邊連一個親人都沒有。我身為她的金蘭姐妹，一定要陪著她去雍都，將她平安送到地方才行。」

胡小天這才知道是為了這件事，其實安平公主和唐輕璇結拜也是為了保護她，避免文博遠再找她的麻煩，想不到唐輕璇將這份情看得如此之重。話說到這種地步，胡小天也不方便再勸她，點了點頭道：「唐姑娘平日裡還是多多小心為妙。」

唐輕璇望著胡小天離去的背影呆呆出神，身後忽然響起一聲咳嗽，把她嚇了一跳，轉過身去，才發現大哥唐鐵漢不知何時出現在她的身邊，唐輕璇跺了跺腳，撅起櫻唇道：「大哥，你討厭死了，故意嚇我！」

唐鐵漢順著她的目光望去：「那不是胡小天嗎？」

唐輕璇點了點頭道：「嗯！」

「他找你做什麼？」唐鐵漢顯得戒心十足。

唐輕璇道：「沒什麼事，就是勸我回去。」

唐鐵漢道：「對啊，他說得沒錯啊，我其實也是這麼想。」

唐輕璇頗為倔強，用力搖搖頭道：「我一定要將公主平安送到雍都。」

安平公主靜靜站在院落之中，雙眸凝望著空中的彎月，月光皎潔，月如薄冰，無聲無息地掛在天鵝絨般深藍靜謐的天空之中。胡小天來到她的身後，並沒有打擾她的沉思，在一旁觀察著龍曦月的俏臉，無論從任何一個角度，龍曦月的容顏都是無可挑剔的，清冷的月光灑落在她的身上，為她的嬌軀籠罩上一層神秘的光暈，美輪美奐，宛如誤入人間的仙子。

龍曦月轉過俏臉，美眸望著胡小天，小聲道：「還記得在陷空谷對對子的情景嗎？」

胡小天笑道：「不敢忘！」

龍曦月道：「我這上聯是日在東，月在西，天上生成明字。」

「公主請聽好了，我這下聯是：子居右，女居左，世間配定好人。」

龍曦月道：「日月兩輪天地眼。」

胡小天道：「讀書萬卷女人心！」抬頭望去，卻見龍曦月美眸之中淚光蕩漾，宛如兩顆被揉碎的星辰，胡小天感覺到自己的內心也被她的淚光揉碎了。

龍曦月昂起頭，控制著淚水不要輕易流下來，過了好一會兒方才輕聲道：「縱然是讀書萬卷仍然逃脫不了只是一個小女人的事實。」

胡小天道：「公主殿下不想做女人了？」

龍曦月被胡小天問得一怔。

胡小天低聲道：「男人若是不想成為男人還可以選擇做太監，可女人若是不想做女人，那麼只剩下一個選擇了。」

龍曦月道：「什麼選擇？」

胡小天向四周看了看，確信無人在偷聽，這才壓低聲音道：「當一隻滿山跑的母猴子。」

龍曦月俏臉紅了起來，不由得想起那天晚上他們墜入陷空谷後說過的那番話，嫁雞隨雞嫁狗隨狗，嫁給猴子滿山跑。胡小天果然沒有忘記任何一個細節。龍曦月歎了口氣道：「沒有選擇了。」

胡小天指了指營帳道：「公主移步營帳，小天有幾句話單獨向您說。」

龍曦月點了點頭，和胡小天一起來到營帳之中。本來在營帳中負責整理的紫鵑極有眼色，抱起雪球悄然離開營帳。

等到紫鵑離去之後，胡小天脫去外袍，龍曦月看到他進門就脫衣服，不知他是什麼意思，俏臉發熱道：「你……想說什麼？」胡小天迅速脫去外袍，在外袍裡面還罩著一件黑色的馬甲，這馬甲不知是用什麼動物的毛髮織成。

這件軟甲正是李雲聰送給胡小天的那件烏蠶甲，胡小天脫下之後遞給了龍曦月，低聲道：「這件軟甲是烏蠶甲，你穿在身上可以抵禦刀劍。」

龍曦月這才意識到誤會了胡小天的意思，咬了咬櫻唇道：「你給我，你自己怎麼辦？」她將烏蠶甲重新遞給胡小天道：「反正我走到哪裡都有那麼多的武士護衛，根本用不著這件東西。」

胡小天道：「以防萬一，我有武功防身，當然用不著，之所以穿在身上，是避免被其他人看到，只要你不嫌棄這上面有我的體味就乖乖穿上。」

龍曦月俏臉一紅，好好的話到了這廝嘴裡總是輕易變了味道，胡小天的關心讓她內心暖融融的，拿起那烏蠶甲走到屏風後穿上，烏蠶甲非常的輕薄，穿在身上和尋常的衣服並沒有什麼區別，外面罩上衣服之後根本看不出來裡面多了層防護。

龍曦月回到胡小天身邊道：「這烏蠶甲好像是毛髮編成的。」

胡小天笑道：「好眼力，你猜猜是用什麼毛編成的？」

龍曦月搖了搖頭，一臉迷惘道：「想不出。」

小天提醒她道：「你仔細想想，黑黑的蜷蜷的，是不是很像……」

龍曦月雙手捂住了耳朵，俏臉一直紅到了脖子根：「你好噁心，我不聽，我不聽。」

胡小天笑道：「公主殿下，我說你這小腦袋瓜裡究竟在想些什麼？我說的是鐵背烏猿，你想到了什麼地方？」

龍曦月一伸手擰住了他的耳朵：「你這個壞蛋，故意往溝裡帶我……」

胡小天雖然很想和龍曦月長相廝守，可是眼前的形勢下卻不敢久留。走出營帳，看到周默安置好車馬也走了回來，他向周默笑了笑，自從黑松林之後，周默已經成為龍曦月親自定下來的車夫，自然擁有了不少的特權。正是因為周默時刻守護在龍曦月身邊，胡小天也安心了許多。

胡小天向周默使了個眼色，兩人來到牆角無人之處，周默道：「我剛剛在外面聽說，明天不去武興郡了？」

胡小天道：「文博遠說那邊發生了民亂，所以要更改路線，目前還不知道是真是假，消息正在落實之中，這段時間辛苦你了。」

周默笑道：「算不上什麼辛苦。」心中一直有個疑問，胡小天想要救出龍曦月，到底他有什麼計畫？到現在連自己這個結拜大哥都一無所知呢。不過周默對他擁有相當的信心，堅信以胡小天的頭腦和膽色，應該可以完成這看似不可能的任務。他之所以沒說出他的計畫，是因為還不到時候，等到了時候一定會告訴自己。

兩人正在說話的時候，遠處忽然傳來一聲淒厲的慘叫，靜夜之中，這聲慘叫聲格外分明，胡小天和周默對望了一眼，胡小天道：「你守在這裡，我出去看看。」

「小心！」周默叮囑道。

胡小天向他笑了笑：「放心吧。」

這聲慘叫從村口處傳來，胡小天來到村口的時候，看到已經有不少人聞聲趕到了這裡，文博遠也在其中，眾人紛紛抬頭望向村口牌樓，胡小天舉目望去，卻見牌樓之上吊著一名武士的屍體，屍體直挺挺懸掛在那裡，隨著夜風來回擺動，月光之下顯得格外駭人。更讓人感覺詭異的是，那屍首竟然似乎被凍僵一樣，面目慘白，頭髮眉毛之上籠罩著一層薄薄的白霜。

文博遠讓人將屍體從上面放下，在幾名武士同心合力之下將屍體放了下來。

文博遠叫來隨隊郎中幫忙驗傷，從外表上看屍體並沒有什麼明顯的傷痕，可是屍體外周肌膚之上竟然凝結了一層薄冰，隨隊郎中又不是仵作，看到眼前情景已經嚇得魂不附體，顫聲道：「文……文將軍……看來是……是凍死的……」

文博遠冷哼了一聲，顯然不認同這名郎中的判斷，這名士兵是他派出在魯家村周圍巡邏的人員之一，卻想不到會死在這裡，而且死後屍體還被人吊在村口牌樓。

文博遠道：「把他的衣服脫下來！」

那郎中不敢動手，文博遠叫來兩名親信武士，將死去武士盔甲內衣脫去，卻見那武士身上蒼白異常，沒有絲毫的血色，胸膛之上印著一個淡藍色的掌印。

文博遠以手背輕輕感受了一下那掌印的溫度，又張開手掌對比了一下大小，低聲道：「應該是冰魄修羅掌！」

胡小天聽到這裡，內心不由得一顫，冰魄修羅掌乃是天機局洪北漠的獨門功夫，多數人都會認為洪北漠在這裡出現，可胡小天並沒有這麼想，他首先想到的卻是文雅。

文博遠朗聲道：「兄弟們，打起十二分的精神，重新搜查魯家村！」

「是！」氣氛瞬間變得緊張了起來。

胡小天轉過身去，卻看到唐鐵鑫就站在自己的身邊，他也是聽聞消息過來看看到底發生了什麼，眼前的一幕也把唐鐵鑫嚇得夠嗆，他向胡小天笑了笑，笑容多少有些僵硬。

胡小天暗忖還是儘快回到龍曦月身邊，如果真是文雅追蹤而來，十有八九是衝著自己來的，他不由得想起在天波城和夕顏邂逅的情景，夕顏告訴他受了某個人的委託來殺他，難道那個人就是須彌天？想想須彌天和五仙教之間千絲萬縷的聯繫，這件事很有可能。夕顏雖然放過了自己，可是須彌天不達目的豈能輕易甘休。

胡小天最鬱悶的就是，明月宮失火當晚自己和文雅之間到底發生了什麼？在他記憶中最清楚的那一段就是文雅想要用毒蠍子殺他，結果殺他不成反被林菀所害，至於後來的事情都是一些支離破碎的幻象，胡小天根本無法確定。

胡小天離去的時候，唐鐵鑫也隨之離去，兩人都抱著同樣的心思，還是儘快回到自己的地盤，加強戒備。

走了沒幾步，就看到唐鐵漢帶著一群人慌慌張張趕了過來，胡小天心想這唐家人好奇心可真夠重的，生怕來晚了看不上熱鬧嗎？只是為什麼沒見到唐輕璇？

唐鐵漢遠遠大吼道：「老三，見到咱們妹子了嗎？」

唐鐵鑫搖了搖頭道：「她不是跟你在一起嗎？」

「沒有！」唐鐵漢顯然有些著急了，居然打破許久的隔閡，主動問胡小天道：「胡公公，你見到我妹子了嗎？」倘若不是牽掛著妹子的安危，他才不會主動跟胡小天說話。

胡小天點了點頭道：「之前在油坊見過一次。」兩人結義金蘭之後，彼此的關係走得很近。

唐鐵漢道：「我不是說那次，我是說剛剛。」

胡小天道：「沒有！」

唐鐵漢急得滿頭大汗，他向唐鐵鑫道：「咱們再四處找找。」

胡小天道：「我回去看看，興許她又去找公主談心去了。」

此時耳旁忽然又傳來一聲慘呼，三人都是一驚，這聲慘呼距離他們的位置很近，所以他們都聽得清清楚楚，聲音就是從右側茅屋中傳來。唐鐵漢素來膽大，舉著火把率先衝到那茅屋前，抬腳踹開房門。眾人緊跟著他走了進去，卻見房間內直挺挺躺著一名武士。唐鐵漢舉起火把湊近一看，卻見那名武士的臉部皮肉完全萎縮，肌膚皺巴巴緊貼在骨骸之上，竟成為一具乾屍，似乎被突然吸取了血肉精血。跟著走進來的人中，有幾人看到眼前恐怖的情景，噁心得當場就嘔吐起來。

胡小天環視周圍，確信沒什麼人躲藏，這才湊了過去，抓起那武士的手臂，但見那武士的右手也完全萎縮如同鳥爪一樣。此時外面又有慘叫聲傳來，眾人被這層出不窮的詭異景象嚇得魂飛魄散，誰還敢在這間房內逗留，一個個慌慌張張退了出去，各自返回自己的營地。

胡小天回到安平公主休息的院落，看到外面負責警戒的武士又多了不少，看來因為剛剛發生的詭異事件，文博遠又及時增派了這邊的防守。展鵬恰巧負責這邊的事情，胡小天向展鵬點了點頭，快步走入院子。

周默見到胡小天回來，慌忙迎了上來，低聲道：「究竟發生了什麼事情？」

胡小天將剛才所見的情景簡單說了一遍，周默聽完不由得面色凝重，低聲道：「你是說那些武士全都變成了乾屍？」

胡小天點了點頭道：「不是全都，有個變成了冰人，還有個變成了乾屍，就像被人吸乾精血一樣，整個人只剩下皮包骨頭了。」

周默道：「難道是鯨吞大法？」

胡小天聞言不由得一怔：「什麼鯨吞大法？」

周默道：「乃是一種邪派武功，可以吸取別人的功力為己用，迅速增強自身內力的方法，不過這武功因為太過歹毒，深為江湖人士所不齒，聽說已經失傳了。」

胡小天低聲道：「豈不是吸星大法？」想不到還真有這種在武俠小說中看到的功法。

周默沒聽說過什麼吸星大法，有些迷惑道：「什麼吸星大法？」

胡小天道：「我也是聽別人說的，跟你所說的這個鯨吞大法差不許多。」

周默道：「究竟是不是鯨吞大法，還需要等我見到屍體之後再說。」

胡小天道：「肯定有高手就潛伏在咱們周圍，目前已經失蹤了一個，死了兩個……」

身後傳來安平公主的聲音：「小胡子，到底發生了什麼事情？」

兩人停住說話，胡小天轉身望去，卻見安平公主在紫鵑的陪同下正朝他們走了過來，俏臉之上也蒙上了一層惶恐之色，剛才的幾聲慘叫她也聽到了，所以也有些緊張。

胡小天迎上去笑道：「公主不用擔心，沒什麼大事……」話沒說完，卻聽到又是一聲慘叫。

安平公主俏臉頃刻間變得毫無血色，驚聲道：「到底發生了什麼？」

胡小天微笑道：「無論發生了什麼公主都不要緊張，您只需要留在這裡，就萬無一失。」

外面傳來急促的腳步聲，卻是文博遠正在調動兵馬，對魯家村展開全面搜索，周默低聲道：「敵暗我明，留在這裡並不明智。」

胡小天和他想到了一處，這村莊雖然廢棄，但是房屋眾多，隨處都可以隱蔽，當前最好的選擇乃是保護安平公主離開，在空曠之處重新紮營，也只有這樣才能將危險減小到最低。

胡小天讓門外值守的武士去將吳敬善和文博遠兩人找來商議撤出村子的事情，沒過多久，就看到兩人一同趕來。文博遠的臉色很難看，這會兒功夫他已經損失了四名部下，而且連襲擊者是什麼模樣都沒有見到。

胡小天將自己的想法說了，其實文博遠也有這個意思，這村莊實在太古怪，加上這裡房屋眾多，道路錯綜複雜，便於隱蔽，搜查起來也很不容易。

吳敬善早就嚇得魂不附體，聽說要走，馬上點頭道：「離開這裡最好，剛才在村外我看到一片墳塚就感覺有些古怪。」三人既然達成了一致，文博遠馬上就下令，即刻收拾行囊離開魯家村。

雖然隊伍中多數都是驍勇善戰的武士，可是在沒有看到敵人蹤跡的前提下已經折去了四條人命，每個人都心底發毛，巴不得早點離開這個詭異的村落。不過其中也有例外，唐家兄弟就堅持不願離開，到現在他們都沒有妹子唐輕璇的任何消息，突然之間就失蹤了。

安平公主上了馬車，看到胡小天始終都陪伴左右，她的內心稍稍安定了一些，可想起唐輕璇的失蹤又愁上眉頭，黯然道：「不知輕璇會不會有危險。」

胡小天道：「應該不會有什麼大事，興許是一個人散步去了，咱們先撤離村落，等到明天天亮之後，再派人過來尋找。」

安平公主點了點頭，胡小天扶著她先上了車。

紫鵑抱著雪球跟在她的身後，舉步想要登上馬車的時候，雪球卻突然從她的懷中掙脫開來跳了下去，徑直向院落之中奔去。紫鵑一聲驚呼：「雪球，回來！」

胡小天距離最近，一個箭步衝了上去，試圖在雪球進入院落之前抓住牠，可是終究還是晚了一步，雪球跑到院落之中停了下來，圍繞地面上一件東西不停吠叫。月光之下那件東西泛起白森森的反光，胡小天定睛望去，卻是一截骨頭。心中有些迷惑，剛剛好像沒看到這東西？不知這根骨頭從何處而來。向四周看了看，確信沒有其他人在，方才放下心來。

雪球一口叼住骨頭，胡小天歎了口氣道：「雪球，過來！」他張開手臂想要將雪球抱起，可忽然之間感覺腳下一緊，低頭望去，卻見一根藍色絲帶將他的足踝牢牢纏住，胡小天慌忙抽出腰間烏金刀想要去斬斷絲帶，烏金刀剛剛揚起，一股強大的牽拉力從絲帶上傳來，胡小天的身體宛如騰雲駕霧般被牽引著向院落的東側飛了過去。

雪球口中的骨頭啪嗒一下落在了地上，然後汪汪大叫起來，展鵬緊隨胡小天的身後衝入院落之中，正看到胡小天被扯著倒飛的一幕，他彎弓搭箭，覷準藍色絲帶咻的一聲射了過去。意圖將絲帶從中射斷，將胡小天解救出來。

可是羽箭距離絲帶一尺左右，突然被一顆石子撞了個正著，改變方向，斜斜插入地面之上。

胡小天慘叫著飛到牆角，落在地面上，宛如被腳下的地面吸入一樣，身體瞬間消失的無影無蹤。

此時多名武士隨之奔了進來，展鵬從一人手中接過火把，胡小天被吸入地面的地方現出一個洞口，這裡是一個廢棄的地窖，這種地窖在鄉村之中往往會用來儲藏農作物，十分常見，之前有武士專門進行過檢查，並沒有發現任何異樣。展鵬手足並用，爬了下去，地窖深約兩丈左右，到了底部向側方延伸，不過那側方的地洞的土層坍塌掩蓋了洞口，胡小天早已不知所蹤。

展鵬大驚失色，此事非同小可，他用手拍了拍坍塌的地方，坍塌的面積不小，不知胡小天是被人抓走還是不幸掩埋其下？他舉起火把，向上方叫道：「地洞坍塌了，趕快找工具將土層挖開！」

胡小天先是被拖入了地窖之中，兩丈高度摔下來之後，將他摔了個七葷八素，不等他反應過來又被人一路拖拽，沿著一條彎彎曲曲的地道飛速潛行，胡小天不停慘叫，被拖行了至少百餘丈的距離感覺屁股下面的土層突然變得堅硬，應該是接觸到了石質地面，沒多久，屁股就到了台階上面，沿著傾斜的台階被一路拖拽下去，接二連三地撞擊把他的骨頭撞得就快散架，屁股痛得幾乎不屬於自己，聲音也因為屁股在台階上的顛簸而變得斷斷續續。

好不容易才到了平地之上，對方停止了拖拽。胡小天卻因這一路折騰，整個人連站起來的力量都沒有了，四仰八叉地躺在地上，心中叫苦不迭，過了一會兒已經麻木的屁股方才有了點知覺，火辣辣地如同點燃了兩團火一樣，伸手一摸，連冬褲都被磨破了，兩個屁股蛋子就這麼裸露在外，只怕皮膚也擦傷了，疼痛之餘，心中也感到有些慶幸，幸虧是屁股著地，倘若換個方位，豈不是連小弟弟都要磨掉了。

暗自活動了一下手腳，確信沒有傷到筋骨，這才放下心來，胡小天低聲道：「你是誰？」他的聲音在黑暗中迴盪，由此推斷出自己應該是處在一個空曠的地方。

過了一會兒，聽到右前方傳來一個欣喜的聲音道：「胡小天，你是胡小天嗎？」

從聲音中判斷出應該是剛才失蹤的唐輕璇，雖然唐輕璇在此，剛才將自己拖拽下來的絕不可能是她，唐輕璇的武功還遠遠沒到這個地步。應該是在自己之前，她就已經被人擄劫了下來。

胡小天站起身，這會兒他的眼睛已經稍稍適應了黑暗，摒除心中雜念，傾耳聽去，自從他修煉無相神功之後，方方面面的感知力已經有了長足的進步，方圓五丈以內的動靜應該逃不過他的耳朵，胡小天並沒有急於回答唐輕璇的問題，是因為他知道還有一位極其可怕的敵人就在周圍，必須先將他找出來再說。

除了唐輕璇的呼吸聲之外，並沒有發現其他人，胡小天心中有些奇怪，看來對方的武功早已超出了他的認知，以自己的修為根本察覺不到。胡小天伸手去摸烏金長刀，卻發現腰間空空如也，那柄烏金長刀應該在剛才失落了，他從靴筒內抽出從龍曦月那裡得來的匕首，悄悄將纏在小腿上的絲帶斬斷。

黑暗中又傳來唐輕璇的聲音：「是你嗎？」她顯然是在胡小天之前被抓到了這裡，心中非常害怕，剛剛聽到胡小天的聲音，如同見到了救星一樣，瞬間放下了昔日的芥蒂，主動出聲詢問。

胡小天應了一聲，低聲道：「唐輕璇？」

唐輕璇激動道：「是我！我被人制住了穴道，動彈不得。」

胡小天循聲來到了唐輕璇面前，因為下面實在是太黑，他也看不清唐輕璇現在的樣子。唐輕璇低聲道：「我……我身上有火摺子。」

「在哪兒？」

「懷裡……」唐輕璇說完就感覺到不妥，俏臉隱隱發燒，自己怎麼可以告訴他這件事，他要是取火摺子，豈不是要將手伸到自己懷裡來？

第六章

皮包骨的乾屍

唐輕璇靠在牆壁上坐著，在她的左側躺著一具屍體，
看到胡小天的目光突然停滯，她也順著胡小天的目光望去，
卻見那具屍體已經成為了皮包骨頭的乾屍，
兩隻黑洞洞的眼眶正看著自己，不由得嚇得尖叫起來。

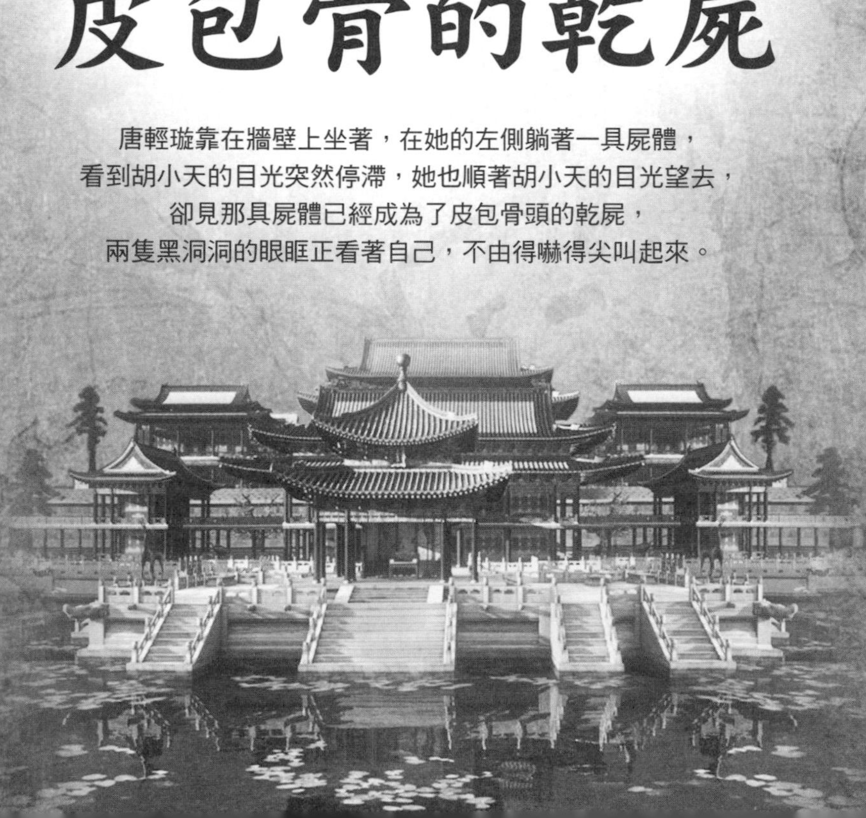

胡小天心中暗笑，若非處在這種環境下，他一定會將唐輕璇的這句話理解為對自己的勾引。低聲道：「男女授受不親，不太方便吧。」

唐輕璇此時方才想起這廝已經變成了太監，根本算不上男人，自己也沒什麼好尷尬的。

胡小天壓低聲音道：「誰把你抓來的？」

唐輕璇道：「我沒有看清他的樣子，在不知情的情況下被偷襲了，醒來後就躺在了這裡，穴道也被人制住，動彈不得，要不你幫我將穴道先解開。」她顯然又給胡小天出了個難題，胡小天也就學會了幾手擒拿，其餘的都是逃命裝死的功夫，解穴他哪會？

胡小天低聲道：「那人應該就在周圍。」

唐輕璇頓時緊張了起來：「快，快將火摺子取出來。」她這會兒也顧不上什麼男女授受不親了，生死攸關，誰還顧得上這些小節，更何況胡小天是個太監。

胡小天心中暗忖，這可是你第二次主動要求了，不是老子想占你便宜，這貨非常虛偽，仍然裝模作樣道：「不好吧，不方便吧……」

唐輕璇也是個急性子，怒道：「夠了你，都什麼時候了？你裝什麼君子，快點！」心想我都不在乎，你在乎什麼？

事不過三，既然都第三次請求了，自己要是再推辭總不好。胡小天決定滿足她的要求，伸手摸了過去。這一把抓在唐輕璇肩膀上，唐輕璇道：「不是這裡，你往左一點。」

胡小天摸到了她的脖子：「這裡？」

唐輕璇暗罵他笨蛋：「你往下一點。」她怎能知道胡小天的目力強勁，即便無法做到黑暗中清晰視物，可是朦朧的輪廓還是能夠依稀分辨的，這貨根本就是裝傻賣呆。

胡小天這次一把就抓住了重點，右手捂住唐輕璇的左胸，手感不錯喔！軟綿中帶著彈性，彈性中帶著勁道，還真是不小，這一把幾乎不能完全掌握，要說老子的手不小啊，想不到唐家小妞居然有些真材實料。

摸到這樣的質感，男人的自然反應就會想稍稍用力抓持一下，胡小天雖然有這樣的想法，還得克制這樣的欲望，低聲道：「沒有啊。」

倘若在平時，唐輕璇豈能任由他在自己身上亂摸，而且還是將手放在如此敏感的地方，她咬了咬櫻唇道：「在我懷裡。」

胡小天這次沒問，直接把手從她衣襟中探了進去，剛才還隔著棉衣，這會兒只是隔著一層孿衣了，雖然胡小天沒有什麼過分的舉動，可是唐輕璇乃是雲英未嫁之身，感覺他一隻大手在自己的胸前搜來刮去，當真是羞不自勝，更麻煩的是，她因為這種摩擦，身體竟然起了微妙的生理反應。

胡小天敏銳察覺到了唐輕璇的變化，心中暗笑，我還沒正式摸呢，你這就起了反應，看來這小妮子將來也是個需求比較旺盛之人。他的手也不敢多作逗留，以免讓唐輕璇發覺他是在故意占她便宜，找到火摺子迅速從唐輕璇懷中撤出手來，擰開銅管，對著火摺子輕輕吹了一口，黑暗中亮起紅色的光芒，雖然光芒並不強烈，但是在這一片漆黑的地下，這微弱的光芒已經堪比夜空中的啟明星。

不知是因為火摺子紅光的映襯還是害羞的緣故，唐輕璇的俏臉紅得嚇人，這會腦子裡亂七八糟，暗忖：我怎麼這麼糊塗？為何要讓他取火摺子，剛剛把人家兩邊胸都給摸遍了，要是換成過去，唐輕璇非殺了他以保全清白，可現在卻在心中自我安慰起來，沒事，他是個太監，太監又不是男人，在皇宮中伺候後宮嬪妃，人家洗澡都不避諱這種人，自己又何必介意。再說他也不是有意摸我，是我再三懇求之下他才摸了我幾下。

胡小天卻沒時間陪她胡思亂想，拿著火摺子，借著那點微弱的亮光觀察他們所處的環境，這是一間空曠的地下石室，在他的左手有一道階梯，剛才他就是被人從上面硬生生拖了下來，想起這件事，胡小天又感覺到屁股火辣辣作痛，估計皮都被磨破了。唐輕璇靠在牆壁上坐著，在她的左側躺著一具屍體，唐輕璇因為無法行動，加上剛才這兒是一片漆黑所以她還沒有發現，看到胡小天的目光突然停滯，她也順著胡小天的目光望去，卻見那具屍體已經成為了皮包骨頭的乾屍，兩隻黑洞洞的眼眶正看著自己，不由得嚇得尖叫起來。

胡小天歎了口氣，繼續觀察周圍，發現除了他們和這具死屍之外再也沒有了其他人，這才稍稍放下心來，他舉著火摺子迅速向台階爬去。

唐輕璇以為他要獨自離開，嚇得慌忙道：「你別丟下我一個人在這兒。」

胡小天沒有理會她，忍著屁股上火辣辣的疼痛攀上台階，卻看到剛才被拖進來的入口已經被封。

唐輕璇在黑暗中擔驚受怕熬了好半天，好不容易才盼來了一個活人，本以為能夠得救，可胡小天居然對她不聞不問地走了，頓時陷入絕望之中，無助哭了起來，泣聲道：「胡小天，你這個王八蛋……」方才罵了一句，就看到胡小天又從台階上下來了，馬上停下了咒罵。

胡小天道：「上面洞口被封住了，咱們只能另找出路。」他也不會解穴，向唐輕璇道：「我背你走？」剛轉過身卻又想起唐輕璇被制住穴道無法動彈，只能抱她了，改口道：「我抱你走？」

唐輕璇點了點頭，人在沒有選擇的情形下，任何事情都能承受，她心中暗想，沒事，反正他是個太監。

胡小天將唐輕璇從地上抱了起來，在他們的左前方有一個門洞，胡小天在沒有退路的前提下只能選擇前行，他心中明白，那個將他們擄到這裡的可怕人物說不定正在某處悄悄觀察著他們的一舉一動。只是人到了他們這種境地，已經顧不上考慮太多，走上一步是一步。

走出前方的門洞，感覺一股陰風迎面吹來，唐輕璇的嬌軀不由得瑟縮了一下，胡小天道：「有水聲，前面有水聲。」他加快了腳步，走了二百餘步，果然看到前方出現了一條地下河，一座石拱橋橫亙其上，越過那座石橋，沒走幾步就看到前方有光亮透出，胡小天定睛望去，卻是一盞燈籠懸掛在遠處，黑暗中散發出慘澹的白光。

唐輕璇望著那前方宛如鬼火般的燈籠，心中有些害怕，顫聲道：「會不會有鬼，咱們還是不要過去。」

胡小天道：「哪有什麼鬼？我看十有八九是有人裝神弄鬼，不過去總不能一輩子待在這漆黑不見陽光的地下。」他抱著唐輕璇繼續向燈籠的方向走去。

來到近前，看到燈籠乃是掛在一棵枯樹之上，枯樹兩旁各有一塊巨石，巨石之間有一條小道，僅可容納一人前行，在右側巨石上刻著兩個大字——地府。

唐輕璇看到這四個字嚇得俏臉煞白，苦苦哀求道：「不要再往前走了。」

胡小天並不相信這裡真是什麼陰曹地府，雖然是地下，可應該只是魯家村地下的一個建築罷了，不可能是什麼陰曹地府。

就在此時，前方忽然傳來一陣低沉婉轉的洞簫聲，按說這簫聲吹得不錯，可是在這樣的環境下，聽起來卻顯得格外陰森可怖，唐輕璇嚇得瑟瑟發抖，昔日的潑辣大膽消失得無影無蹤，胡小天低聲道：「要不我將你先留在這裡，先過去看看。」

「不要去！」唐輕璇哀求道。

胡小天將她放下，他堅持前去絕不是因為好奇心作祟，而是因為他根本沒有其他選擇。

唐輕璇又道：「我不要一個人留在這裡，你帶我一起過去。」

胡小天道：「還是我先去打探一下情況。」

唐輕璇咬了咬櫻唇，明白以自己目前的狀況跟過去也是個累贅，萬一遇到危險，胡小天還要分心照顧自己，反而更加麻煩，於是叮囑道：「你也小心一些。」

胡小天笑道：「沒事，我多少還有些武功。」

唐輕璇又不是沒見識過他的本事，就憑他那三腳貓的功夫，當初都被自己追得到處亂跑，更不用說遇到真正的高手了。

胡小天也不是對自己的武功有信心，他是對自己逃跑的功夫有信心，躲狗十八步也不是白學的。沿著兩塊巨石之間的狹窄小路走了進去，走了沒幾步，但見煙霧繚繞，空氣變得異常潮濕，溫度似乎也提升了許多。

循著簫聲向前走去，前方現出一片閃爍著彩色螢光的花草，胡小天沒想到在這黑暗的地下竟然可以見到如此奇觀，五顏六色的地底植物變換著瑰麗的色彩，花叢中飛舞著一隻隻閃爍著金光的飛蟲，胡小天突然聯想起那晚明月宮放出的血影金蝥，內心不僅一顫。簫聲已經近在咫尺，他舉目望去，卻見前方石亭內，一個身穿白色長裙的少女正坐在其中，雙手持簫，簫聲陰柔婉轉，充滿蕭殺陰冷之氣。雖然看不清她的容貌，可是從她妖嬈的體態，完美絕倫的身形剪影，已經可以判斷出她究竟是哪一個。

胡小天內心暗叫不妙，文雅啊文雅，你果然沒死，竟然跑到這窮鄉僻壤，躲在地下裝神弄鬼，今天應該是衝著自己來的。他深深吸了一口氣，事到臨頭逃肯定是沒那麼容易，文雅既然能夠在眾目睽睽之下將自己拖到這黑暗的地底，其武功不知要高出自己多少。想起離奇死去的那幾名武士，胡小天暗暗心驚。稍作猶豫之後，他沿著花間小徑繼續向石亭走去，呵呵笑道：「哎呀呀，這不是文才人嗎？」

文雅簫聲戛然而止，秀眉微顰顯然因為胡小天出聲打斷自己而不悅，手持玉簫站起身來，一雙宛如千古寒潭般的冰冷眸子盯住了胡小天，竟似乎發出幽藍色的光芒。

胡小天被她看得毛骨悚然，這眼神根本不像活人，簡直就是從地底爬出來的女鬼，雖然很美，可是看著讓人打心底生出寒意。鼓起勇氣，呵呵笑道：「我還以為你死了，想不到居然躲在這裡瀟灑快活。」

文雅的聲音不夾雜任何的感情色彩：「胡小天，你不害怕？」

胡小天繼續向她走去：「我為何要害怕，我又沒做什麼對不起你的事情？」

文雅的心中因他的這句話而湧現出一絲殺機，可是這殺機馬上擾亂了她的內心，她咬了咬櫻唇，竭力提醒自己要平復情緒，過了一會兒方才道：「你聯合姬飛花那閹賊想要置我於死地，還敢說沒做過對不起我的事情？」

胡小天道：「既然文才人沒事，還請早日跟我回宮，皇上若是知道你沒死，肯定會龍顏大悅，說不定還會重賞於我，對了，文太師一直都把你的死歸咎在我頭上，這下總算可以洗刷我的清白了，還有你哥哥文博遠就在上頭，這次你們兄妹重逢，想必會抱頭痛哭吧？」他心中當然明白眼前的絕非文雅，更不是小寡婦樂瑤，之所以這樣說只是想迷惑文雅，讓她放鬆警惕罷了。

文雅冷冷望著胡小天，看到胡小天距離自己越來越近，輕聲道：「是不是手中有什麼致命的殺招？所以才故意說話讓我麻痺？」

胡小天的手已經悄悄將暴雨梨花針摸到，他是想拉近距離來一個近距離射殺，聽到文雅這句話頓時愣了一下，手上的動作也停了下來。

文雅道：「若是有害我之心，那麼咱們不妨賭一賭，看看究竟是你快還是我快！」

胡小天又將手放了下來，張開雙手道：「以小人之心度君子之腹，我見到你開心都來不及，又怎麼會加害於你？」他笑得陽光燦爛，從他的臉上看不出絲毫的惡意。

文雅道：「最好別有那樣的念頭，不然死的那個人一定會是你。」

胡小天充滿威脅道：「既然你都已經離開了皇宮，大家也都以為你死了，遠走高飛就是，何必又要折回頭來找我？若是讓人得知你根本沒死，這可是欺君之罪，那可是要抄家滅門，株連九族的，文太師雖然不是你親爹，可畢竟也曾經養育過你，你不至於恩將仇報吧。不如這樣，我只當沒看到你，你有多遠走多遠，好不好？」

文雅冷笑道：「這麼久不見，你心中對我難道就沒有一點點的想念，就這麼急著趕我走？」

「想！想得不得了，可是我得首先為你的安危著想。上面到處都是朝廷的人，幸虧發現你的人是我，若是被他們看到，恐怕你就有大麻煩了。」胡小天裝出一副關心她的樣子，心中卻在思索著脫身之策。

文雅道：「就算他們發現我又有什麼好怕，有一個見到我我便殺掉一個，有兩個見到我我便殺了一雙，若是有一千個看到我，我就將這一千個全都殺了，絕不會放走一個活口。」

胡小天倒吸了一口冷氣，表面上卻仍然笑得陽光燦爛，周身的神經不敢有一絲一毫地放鬆，他在尋找下手的機會。他笑道：「剛才是你將我拖到下面來的？」

文雅道：「你應該感到慶幸，我只是抓你下來，而沒有當場殺死你。」

胡小天道：「那幾名武士全都是你殺掉的？」

文雅毫不掩飾地點了點頭道：「不錯！」

胡小天暗罵文雅歹毒，望著她找不到半點瑕疵的精緻面龐，這張面孔美到了極致卻又冷到了極致，從她的表情上那還能找到半點溫柔嫵媚的味道，想起昔日青雲那個溫柔如水又嫵媚動人，風情萬種的小寡婦樂瑤，根本似乎完全是兩個截然不同的個體。難道這美麗的軀殼內樂瑤的意識早已被清掃一空，眼前的只是天下第一毒師須彌天，是她利用種魔大法鳩占鵲巢，強搶了樂瑤的身體。如果一切真的如此，跟謀殺又有什麼分別？

「你不認識我嗎？為何要始終盯著我看？」

胡小天道：「直到今時今日我都看不出你和樂瑤的分別。」

文雅道：「當然有分別，她不會殺你，而我今天來卻是為了殺死你。」

胡小天道：「想殺我的話，其實剛才將我從外面拖進來的時候是最好的機會，可惜你一時心慈手軟，沒有當即下手，現在再想殺我，只怕沒那麼容易。」

文雅呵呵笑道：「我既然能夠抓你下來，殺你還不是易如反掌，你以為自己可以逃得過我的掌心嗎？」

胡小天微笑道：「想不到你不但吹簫吹得好，牛皮吹得也是那麼棒。」望著文雅誘人的櫻唇，卻不知這麼美妙的一張嘴唇究竟是什麼滋味。

「大膽！」文雅鳳目圓睜，殺氣凜凜。

胡小天道：「我的膽子向來都不小，可是比起你還是要差上一籌，你到底是誰？為何要混入皇宮？」

文雅道：「本來我還想給你條活路，可現在我改變主意了。」

胡小天道：「其實你不說我也猜到了，你是須彌天對不對？練了什麼勞什子的種魔大法，據說這種魔大法練到一定的境界可以修成魔胎，可是魔胎練成之時，往往也就命不長久，於是就找到合適的人選將魔胎種入她的體內，樂瑤根本就是被你害死的對不對？」

文雅點了點頭道：「是又如何？你既然對她念念不忘，我現在就送你下去見她。」雙目中迸射出藍幽幽的光芒，足尖在地面輕輕一點，嬌軀擰動，宛如急電般射向胡小天。

胡小天本意是想激怒她，讓她主動接近自己，也只有距離拉近之後才有用暴雨梨花針將她射殺的機會，只是胡小天沒想到她來得這麼快，假如現在掏出暴雨梨花針，恐怕來不及發射就已經被她抓住。當下顧不上攻擊，腳底抹油溜之大吉。

文雅揚起五指，彎曲如同鷹爪，指尖泛起綠油油的光芒，胡小天深知她的厲害，假如她真是須彌天，那麼天下間下毒的功夫沒有人能夠超過她。腳踏乾坤，身軀一縮一彈，動作雖然不雅，可是腳下的步法卻是出人意料。文雅本以為一把就能夠將他抓住，可是眼前一晃，竟然抓了個空，胡小天已經成功退到距離她一丈之外。

文雅秀眉顰起，難怪這小子如此托大，不知何時學會了這麼一套奧妙的步法，她點了點頭道：「不壞不壞！」嘴上說著話，攻擊卻沒有停下來，身軀陡然旋轉如同陀螺一般飛速衝向胡小天。

胡小天退入花叢之中，腳下步法不慌不忙，時快時慢，不時變換方向。文雅隨著他追入花叢之中，那一朵朵閃爍著螢光的花朵隨著她紛飛而起，形成了一道五彩繽紛的彩色龍卷，胡小天開始的時候還有些緊張，可是很快就發現文雅想要抓住自己絕沒有那麼容易，在花叢之中來回穿梭。

文雅幾次眼看就要抓住他，可到了近前卻次次落空，文雅怒道：「這是什麼邪門步法？」

胡小天道：「躲狗步法。」

文雅只當他在辱罵自己，冷哼一聲，追逐的速度變得更快，可無論她如何努力，始終沾不到胡小天半點衣襟。

胡小天樂得哈哈大笑，老子雖然打不過你，可單憑著這套躲狗十八步，你也抓不住老子。想想自己居然能夠讓天下第一毒師須彌天束手無策，實在是有些得意。

文雅追得額頭冒出了細密的汗水，她忽然停下腳步。

胡小天見到她不再繼續追趕，也在距離她三丈以外的地方停下，笑瞇瞇道：「男追女隔層山，女追男隔層紙，可惜你渾身都是毒，咱倆還是保持點距離得好。」

文雅道：「膽小鬼，有種別跑，跟我堂堂正正打上一場。」

胡小天道：「激將法？對我沒用，跟你堂堂正正，我豈不是自己找死？」

文雅道：「我答應你，不殺你！」

胡小天笑道：「信你才怪，當初你在明月宮陰我，居然放出那麼多的毒蠍子咬我，老子差點沒被你害死。」

文雅冷冷道：「若不是你想要加害我在先，我豈會那樣對你，你竟然想在我飲食中下毒，用赤陽焚陰丹害我，又放出血影金蠶意圖破我神功。」

胡小天道：「干我屁事？那七顆赤陽焚陰丹根本不是用來對付你的，到最後還不是全都餵到了我肚子裡？不過那天晚上到底發生了什麼事？你可不可以告訴我一聲？」這廝其實心中已經隱約猜到發生了什麼，只是無從證實，現在說出來根本就是意在觀察文雅的反應。

文雅聽他問起那晚的事情，俏臉之上居然浮現出些許的紅意，旋即又惱羞成怒，厲聲道：「你老老實實告訴我，赤陽焚陰丹是不是姬飛花交給你的？」

胡小天道：「你先告訴我那天晚上發生了什麼事情，然後我再告訴你。」

文雅道：「你不說，以為我當真拿你沒辦法嗎？」

胡小天笑瞇瞇道：「目前看來，你還真是拿我沒什麼辦法，如果你能夠追上我，我或許可以考慮告訴你一些事情。」

文雅點了點頭，忽然轉身而去，胡小天頓時想起了什麼，唐輕璇還在外面，這麼重要的事怎麼疏忽了。文雅的聲音從遠處傳來，顯得遙不可及：「你不說，我現在就將那丫頭變成一具乾屍。」

胡小天慌忙道：「慢著！有種你衝我來啊？」

此時聽到唐輕璇的尖叫聲，胡小天舉目望去，卻見文雅已經將唐輕璇抓了過來，唐輕璇穴道被制，只能任她宰割，一雙美眸充滿惶恐地望著胡小天。

胡小天本以為她會呼救，卻聽唐輕璇叫道：「胡小天，你走，別管我了，你快走吧！」

胡小天原本是想走的，他和唐輕璇可沒什麼感情，非但算不上朋友，此前幾乎可用仇人來形容，可是聽到唐輕璇在生死關頭居然說這種話，胡小天反倒猶豫了，他也不是那種頭腦一熱為了英雄救美可以將一切都不顧的人。胡小天認為文雅將自己抓到這裡絕不是為了殺死自己，不然也不會那麼麻煩，費那麼多的周折，難道自己對她仍然有利用的價值？

胡小天歎了口氣道：「你贏了，這事兒跟她沒什麼關係，有什麼話，咱們兩人單獨說。」

文雅道：「好！」左手在唐輕璇面前揮舞了一下，一團紫色的煙霧蔓延開來，唐輕璇吸入了少許便昏睡了過去，文雅一鬆手，唐輕璇軟綿綿癱倒在地面上。文雅道：「她中了我獨家秘製的刻骨銘心，天下間除了我之外沒有人可以為她解毒，你要是不想她死，就乖乖聽話。」

胡小天笑道：「乖乖聽話我可做不到，不過可以等價交換，你問我的事情我回答你，同樣你也要回答我幾個問題。」

文雅點了點頭道：「也算公平。」她並沒有向前逼近，伸出白璧無瑕的纖手整理了一下秀髮，輕聲道：「赤陽焚陰丹是什麼人給你的？」

胡小天道：「姬飛花！」

文雅咬牙切齒道：「果然是他！那天晚上他用融陽無極功為我療傷之後，你跟他去了哪裡？」

胡小天道：「現在好像是該我問你了，你是不是須彌天？」

文雅唇角泛起一絲不屑的笑意：「是又如何？」

胡小天道：「是的話我就不會饒了你，現在又該我問你了。」

文雅意識到自己無意之中竟然浪費了一次問話的機會，暗罵這小子狡詐。

「你是不是將種魔大法用在了樂瑤的身上？」

文雅道：「是！那天晚上姬飛花為我療傷之後你們去了哪裡？又發生了什麼事情？」或許是為了補償剛才的損失，她一連串問了兩個問題。

「去了碧雲湖，那天晚上你到底對我做了什麼？」

文雅道：「你練的是不是無相神功？」

兩人都沒有回答對方的問題，卻接連發問，其實他們心中彼此已經猜到對方的事情，只是無法確定。他們彼此對望了一會兒，文雅率先打破沉默，冷冷道：「你果然練了無相神功！難怪服下七顆赤陽焚陰丹都會沒事。」

胡小天道：「我也不知道為何吃下七顆赤陽焚陰丹居然會沒事，我還以為這事兒跟你有關係呢。」他這句話可說到了點上，如果沒有文雅的玄陰之體，胡小天當晚早就慾火焚身經脈爆裂而亡。

文雅道：「血影金蠶你又是從何處得來？」

胡小天道：「也是提督大人所贈。」之所以沒將林菀給供出來，倒不是因為他對林菀手下留情，而是因為他不想說實話，反正姬飛花也不怕事多，所有事情都推到他的身上，文雅也罷，須彌天也罷，就憑她目前的功力只怕還不是姬飛花的對手。他回答了文雅的這個問題，心想該我問你了，可抬頭望去，卻見文雅的臉色蒼白如紙，周身彌散出森森寒氣，嘴唇微微顫抖起來，分明是冰魄修羅掌寒毒發作的症狀。

胡小天想不到她居然會在這種關鍵時候寒毒發作，心中先是有些擔心，可旋即又大喜過望，擔心是出於本能，在潛意識之中仍然將她當成是樂瑤，不過胡小天是個極其理智之人，他馬上就意識到屬於樂瑤的也許只有眼前這具軀殼罷了，她既不是樂瑤也不是文雅，根本就是須彌天，那個天下第一毒師，讓無數人聞風喪膽的狠辣魔頭。

須彌天原本還想控制住自己的身體反應，可看來毫無作用。

胡小天故意道：「你怎麼了？莫不是生病了？」右手悄悄去摸暴雨梨花針，擔心須彌天使詐是其一，還有一個念頭就是如果須彌天當真寒毒發作，此時卻是除去她的最好機會，雖然心中有些不忍，可是他又知道如果錯過這次機會只怕後患無窮，他不殺須彌天，等到須彌天恢復之後，他和唐輕璇都必死無疑。

須彌天牙關不住顫抖，似乎看穿了胡小天的本來目的，顫聲道：「你要是敢對我不利，唐輕璇就必死無疑……」

胡小天笑瞇瞇道：「別把我想得跟你一樣，我從來都不幹趁人之危的事情。」嘴上如同抹了蜜一樣，可是右手已經悄悄將暴雨梨花針摸了出來，他佯裝關切道：「你要不要緊？」

須彌天一言不發，慢慢坐在花叢之中，雙腿盤曲如同坐禪一般，雙手放在大腿之上，掌心向天，絲絲縷縷的寒氣向周圍浸潤而去，以她的身體為中心，周圍閃爍著五彩螢光的鮮花迅速為一層白色嚴霜所籠罩。

胡小天向前走了一步：「你怎麼了？」

須彌天宛如入定一樣一動不動。

胡小天內心怦怦直跳，須彌天現在已經進入了暴雨梨花針的射程之內，只要他扣動扳機，或許就能將須彌天打成一隻刺蝟。望著須彌天的俏臉，胡小天不覺想起樂瑤昔日溫柔嫵媚的模樣，心中有些不忍，可在這樣的局勢下，任何的婦人之仁都可能導致自己性命不保。胡小天又看了遠處地面上已經失去知覺的唐輕璇，她被須彌天秘製的刻骨銘心毒所傷，若是射殺須彌天也等於間接殺死了唐輕璇。眼前自己已經是泥菩薩過江，肯定顧不了那麼多了，胡小天咬了咬嘴唇，表情卻變得越發堅定，舉起暴雨梨花針，手指落在扳機之上。

胡小天彷彿看到自己將須彌天射成一隻刺蝟的景象，正準備射殺之時，卻感到手上有些異樣，舉目望去，卻見手背之上多了金燦燦的一物，定睛一看，卻是一條金光閃閃的蟲豸，趴在他的虎口位置輕輕蠕動，胡小天嚇得頓時屏住呼吸，一動都不敢動。

須彌天霍然睜開雙目，逼人的寒芒射向胡小天：「此物叫血影蝥王，乃是從千萬隻血影金蝥中搏殺出來，又經我身體煉化，此後我又餵牠千百味毒藥，才養成了現在這般模樣，假如牠咬你那麼一口，你以為後果如何？」

胡小天哭喪著面孔，竭力想要拿捏出一個笑容，可這讓他的表情顯得越發糾結難看，手指雖然貼在扳機之上，卻無論如何都不敢摁下去，就算暴雨梨花針再快，就算射死了須彌天，自己也躲不過血影螯王的咬噬，從無數毒物中搏殺而出，歷經千百味毒藥煉化的毒蟲必然是奇毒無比，倘若讓牠咬上一口，豈不是生不如死？

須彌天猛然睜開雙眸，揚起右掌，無形掌力隔空拍打在胡小天的胸前，將胡小天打得橫飛了出去，手中暴雨梨花針也飛到了一邊。

胡小天被她這一掌打得骨骸欲裂，一股寒氣從胸口滲入體內，心臟似乎被瞬間凝固起來，連心跳都為之停頓，不過轉瞬之間，從他的丹田氣海一股暖融融的熱流自然而然地激發而起，沿著奇經八脈迅速匯流到心臟之中，冰冷的感覺為之減輕，可是手腳卻仍然麻木，全然不受控制。

須彌天的表情比冰山還要冷酷：「胡小天，你果然夠歹毒，趁人之危不說，還要搭上同伴的性命。」她一步步走向胡小天。胡小天想要逃走，卻苦於被她這一掌打得身體麻痹，短時間內無法恢復自如行動。再看手背上的血影螯王，那天血影金螯鑽入須彌天體內的情景他仍然記憶猶新，以須彌天如此厲害的人物都拿它沒有辦法，更何況自己。

須彌天道：「我只想你陪我練功，一旦我的萬毒靈體修煉成功，我就跟你從此井水不犯河水。」

胡小天道：「若是我不答應呢？」

須彌天道：「如果你不答應，我也一樣不會殺你，其實我原本都已經做好了準備，實在不行我就在唐輕璇的身上施展種魔大法，毀掉現在的身體，不過現在我改變主意了，如果你不肯幫我，我就將魔胎種入龍曦月的體內，等以後她功成之後，再由她親手殺了你。」

胡小天倒吸了一口冷氣，此時總算是明白了她為何要將唐輕璇抓來，看來她的身體果然出了大問題，找自己過來就是為了解決問題，如果問題得不到解決，自己肯定必死無疑，樂瑤的這具身體也會被她拋棄，為了謀求性命延續，她會將魔胎種入唐輕璇的體內。這女人果然歹毒，他低聲道：「為什麼偏偏會找上我？」

須彌天道：「也許是命中註定。」她的目光變得極其複雜，輕聲歎了口氣道：「你放心，我不會殺你。」

胡小天道：「你剛剛殺了我們好幾條人命。」

須彌天道：「我也是不得已而為之，我必須要吸取他們的內力來控制住體內魔胎的異動，倘若不能控制魔胎，我最後就要走火入魔而死。」

胡小天道：「只有我才能幫你鎮住魔胎？」

須彌天咬了咬嘴唇，不置可否地點了點頭。

胡小天想不到自己居然還有這麼大的本事。

須彌天道：「總之你幫我成就萬毒靈體，我也不會虧待你，這一路之上我會為你保駕護航。」

胡小天心中暗自盤算，假如須彌天能夠幫忙，那麼自己可謂是如虎添翼，其實她的條件也算不上苛刻，無非是需要自己出賣一些色相。胡小天道：「你成就萬毒靈體之日，焉知我會不會精盡人亡？」

須彌天道：「你放心吧，我又不是採陽補陰的妖精。」

胡小天暗自冷笑，才怪！不過眼前的形勢下也只能先答應她，脫離險境再說。

須彌天道：「你體內赤陽焚陰丹的餘毒也沒有完全肅清，我們合作不僅僅對我一個人有好處。」

胡小天道：「須彌天，你還得答應我，以後要無條件為我做三件事。」

須彌天搖了搖頭道：「沒可能，我最多答應你，等我神功大成之後，可以饒你三次不死。」

「那我豈不是很吃虧？」

須彌天道：「瞭解我的人都知道，我從不和別人談條件，對你我已經是手下留情。」

胡小天心中暗罵，那是因為你拿我還有用，老子現在完全被你當成了療傷的靈丹妙藥。面對須彌天，胡小天還真是沒有什麼辦法，要麼死，要麼爽死，傻子都知道自己應該怎麼選，張愛玲不是說過，通往女人心靈的是那啥玩意兒嗎？人非草木孰能無情，搞不好等我多解鎖你兩個姿勢，就會一直通到你的心靈呢，到時候你捨不捨得殺我還不一定呢。

須彌天看到這廝半天沒有說話，認定他又在想什麼鬼主意，冷冷道：「你意下如何？」

當男女之間把這種事看成一種交換，就沒有任何的浪漫可言，胡小天從沒有想到過有一天自己居然會淪落到出賣男色的地步。他低聲道：「有個問題，萬一你懷上了我的骨肉怎麼辦？」

須彌天愣了一下，顯然也沒有想到過這個問題，她搖了搖頭道：「不可能！」

胡小天有些鬱悶，怎麼不可能？居然小看老子的繁殖能力？是可忍孰不可忍！

須彌天道：「我會用內功將你留在我體內的那些東西給逼出來，絕無後患。」

「呃……」

須彌天道：「我也有條件，你陪我練功期間，不能和其他女人發生這種事。」

胡小天真是哭笑不得：「你是我老婆嗎？居然管我？你吃醋啊？」

須彌天道：「不是吃醋，而是要確保萬無一失，不可影響到我修煉的進程。」

胡小天道：「我從頭到尾只跟你一個人嘿咻過，還是被你強迫的。」

須彌天冷冷道：「你不吃虧，我也一樣。」她說完站起身來：「有人來了，應該是找你的。」臨行之前，她不忘叮囑胡小天道：「記住我跟你說的話。」

「對了，你把唐輕璇的解藥給我。」

須彌天倒是沒什麼意見，隨手將一顆藥丸扔給了他。

胡小天道：「你什麼時候再來找我？」

「等我需要你的時候……」須彌天的聲音漸行漸遠，很快就已經完全不見。

胡小天歎了口氣：「你需要老子的時候，當我什麼？自動飲料販賣機？隨用隨取？你想要也得我答應！」這貨轉身走向唐輕璇，卻踢在了一個盒子上，低頭一看，卻是剛才失落的暴雨梨花針，這可是他的必殺之器，趕緊從地上拾起來收好。

來到唐輕璇身邊，卻見唐輕璇仍然雙眸緊閉，胡小天捏住她的鼻子，等到她張開嘴巴，將解藥塞到她嘴裡，此時方才聽到遠處傳來焦急的呼喊聲：「胡公公！胡公公！」

胡小天跟須彌天在地下之時，上頭早已亂成了一團。展鵬率領一幫武士好不容易才挖通了坍塌的地道，沿著地洞向下追趕，走了一段又遇到封閉鐵門的阻隔，眾人又是砸又是撬，費了好大一番功夫，這才將通道打開，進入到這地底建築之中。

胡小天抱著唐輕璇站起身來，循聲迎了上去，大聲道：「我在這裡！」

聽到胡小天的回應聲，眾人大喜過望，一群人舉著火把圍攏上去，看到胡小天不但平安無事，而且還找到了業已失蹤的唐輕璇。一幫人圍著胡小天噓寒問暖，胡小天當然不會將剛才發生的事情告訴他們，將唐輕璇交給人群中的唐鐵漢。

展鵬道：「先上去再說！」

胡小天來到地面之上，卻想不到已經是第二天的上午了，地下伸手不見五指，再加上他被須彌天制住，翻來覆去地折騰了五次，想想這一夜的經歷真是悲慘之極，可惜又無法對外人提起，打落門牙也只能往自己肚子裡咽。

安平公主和大多數人都已經退出了魯家村，這也是為了安全考慮。依著她自己的意思，她肯定是要原地等待，是吳敬善和文博遠再三懇請，安平公主才無奈答應，這一夜她連一刻都未能合眼，因為胡小天的安危而牽腸掛肚，龍曦月甚至不敢去想胡小天發生了什麼，她無法想像失去胡小天自己會怎樣生存下去，也許剩下的只有一死。

龍曦月的手顫抖著摸向梳妝盒內的髮簪，髮簪鋒利的尖端閃爍著寒光，這寒光灼痛了她的眼睛。

帳外傳來雪球的叫聲，龍曦月猛然合上梳妝盒，深深吸了一口氣，強迫自己冷靜下來，胡小天生死未卜，她絕不可以就這樣放棄等待，擦去臉上的淚痕，對著銅鏡觀察了一下妝容，確信毫無異狀，這才走出帳外。

每個人的臉上都籠罩著一層濃重的憂色，只有雪球仍然在不知疲倦地嬉戲著。

遠處文博遠和吳敬善兩人並肩向她的方向走來，來到龍曦月面前，兩人同時施禮道：「屬下參見公主殿下！」

龍曦月迫不及待道：「可有胡公公的消息？」

吳敬善歎了口氣道：「讓公主殿下失望了，到現在仍然沒有消息。」他向文博遠看了一眼，顯然是要文博遠說話。

文博遠道：「公主殿下，從昨晚到現在我們已經損失了五名武士，失蹤了三人，為了公主的安全起見，我看還是儘快離開魯家村。」

龍曦月用力搖了搖頭，極其堅決道：「我不會離開！」

文博遠道：「公主殿下，您不要忘了此行的主要任務，若是耽誤了三月十六的婚期，我等可擔待不起。」

龍曦月道：「還不到二月，你急什麼？出了任何事情我自會擔待，跟你又有什麼關係？」

文博遠道：「蒙陛下器重，對博遠委以重任，博遠不敢放鬆絲毫警惕，若是公主有任何差池，末將唯有以死謝罪了。」

龍曦月看都不向他看上一眼，心想你死你活跟我有什麼關係？我心中關心的那個人是胡小天。

吳敬善道：「公主殿下，文將軍說的不無道理，胡公公失蹤，其實我們和公主一樣著急，可事有輕重緩急，就算公主殿下堅持留在這裡也於事無補，不如咱們還是兵分兩路，公主先行前往青龍灣渡江，留下一些人繼續負責營救胡公公，您意下如何？」

龍曦月搖了搖頭道：「找不到他，我不會走！」

吳敬善還想說什麼，忽然聽到遠方傳來歡喜的通報聲：「回來了，回來了，找到胡公公了！」

他們同時舉目望去，卻見胡小天正在一群人的簇擁之下朝營地的方向而來，龍曦月看到胡小天平安返回，一時間百感交集，美眸之中淚水奪眶而出，向前邁出了一步，卻又硬生生停下腳步。

所有細微的舉動都沒有逃過文博遠的眼睛，文博遠心中又妒又恨，龍曦月啊龍曦月，你居然對一個太監如此關心？何嘗見你關心過我？文博遠暗戀安平公主早已多年，其實他現在也已經明白，自己根本沒有任何的機會，可即便是如此，仍然管不住自己的嫉妒心，滿腔的妒火全都化成了仇恨，最終全都算在了胡小天的頭上。

第七章

風流倜儻的公公

胡小天真是有些哭笑不得了，老子是公公怎麼著？
誰規定公公就不能儀表堂堂，風流倜儻了。
太監中長得好看的多了去了，近的就是自己，遠的說還有姬飛花呢，
姬飛花那長相連女人都會嫉妒。

胡小天宛如一個凱旋而歸的英雄，在眾人的簇擁下喜氣洋洋走了回來，來到安平公主面前，單膝跪下道：「屬下又讓公主擔心了，真是罪該萬死！」

安平公主看著他居然沒說話，只是歎了口氣轉身就回了營帳。

胡小天也沒有料到安平公主會是這樣的反應，腦筋一轉就想透了這其中的道理，之前在天波城就因為拋繡球的事情害得公主為自己擔驚受怕，這次事情搞得更大，看來安平公主這一夜都沒合眼，只是顧著為自己擔心了，一時間心中又有些小感動。

文博遠冷冷望著胡小天，看到這廝平安回來，他可沒有感到半點欣慰，心中反而有些懊惱，這貨怎麼不被弄死？將他變成乾屍變成冰塊，隨便變成什麼都好，總之別活著回來。

吳敬善道：「胡公公回來就好，快快起來說話。」

胡小天暗罵，輪得到你這老東西讓我起來？我跪的是公主，又不是給你們下跪。他站起身，揮動衣袖撣了撣膝蓋上的浮塵，笑瞇瞇道：「慚愧，慚愧，又害得大家為我擔心了。」

文博遠道：「胡公公到底發生了什麼事情？這一夜究竟做了什麼？」

胡小天道：「這件事說來話長，我此刻又渴又餓，兩位大人，在下暫且失陪，先去吃點東西，咱們回頭再聊。」

此時紫鵑走了過來，輕聲道：「胡公公，公主殿下傳你去營帳問話。」

胡小天剛好有了個藉口脫身，來到安平公主營帳之中，卻見龍曦月已經準備好了點心和熱粥。

紫鵑端了一盆熱水進來，向他笑了笑。

胡小天總覺得紫鵑似乎察覺了自己跟安平公主間的情愫，只是沒有點破罷了，身為安平公主的貼身宮女，倒也不怕她亂說，再說自己的真實身分她也不知道。

「洗把臉吧。」安平公主輕聲道。

胡小天應了一聲，來到銅盆前好好洗了洗臉，接過紫鵑遞來的棉巾擦乾面龐。

紫鵑端著銅盆出去了。

安平公主道：「你還沒吃東西吧？」

胡小天道：「餓著呢！」不等龍曦月招呼，自己來到小几旁坐下，抓起點心吃了起來。

看到他狼吞虎嚥的樣子，龍曦月的唇角浮現出一絲會心的笑意，小聲道：「我真有些害怕，擔心你會一去不回。」

胡小天笑道：「我都跟你說多少次了，我這人命硬得很。」

龍曦月點了點頭：「發生了什麼事情？」

胡小天害怕她擔心，笑道：「說實話，我到現在都糊塗著，稀裡糊塗地被人拉到了地洞裡面，然後一個黑衣蒙面人出現在我的面前，本來我以為自己死定了，可忽然想起我手裡還有暴雨梨花針，於是我照著她射了過去，一下就射中了她……」

說到這裡胡小天不由得停頓了一下，射中倒是射中了，只不過不是暴雨梨花針，不但射中而且連射了五次，忽然感覺喉頭有些發乾，端起熱粥咕嘟咕嘟灌了下去。損失了不少水分，需要及時補充。

龍曦月道：「那人是不是死了？」

胡小天道：「逃了！我跟了上去，可惜地下道路錯綜複雜，沒走多遠我就迷失了方向，不過雖然沒有追上那個神秘人，卻發現了唐輕璇，也算是不枉此行了。」

龍曦月啊了一聲道：「我倒忘了，回頭我得去探望輕璇妹子。」

胡小天聽到她這麼說心中越發甜蜜，在龍曦月的心中果然是自己最重要，連她剛剛結拜的金蘭妹子都忘記了。

胡小天吃飽喝足再度來到營帳外面，看到展鵬就在外面等著，展鵬發現胡小天出來，拿著一柄長刀迎了上來，卻是胡小天跌入地洞時失落的烏金刀，展鵬帶人挖掘地洞的時候發現，幫他拿了回來。

胡小天接刀在手，從刀鞘中抽出半截刀刃，然後重新插了回去，低聲道：「文博遠讓你過來盯住我？」

展鵬沒說話，唇角卻露出一絲笑意。

胡小天道：「那就好好保護公主。」

胡小天繞到營帳旁邊，周默正在那裡整備車馬，胡小天來到車身前靠著，微笑望著周默。

周默檢查了一下車轅，直起腰來，以傳音入密道：「沒事吧？」

胡小天搖了搖頭，趴在馬車上，低聲道：「須彌天搞出來的。」

聽到須彌天的名字，周默的表情不禁為之一凜。須彌天雖然稱不上天下最頂級的高手，可是天下第一毒師的名頭還是擁有著強大的震懾力，一個人的武功再高，倘若只是光明正大的比拚，周默也不害怕，但是遇到用毒高手卻又是另外一回事情。不過胡小天既然能夠平安回來，就證明他已經找到了解決方法。

胡小天道：「不用擔心，她跟我已經達成了協定，暫時不會對咱們不利。」說出這件事的時候，胡小天不禁有些難堪，若是周默問起他們之間到底達成了什麼協議，自己可不好作答，總不能將出賣色相換取和平的事情說出來。好在周默沒有細問，胡小天當然不會主動交代。

此時吳敬善又差人過來找胡小天，卻是商量繼續前行的事，自從發生了昨晚接連不斷的慘案之後，大多數人都將魯家村視為不祥之地，誰也不願意留在這裡了。

本來安平公主不願意離開是因為沒有找到胡小天，現在胡小天和唐輕璇都已經平安歸來，自然也就沒有了留下的理由。胡小天對此倒也沒什麼意見，同意即刻拔營離開。

在經歷了一整夜的盤腸大戰之後，胡小天也感覺有些疲憊，他主動選擇了乘坐馬車，進入車廂之後，馬上盤膝調息，默默運起無相神功，從丹田氣海之中催發內息，源源不斷地湧入身體各處經脈。胡小天本以為自己的內功可能會有損耗，可是真正練功之後，方才發覺，自己的內力非但沒有絲毫的減弱，反而變得比之前強盛了許多，難道跟須彌天做這種事情非但對自己沒有傷害反而大有裨益？想起昨晚經歷的一切，胡小天這心中的滋味卻並不好受，須彌天貌美如花的軀殼下其實是個陰狠毒辣的靈魂。

五次！老子連手指頭都沒動一下，完全是被虐，不能再想下去了，想想全都是眼淚。話說自己也是不爭氣，為何偏偏要配合她呢？絕不是因為我胡小天好色，而是須彌天的壯陽藥實在太厲害。

胡小天長舒了一口氣，緩緩睜開雙目，車內一片黑暗，可是他卻能夠清晰看到周圍一切的細節。活動了一下手臂，感覺身體重新充滿了力量。胡小天掀開車簾，外面雪光刺眼，他下意識地瞇起了眼睛，適應了一會兒，方才習慣了這光線。

展鵬縱馬行進在他的車旁，躬身道：「胡公公有什麼吩咐？」

胡小天道：「什麼時候了？」

「未時了！」

胡小天道：「離開魯家村有多遠了？」

展鵬道：「大概有五十里地。」

胡小天讓展鵬將自己的馬給牽來，離開馬車，翻身爬到了小灰的背上，小灰發出一聲歡快的長嘶，輕快地奔跑起來。

胡小天很快就來到了隊伍的前方，發現文博遠和吳敬善都在，離開魯家村之後，這一路景色不錯，吳敬善雖然年紀大了，可也是一個喜歡風花雪月舞文弄墨的老文青，遇到此情此境，不禁雅興大發，棄車乘馬，流覽這一路上的美麗景色。

發現胡小天來到身邊，吳敬善不由得笑道：「胡公公醒了！」

胡小天笑道：「昨晚太累，所以小憩了一會兒。」

吳敬善道：「胡公公受驚了！」

胡小天居然愣了一下，然後方才回過神來，此驚非彼精，原是自己想多了。這貨嘿嘿笑道：「授精了，的確授精了。」

吳敬善若是知道他的用詞，怕不是要從馬背上驚得掉下去，必然大罵這太監毫無節操了。

文博遠陰測測道：「胡公公昨晚在地下發生了什麼？」

胡小天打了個哈欠懶洋洋道：「無論發生了什麼，我都不想再追究，能夠平平安安的回來就好。」

文博遠眉頭一皺：「你這話是什麼意思？」

胡小天道：「還沒有到大雍境內就已經先後遭遇了兩次伏擊，黑松林那次究竟是怎麼回事，大家心中都明白，我看這次十有八九也是和上次一樣。」

文博遠怒道：「你胡說！」

胡小天笑道：「文將軍此言差矣，連兇手都沒有抓住，你怎麼知道我在胡說？又怎麼知道這兩次的事情不是同一夥人所為？難道你已經查清了真相？」

「你……」文博遠怒不可遏地望著胡小天，當初在黑松林伏擊的確是他一手策劃，他想要儘早除去胡小天這個眼中釘肉中刺，只是沒想到會被胡小天瓦解了他的計畫，而且還倒打一耙，搞得文博遠損兵折將。接下來的這段路程，不是他不想對胡小天下手，而是他沒有找到合適的機會，可昨晚在魯家村的事情跟他毫無關係，非但如此他還平白無故損失了六名手下，到最後甚至連兇手的樣子都沒見到。

胡小天歎了口氣道：「你這個人真是一點幽默感都沒有，動不動就當真，跟你一路同行實在是無趣得很，無奈得很，無聊得很！」

文博遠道：「還請胡公公自重，捕風捉影的話不可亂說。」他對胡小天的奸猾多變早已多次領教，知道從此人的嘴裡根本問不出任何有價值的事情，一抖韁繩縱馬向隊伍的最前方行去，擺明了不屑與胡小天為伍的架勢

吳敬善望著文博遠離去的背影，不由得歎了口氣，苦笑道：「胡公公，咱們都

是同路人，彼此之間還是要多多照應。昨晚文將軍為了找你也是一夜沒睡，就算是沒有功勞也有苦勞。」

胡小天一句話就將他給噎住：「吳大人焉知不是有人在虛張聲勢，故意掩人耳目？」

「這……」

胡小天道：「黑松林已經發生過同樣的事情，魯家村的事情雖然詭異，可是只要你仔細想想，就會發現和黑松林發生的事情手法差不多。」

「可總沒有自己人加害自己人的道理。」雖然心中也有懷疑，可吳敬善仍然不認為文博遠會向自己人下手。

胡小天道：「也許這正是人家的高明之處，吳大人，咱們好像不是前往武興郡的。」

吳敬善道：「是取道峰林峽前往青龍灣，此事沒顧得上跟你說，根據咱們派出去探聽情況的人回來稟報，武興郡那邊的確發生了民亂，現在有幾千人蜂擁到興榮倉，想要強搶那邊的糧食，武興郡的將士都已經前往興榮倉去佈防，形勢很是緊急。」他口中的興榮倉乃是大康七大糧倉之一，儲備的大都是軍糧物資，是武興郡將士生活的保障所在，若是興榮倉被搶，武興郡的將士們必然陷入無糧可用的境地。

胡小天歎了口氣道：「老百姓貧困潦倒，沒吃的沒喝的，不得已才會走上這條道路，但凡有一線機會，誰敢冒著謀反的罪名前往去搶？」

吳敬善心中一驚，想不到這廝竟然向著那幫亂民說話。

胡小天道：「吳大人不要忘了，峰林峽乃是渾水幫的老巢，咱們從峰林峽穿過，勢必要冒風險的。」

吳敬善點了點頭道：「已經考慮過，可是兩相權衡，還是峰林峽那邊更為穩妥一些，渾水幫大當家嚴白濤已經授首，現在的渾水幫根本就是烏合之眾。」

胡小天道：「失敬失敬，我一直以為吳大人德高望重，才學過人，卻想不到吳大人對江湖掌故也是如此熟悉。」

吳敬善撫鬚笑道：「我對江湖掌故根本就是一無所知，都是聽文將軍說才知道。」

胡小天意味深長道：「耳聽為虛眼見為實，吳大人不能別人說什麼就信什麼。」

吳敬善知道胡小天和文博遠之間矛盾重重，幾乎無法化解，兩人針鋒相對，自己既然沒能力讓他們化敵為友，也只能儘量保障他們之間的矛盾不再繼續激化。吳敬善道：「文將軍既然敢選擇這條路，想必就應該有了妥善的應對方法，可以確保公主的安全。」

胡小天道：「難為吳大人這麼相信他，這麼維護他，可我對此人卻是一丁點兒都不相信。他手下的那幫神策府的武士也沒有傳說中那麼厲害，只怕遇到真正的考驗還是不堪一擊。」

吳敬善其實對這話還是有些認同的，黑松林和魯家村先後遭遇了兩次麻煩，神策府的這幫武士似乎也沒有派上太大的用場，兩次加起來已經損失了十餘個，要知道現在畢竟還沒有走出大康境內，等到了大雍的範圍，還不知道會遇到怎樣的麻煩。好在安平公主一直都沒有遇到什麼危險，跟她的安全相比，其他人的性命根本就不重要。當然自己的性命除外，吳敬善把自己的性命看得還是更加重要一些。

當天黃昏時分，他們已經來到峰林峽外，或許是因為黑松林的教訓，文博遠這次沒有選擇連夜通過峰林峽，而是傳令就地紮營，休息一晚之後繼續前進。

安平公主下車之後，向胡小天道：「胡公公，你陪我去探望一下唐輕璇。」

胡小天應了一聲，陪同安平公主一起去了車馬營，唐輕璇這會兒也已經醒來，不過身體仍然感覺有些不舒服，一個人坐在草地上，雙手抱著膝蓋望著遠方發呆。

龍曦月示意胡小天他們不要跟過去，獨自一人來到唐輕璇身邊，輕聲道：「輕璇！」

唐輕璇這才回過神來，看到龍曦月親自過來探望自己，不由得有些感動，慌忙想要站起身來，卻被龍曦月摁住肩頭：「你不用起來，坐著好好歇著。」

唐輕璇將一塊手帕攤平在自己身邊的地上，小聲道：「姐姐請坐。」

龍曦月坐下，目光在唐輕璇的俏臉之上端詳了一會兒，方才道：「感覺怎樣？有沒有受傷？」

唐輕璇搖了搖頭道：「剛剛回來的時候還有些不舒服，一覺醒來已經完全好了，應該沒什麼問題的。」她望向遠方的胡小天，輕聲道：「說起來還要多虧了胡大人，如果不是他捨身相救，恐怕我再也沒機會重見天日了。」

「你們在下面究竟發生了什麼？」

唐輕璇搖了搖頭道：「我也不清楚，我甚至連那個抓我的人是誰都沒看清楚，不過我知道胡大人擊敗她肯定不容易。」此時心中沒來由一陣慌亂。

對胡小天心存感激的不僅僅是唐輕璇一個，唐鐵漢唐鐵鑫兄弟因為這次的事情對胡小天徹底改觀，他們兩人雖然頭腦不甚靈光，可是並非不明白事理，胡小天救了他們妹子的性命他們是知道的。

聽說胡小天陪同公主前來探望他們妹子，唐家兄弟慌忙趕到了現場，安平公主那邊他們當然說不上話。可是胡小天這裡卻可以修補一下彼此的關係。

唐鐵漢粗聲粗氣道：「胡大人，謝謝了啊！」

胡小天也沒想到這趟行程居然和唐家三兄妹修補了關係，化敵為友。不過總之是一件好事，他笑道：「謝什麼？」

唐鐵漢道：「謝謝您救了俺們妹子。」

唐鐵鑫道：「還一連救了兩次，多謝胡大人了。」他也跟著拱手。

胡小天道：「湊巧遇上了，總不能見死不救。」

唐鐵漢道：「那倒是……」唐鐵鑫知道這位大哥說話不中聽，趕緊用胳膊肘搗了他一下，唐鐵漢嘿嘿笑道：「道理是這個道理，可是真正能夠做到的沒有幾個，還是胡大人高風亮節，鞠躬盡瘁死而後已！」

胡小天：「……」這詞用得好像不太道地啊，怎麼聽著好像是在咒我死呢？

唐鐵鑫不得已又搗了大哥一下，笑道：「我大哥的意思是，胡大人智勇雙全，鐵血丹心，仗義疏財，儀表堂堂，風流倜儻……」這下輪到唐鐵漢用胳膊肘搗他了，還不忘提醒一句：「胡大人是公公，這詞兒用得不恰當。」

胡小天真是有些哭笑不得了，老子是公公怎麼著？誰規定公公就不能儀表堂堂，風流倜儻了。太監中長得好看的多了去了，近的就是自己，遠的說還有姬飛花呢，姬飛花那長相連女人都會嫉妒。胡小天腦海中忽然浮現出姬飛花豔絕人寰的面孔，彷彿正看到他朝著自己媚笑，內心中不由得打了個激靈，不對啊，好端端得怎麼想起男人來了？

十五過後，康都就變得陰雨綿綿，這樣的天氣讓人的心情很難變得疏朗起來。

姬飛花站在瑤池邊的水榭之中，靜靜遙望著對面的縹緲山，縹緲山的峰頂完全隱沒在迷蒙的雨霧之中，無論姬飛花目力如何之強，也看不清山上靈霄宮的輪廓。

李岩恭敬候在姬飛花的身後，靜靜等待著他的命令。

姬飛花道：「皇上什麼時候去的靈霄宮？」

「兩個時辰之前。」

姬飛花霍然轉過身去，目光冷冷盯住李岩道：「為什麼沒有及時通報咱家？」

李岩嚇得慌忙垂下頭去，低聲道：「屬下也是剛剛接到消息，聽說太上皇病了，皇上此次是專程去探病的。」

姬飛花道：「什麼人跟他一起過去的？」

「玄天館的蒙自在……」李岩說完，悄悄觀察了一下姬飛花的表情，小心翼翼道：「提督大人要不要過去看看？」

姬飛花冷冷道：「不必了。」他轉身獨自離開。

沿著湖畔長廊走了幾步，卻發現有位女子正坐在長廊之中，手中攥著一把紅色紙扇，望著瑤池呆呆出神，正是凌玉殿的昭儀林菀。

姬飛花不禁將眉頭皺了起來，他並沒有搭理林菀的意思，只當沒有看到她，繼續向前方走去。

身後忽然響起林菀充滿幽怨的聲音道：「姬公公吝惜到連招呼都不打一個？」

姬飛花停下腳步，目光卻仍然沒有望向林菀。淡然道：「林昭儀近來可好？」

林菀充滿幽怨道：「我好不好，你心裡比誰都要清楚。」

姬飛花緩緩轉過身來，看了林菀一眼，目光接著投向在遠方等候她的葆葆，葆葆雖然相隔很遠，可是仍然能夠感受到姬飛花陰冷的目光，不由得感到心中一陣發寒，慌忙低下頭去。

姬飛花道：「你居然還留她在身邊？」

林菀道：「畢竟是姐妹一場，她雖然待我不仁，可是我卻不能對她不義。」

姬飛花冷冷道：「該不是有什麼把柄被胡小天握住，才不得不這麼做吧。」

林菀打心底打了個冷顫，姬飛花多智近妖，想要瞞過他的眼睛只怕沒那麼容易，又歎了口氣道：「胡公公是您眼前的紅人，您對他如同手足，這份感情是任何人都比不上的。」說這番話的時候，心中有些酸溜溜的滋味。

姬飛花道：「胡小天有一個好處，那就是懂得恪守自己的本分，什麼該做什麼不該做，他心中都明明白白。」

林菀焉能聽不出他在含沙射影，眼睛轉了轉道：「看來提督大人是生我氣了，其實本宮從頭到尾也沒有什麼對不起你的地方。」私下裡，她還是第一次在姬飛花的面前自稱本宮。

姬飛花的瞳孔驟然收縮，凜冽的殺氣向周圍彌散開來，林菀近在咫尺當然能夠感受到這股陰森的寒意，她強自鎮定，咬了咬嘴唇道：「我收到消息，洪先生已經來到了康都。」

姬飛花的表情仍然如同古井不波，這一消息似乎並沒有對他造成任何的觸動。

林菀道：「你不擔心？」

「擔心什麼？」

「洪北漠來者不善，他一心要幫老頭子復辟，此次前來必然做足了準備。」

姬飛花的唇角流露出一絲嘲諷的笑意：「準備什麼？一個喪家之犬罷了，咱家難道還怕他咬我？」

林菀望著姬飛花目空一切的樣子，心中又生出一股難以描摹的情愫，她最欣賞的就是姬飛花現在的樣子，她最喜歡的也是他現在的樣子，這種睥睨天下的狂傲實在是讓人心動，讓人迷戀。

姬飛花道：「有什麼消息，第一時間告訴我。」

林菀道：「我聽說，皇上今天又去探望了太上皇？」

姬飛花道：「做好你的分內事，不該你管的事情最好還是少管為妙。」

龍宣恩終究還是沒有在龍燁霖規定的期限內告訴他秘密金庫的所在，龍燁霖望著眼前這個垂暮老人，難不成他真要將所有的財富都帶到棺槨之中？

龍燁霖並不相信老頭子會病得那麼巧，應該只是逃避的一種手段罷了。蒙自在為龍宣恩診斷之後，確信他的身體並沒有什麼要緊，只不過是普普通通的風寒罷了。

龍燁霖遣退眾人，坐在父親床前，靜靜望著他。

龍宣恩躺在那裡，雙目緊閉，似乎連睜開眼的力氣都沒有了。

龍燁霖道：「你似乎忘了朕那天說過的話。」

「沒忘，但是我從未私藏什麼寶藏，又拿什麼給你？」

龍燁霖點了點頭道：「你以為朕那麼容易騙，這段時間，朕又讓人翻出了當年楚源海貪污案的卷宗，仔仔細細地查看了一遍。」

龍宣恩淡然道：「有何發現？」

「你已經讓那件案子相關的一切都銷毀了。」龍燁霖憤憤然道。

「那就是沒證據了？」龍宣恩的語氣中充滿了嘲諷的味道。

龍燁霖道：「難道你現在仍然不明白一個道理，沒有人會長生不死，龍家從大康開國到現在，沒有誰可以永遠坐在那張龍椅之上，你不能，我也不能，想要大康的江山穩固，就必須一代一代傳承下去，而不是將所有一切都把握在自己的手中。」

龍宣恩呵呵笑了起來，緊接著就開始了一連串的咳嗽，等到咳嗽停息方才道：

「你果然遇到了麻煩……大麻煩……咱們畢竟是一場父子，不如你說給我聽聽，看在父子情分上或許……我還能幫你出點主意。」

龍燁霖抿了抿嘴唇，向身後看了一看，彷彿害怕有人在身後偷聽。

龍宣恩歎了口氣道：「你不用說我也知道你想說什麼，是不是感到後悔了？費盡千辛萬苦終於登上皇位，可是真正坐在上面方才發現自己只不過是一個傀儡皇帝，到頭來還是要受制於人……」龍宣恩又咳嗽了起來。

龍燁霖握緊了雙拳，此時雙目中流露出的卻並不是刻骨銘心的仇恨，而是難以名狀的悲哀。

龍宣恩道：「你是我兒子，雖然你忤逆不孝，篡奪了我的皇位，可是我卻不忍心看著你就這樣走上絕路。」

龍燁霖呵呵冷笑道：「這番話真是讓朕感動。」

龍宣恩道：「有句話你並沒有說錯，沒有人會長生不死，同樣，沒有一個王朝可以長盛不衰，大康走到今日的境地，絕非我一人的過錯，不錯……咳咳……大康曾經歷經數代輝煌，可是我龍氏像太宗、明宗那樣的英明有為之主只不過兩個而已……傳承數百年，多數人都無法望及兩位先皇的項背……」

龍燁霖默然不語，他也無法否認父親的這番話。

龍宣恩喘了口氣道：「你是我的兒子，我當然知道你有多大的才能，更清楚你的秉性，別說我沒有私藏什麼寶藏，就算是我有，就算是我給了你，你捫心自問，自己能夠保得住嗎？一個連自己命運都無法掌握的人，又何談去保護祖宗的家業……」他的情緒明顯變得激動起來，接下來想說的話完全被一連串的咳嗽所替代。

龍燁霖並沒有生氣，低聲道：「大康不僅屬於我也屬於你，屬於咱們整個龍氏，身為龍氏子孫，豈可眼睜睜看著大康的江山社稷斷送在咱們的手裡？」

「大康的江山社稷不是斷送在我的手裡，而是斷送在你這個不肖子的手中！」龍宣恩大聲咆哮，混濁的雙目之中鋒芒盡露，昔日睥睨天下的皇者之氣重新回到了他的身上。

龍燁霖道：「今天朕之所以過來，不是為了跟你爭辯這些，而是想問你一句話，難道你當真想咱們龍氏的天下落入外人的手中？」

龍宣恩道：「你現在方才覺悟只怕已經太晚，好，念在你是我兒子的份上，念在你還記得自己是龍氏的子孫，我就再教你一次。人要懂得量力而行，你既然沒有力挽狂瀾的本事，就老老實實當你的傀儡，雖然難免被人擺佈的命運，可畢竟能夠苟活在這世上……咳咳……」

龍宣恩的這番話顯然將龍燁霖徹底激怒，他怒視龍宣恩道：「你當朕像你一樣無用？身為龍氏子孫，豈可忍辱偷生，讓祖宗蒙羞？」

龍宣恩冷笑望著兒子，緩緩歎了口氣，再也不願說話。

龍燁霖道：「朕再給你十天，二月初八是你的壽辰，若是繼續冥頑不化，那天就是你的忌日！」

龍宣恩道：「你到現在都沒有想明白，就算你擁有了取之不盡用之不竭的寶藏，可是手中沒有權力，你拿什麼去和人家鬥？」

龍燁霖道：「朕就算捨棄掉自己的性命，也一樣要維護祖宗的榮光。」

龍宣恩呵呵笑了起來。

「你笑什麼？」

龍宣恩道：「我本來都已了無生趣，可聽到你這句話，忽然又有了活下去的願望，真希望能夠在有生之年看到你重振大康的聲威，雄霸天下的樣子，到時候即便是死了，我也含笑九泉。」

龍燁霖站起身來，舉步向門外走去。

龍宣恩在他身後高呼道：「吾皇萬歲！千秋萬載，一統江山！」

龍燁霖的身形在宮門外停頓了一下，他用力閉上了眼睛，竭力控制住心中的怒氣，父親的這番話根本是在嘲諷他。

靈霄宮外，小公主七七靜靜等著父親，看到龍燁霖出來，從他陰鬱的臉色就知道這次會面的結果並不理想，七七道：「父皇，爺爺怎麼說？」

龍燁霖冷哼了一聲。

七七道：「不如我進去勸勸他，他不是點名說要見我嗎？」

龍燁霖道：「他已經老糊塗了，不見也罷。」

七七道：「也許他願意聽我的話，不如讓我試試。」

龍燁霖看著女兒，女兒最近又長高了許多，模樣也漸漸脫去了昔日的稚氣，從她的身上，依稀看到一個人的影子，內心如同被人用刀尖狠刺了一下，龍燁霖深吸了一口氣，迅速驅散了腦海中的記憶，低聲道：「也好……」

七七緩緩走入靈霄宮，望著臥榻之上那個白髮蒼蒼形容枯槁的老人，幾乎不能相信眼前就是那個曾經高高在上的大康天子，她的爺爺，在她的印象中爺爺一向是很難接近的。其實這次他想見的不僅僅是自己一個，還有她的幾位皇兄，可是沒有人願意過來，除了七七自己。

七七過來也不是因為她對爺爺有什麼感情，而是她有些事情需要答案。

龍宣恩示意老太監王千將自己從床上攙扶起來，然後擺了擺手。王千明白他的意思，來到七七面前躬身行禮，然後悄悄退了出去。

龍宣恩看到七七仍然站在距離自己兩丈的地方，伸出手向她招了招手道：

「七七，過來……讓我好好看看你……」

七七搖了搖頭，腳下並沒有移動步伐，臉上也沒有任何恐懼的神情，泉水一樣明澈的雙目流露出冷靜而沉穩的光芒：「我還是站在這裡吧。」

龍宣恩苦笑道：「你擔心我會害你？」

七七點點頭：「我去西川的路上，若不是權公公拚死保護，只怕早已死了。」

龍宣恩道：「那件事和我無關，虎毒不食子，我還沒糊塗到要殺自己兒子和孫女的地步。」

七七道：「權力會讓人迷失，如果你認為我們的存在已經危及到了你的皇位，你就會忘了咱們之間的關係。」

龍宣恩望著七七，他並沒有生氣，唇角卻露出一抹笑意：「我在位四十餘年，我沒有親手殺過我的一個兄弟姐妹，雖然他們現在大都已經不在，可是沒有人對我抱有怨言。你父親登基不滿一年，可是已經有他的五位兄弟死在了他的手裡，這一點上我不如他。」

七七道：「看來你對我父皇的怨恨還真是很深。」

龍宣恩咳嗽了一聲道：「算了，不提也罷，免得讓小輩笑話……想不到願意過來見我的只有你一個。」

七七道：「我來見你並非是因為什麼親情，而是出於好奇。」

龍宣恩微笑道：「好奇什麼？有問題只管問，只要我知道的必然會告訴你。」

七七緩緩向他走近了一步，壓低聲音道：「我娘是不是你害死的？」

龍宣恩道：「你走近一些。」

七七又向前走近了一些，不過仍然沒有過於靠近。

龍宣恩道：「你不用怕我，該害怕的本該是我才對，想不想聽一個秘密？」

七七當然想，但是又擔心龍宣恩使詐。右手在袖中微微抬起，低聲道：「你最好不要耍什麼花樣，不然我手中的暴雨梨花針絕不會留情。」

龍宣恩笑道：「別說是暴雨梨花針，即便是一根繡花針你也不可能帶到這裡，想不到你小小年紀，心機竟然如此之重，不愧是龍氏的子孫。」

七七咬了咬嘴唇，太上皇果然老奸巨猾，看似目光混濁，實則目光如炬觀察入微，輕易就識破了自己是虛張聲勢的恐嚇。

龍宣恩道：「我命不長久了，就算你爹不殺我，我也活不了多少時候……」說到這裡他歎了一口氣。

七七又向他走近了幾步：「既然如此，為何不幫幫大康，幫幫龍氏。」

龍宣恩道：「如何去幫？」

七七道：「大康的國庫何以空虛到如此的地步？」

龍宣恩呵呵笑道：「幾乎所有人都認為我藏匿了大康的財富，尤其是你的父親更是如此，剛才他以性命相逼，想我說出秘密金庫的所在，我告訴他，別說是根本沒有什麼秘密金庫，就算是有我也不會交給他，以他的能力，就算給他一座金山，最終還不是為他人做嫁衣裳？」

七七道：「說來說去，還不是你自己貪戀權位，至今仍然沒有接受現實。」

龍宣恩道：「前往刺殺你們的人並非是我所派遣，當初我之所以廢掉你父親的太子之位，是因為他擔心有人危及到他繼承皇位，而設計除去了他的兩個兄弟，即便是如此，我仍然沒有殺他，只是將他放逐西疆。我連他都沒有殺掉，又為何要殺你？我又怎麼捨得殺你。」

七七皺了皺眉頭，不知他這句話究竟是什麼意思。

龍宣恩道：「你娘親也不是我殺的。」

「你撒謊！」七七憤然道。

龍宣恩望著七七，雙目中流露出極其複雜的光芒，壓低聲音道：「你右腳的足心有七顆紅痣對不對？」

七七一雙美眸瞪得滾圓，這件事除了權德安之外再也沒有其他人知道，龍宣恩何以會知道這個秘密，雖然他是自己的爺爺，可甚至連自己的父親都不知道，他又從何得知？

「腳踏一星，可掌千兵。腳踏七星，掌管天下兵，天生帝王命。可惜你是女兒身，若是男孩子，我龍氏的江山必然會傳到你的手中……」龍宣恩的目光充滿了迷惘。

七七道：「你何以會知道？」

龍宣恩壓低聲音道：「我不但知道這件事，我還知道你的生辰八字，我還知道你娘究竟是死在何人之手……」

七七猛然向前跨出了一步，美眸之中殺機隱現。

龍宣恩望著七七，雙目中非但沒有任何的恐懼，反而流露出慈和之色，輕聲道：「像……真的好像……」

七七道：「看來父皇沒有說錯，你的頭腦果然糊塗了。」

龍宣恩道：「我雖然老了，可是並不糊塗，甚至可以說這世上的多數人都不如我清醒，你是不是想知道我有沒有私藏什麼秘密金庫？」

七七眨了眨眼睛，卻並沒有說話。

龍宣恩向她招了招手道：「來……你過來，我告訴你……」

七七的表情充滿了懷疑。

龍宣恩道：「你娘曾經留給你一顆夜明珠吧？」

七七聽到這裡內心中不禁吃了一驚，她不知龍宣恩何以會知道的如此清楚，龍宣恩壓低聲音道：「那東西其實是我給她的。」

七七咬了咬嘴唇：「你撒謊！」腳下卻不由得移動了步伐，靠近龍宣恩。

龍宣恩道：「靈霄宮四周都有人監聽，你難道想我的話全都被其他人聽到？」

七七湊近他的身邊，龍宣恩壓低聲音道：「肚兜是地圖，夜明珠才是鑰匙，只有得到這兩件東西，方可找到屬於咱們龍氏的真正秘密，這兩樣東西其實都在你的手中。」

七七用力搖了搖頭，不是想要否認，而是無法相信這個事實。

龍宣恩貼近她的耳垂，聲如蚊蚋，幾不可聞：「我才是你的親生父親……」

七七美眸之中流露出震駭莫名的神情，她顫聲道：「你撒謊……」

龍宣恩道：「有些秘密除了我之外又有誰知道？你是個聰明的孩子，幾次潛入密道，證明你對自己的身世早已產生了疑心。」

七七緊緊咬著嘴唇，在短時間的震駭過後，迅速恢復到當初的鎮定，這樣的心態絕不應該出現在這樣一個少女的身上。

龍宣恩道：「我命不長久，沒必要騙你，當初害死你娘親的乃是你所謂的父親，本來你差一點隨同你娘一同死去，幸虧鬼醫符刓出手，將你從你娘肚子裡剖出，你才得以活命。他之所以對你和其他子女不同，是因為他良知未泯，因為此事而深感內疚，所以才會在你的身上贖罪，倘若他要是知道真相……」龍宣恩說到這裡，開始咳嗽起來。

七七已經徹底平靜下來，目光看了看左右，低聲道：「在前往夔州的路上是誰刺殺我？」

龍宣恩道：「大康的江山早已千瘡百孔，非是我不願將皇權交出來，而是不能交，沒有人比我更瞭解大康如今的狀況，我若是在位，大康雖然搖搖欲墜，但是尚可支撐多一些時候，若是交到別人手中，大康距亡國之日已經不遠。你所說的遇刺之事和我無關，或許是姬飛花為了堅定燁霖謀朝篡位的信念所以才故意佈局，你是他最疼愛的女兒，殺掉了你，勢必會讓他對我更加恨之入骨，若是能順便除掉權德安，他又少了一個心頭大患，豈不是一舉兩得。」

七七道：「你為何要跟我說這些？」

龍宣恩道：「你記不記得，在你五歲的時候，和一幫皇兄過來給朕拜年，當時不小心打翻了朕最為珍愛的玉瓶。」

七七道：「記得，當然記得，你當著那麼多人的面狠狠打了一個五歲小女孩一巴掌，而且一腳將她踹倒在地上，無論她哭得如何傷心，你都沒有允許任何人上來扶她。」

龍宣恩點了點頭道：「是不是從那時起，你就恨透了我？」

七七點了點頭。

龍宣恩道：「其實打在你的身上，痛在我的心裡，朕當時心都要碎了，可是朕卻不得不這樣做，無論人前人後，都不可表露出對你有半點的感情，千萬不可讓人產生疑心，朕知道，你從小到大是如何的孤獨和痛苦，這些年來，朕無時無刻不在關注著你的成長。」

七七望著龍宣恩，一時間不知該說什麼，可是從他混濁的雙目之中卻看到了難以掩飾的真情。

龍宣恩低聲道：「你是個極其聰明的孩子，三歲可以寫字，五歲就能夠作詩，無論心機還是能力都已超越同齡甚多，朕在位之時，時常感歎，倘若你是男兒之身，朕會毫不猶豫地將皇位傳給你，只可惜你是個女孩兒。朕當年打你那一巴掌不僅僅是因為要讓人覺得我厭惡你，還有一個更重要的原因，當天你在一幫兄弟姐妹之中口齒伶俐智慧超群，木秀於林風必摧之，你太小，不知道人心的險惡，朕那一巴掌也是為了讓你懂得這個道理。」

七七道：「那一巴掌讓我記憶猶新，也讓我成為兄弟姐妹的笑柄，有很長一段時間內，我都感覺在人前抬不起頭來。」心中卻明白這一巴掌果真是用心良苦了。

龍宣恩道：「今次我叫你們兄弟姐妹一起過來，其實真正想見的也只有你一個。我本來擔心，你會像其他兄弟姐妹一樣不肯前來，天可憐見，你居然來了，還肯單獨見我，或許冥冥之中自有定數。」

七七道：「你想告訴我的就這些嗎？」

龍宣恩道：「你父皇兩次來見我，實則已經到了山窮水盡的地步，若是我沒有猜錯，他已經動了除掉姬飛花的念頭，如果他安於現狀，甘心當一個傀儡還罷了，但凡他有奪權的念頭，只怕會死無葬身之地。」

七七咬了咬櫻唇。

龍宣恩道：「他的死活與我無關，可是我不忍大康的江山社稷落入他人的手中。」

七七道：「他最近已經開始忙著立嗣，如無意外，這兩天就會宣佈三皇兄成為太子。」

龍宣恩道：「他若敢這麼做，就是存下了破釜沉舟的心思，他手中並無玉璽，連他也不是貨真價實的皇帝。」

七七目光一亮。

龍宣恩從她的目光中看到了她隱藏在內心的野望，心中不由得一動，難道七七這小女孩的內心深處竟然包藏著巨大的野心？他附在她耳邊低聲道：「還記不記得你兒時保姆時常在你耳邊唱的兒歌？」

七七點了點頭，想不到一個人竟然可以佈局如此之深。

龍宣恩道：「以你的聰明才智，不難推敲出其中的秘密，朕雖然被囚禁於這縹緲山之上，可並不是沒有任何的還手之力。」

七七道：「你想我怎樣做？」

龍宣恩附在她耳邊低聲耳語了幾句，然後道：「你這樣出去，必然會引起他人的疑心……」他忽然從床邊抽出了一物，卻是一片鋒利如刀的瓷器，揚起手來在七七的肩頭猛然滑落下去，七七痛得倒吸了一口冷氣，再看肩頭已然被劃出一道血口。

龍宣恩哈哈狂笑，卻將瓷器的碎片塞入七七的手中，七七接過瓷器，明眸一轉，瞬間會意，一手抓住龍宣恩的衣領，一手揚起，瓷片的尖端瞄準了龍宣恩的心口，眼看就要刺下去。

身後傳來老太監王千驚慌失措的聲音：「小公主千萬不可……」

同時響起龍燁霖的大吼聲：「七七住手！」

安平公主陪唐輕璇說了會兒話很快就已經離去，胡小天本來想走，可是唐家兄弟卻盛情相邀，請他留下來喝酒。換成離開康都之前，他們誰也想不到彼此的關係會發生這樣的變化。

君子之交淡如水，但這世上男人之間的交往多半還是要通過酒來進行的。唐家兄弟本來就是好酒之人，對於胡小天這個昔日的仇人，今天他們是徹底拿出了誠意，將途中打來的獵物交給廚師烹飪，還拿出了從康都帶來的鹹肉風鵝，可謂是毫不藏私。

面對唐家兄弟的盛情，胡小天當然也不好拒絕，雖然他們彼此之間的關係在不斷改善，可是真正坐在一起喝酒還是第一次。

唐鐵漢嘴笨，望著胡小天居然有些不好意思，嘿嘿笑了起來，胡小天也笑了，當然笑得要比唐鐵漢陽光燦爛得多，一笑泯恩仇，有些仇恨其實根本無所謂要記得刻骨銘心，不死不休。

唐鐵鑫道：「胡大人，舍妹承蒙胡大人兩次相救，這等恩情我們兄弟兩人無以為報，唯有用一碗水酒表達我們的感謝之情。」

胡小天笑道：「都說過多少次了，不用客氣，大家風雨同路，無論誰有了事情都應該守望相助。」他端起酒碗跟兩人碰了碰，咕嘟灌了一大口。

唐鐵漢和唐鐵鑫兄弟都是好酒量，兩人咕嘟咕嘟將碗中的酒喝了個底兒朝天，看到胡小天沒乾，唐鐵漢道：「胡大人為何不喝完？難道看不起我們兄弟倆？」

胡小天道：「此話從何談起，酒量有高低，也罷，這第一碗我還是乾了。」胡小天一仰脖喝了個乾乾淨淨。

唐鐵漢這才笑了起來：「胡大人酒量也不錯嘛，我還以為胡大人仍然記得過去咱們之間的誤會呢。」

胡小天道：「唐兄，看得出你也是性情中人，過去咱們雖然有些誤會，可現在都已經完全說開了，我又怎會那麼小氣。」

唐鐵鑫點了點頭道：「胡大人的確是心胸寬廣之人，不然也不會以德報怨。」

胡小天心想老子可不是以德報怨嘛，當初被你們兄妹一場追殺，也沒有跟你們計較，不過若說救了唐輕璇兩次，這貨還是有些慚愧的，第一次完全是想將唐輕璇滅口，如果當時其他人再晚來一步，恐怕死的就不僅僅是趙志河一個了。他雖然放過了唐輕璇，不過唐輕璇也沒有出賣他，在這一點上應該算得上是兩不相欠。至於第二次，從須彌天的手上救了唐輕璇，卻是實打實的一個大人情。

胡小天將酒碗放下，唐鐵鑫忙著給胡小天添滿酒，胡小天道：「只能再喝這一碗了。」

唐鐵漢道：「噯！既然喝酒當然要喝個痛快，一醉方休才好，胡大人，你要是看得起咱們兄弟，今天就敞開了喝。」

胡小天端起酒碗，歎了口氣又放了下來，望著遠處公主的營帳，低聲道：「唐兄，非是小天不想陪你們盡興，而是職責在身啊。」

唐鐵漢道：「有那麼多高手武士，胡大人何須擔心。」

胡小天道：「高手武士雖多，可是誰知道人家打著怎樣的算盤，黑松林一役就已經證明，咱們這隊伍之中有人居心叵測，想要對公主不利。」

唐鐵漢聽他這樣說，也將酒碗放了下來，向周圍看了看，壓低聲音道：「一定是那個文博遠，一看這狗東西就不是好人！」自從黑松林的事件之後，唐鐵漢對文博遠產生了極大的反感。

唐鐵鑫心眼畢竟多一些，悄悄給大哥使眼色，生恐他說錯了話。雖然他們兄弟和胡小天之間的關係已經改善，但是畢竟不可全交一片心。

胡小天道：「唐兄，沒證據的事情，咱們還是不必妄加猜度，反倒是有一件事我想提醒你們一下。」

唐鐵漢道：「胡大人儘管說。」

「唐姑娘的真實身分已經暴露，上次黑松林的事情又因為仗義執言而得罪了文博遠，我擔心這接下來的行程之中，或許會有麻煩，雖然安平公主和她結拜金蘭，但是真正有事情發生的時候，我擔心公主那裡也不能兼顧。」

唐鐵鑫道：「胡大人的意思我明白，我們也勸她回去，可是這丫頭的性情倔強得很，就是不願意回去。」

唐鐵漢道：「胡大人說得沒錯，咱們實在是太慣著她了，這次不管她願不願意，明天就讓她回去……」

「讓誰回去啊？」唐輕璇不知何時出現在他們的身後。

唐鐵漢頓時語塞，他指了指老三唐鐵鑫，對這個妹子他一向頭疼。唐鐵鑫也只當沒看到，低頭啃雞腿。

唐輕璇來到胡小天身邊坐下，自己給自己倒了一碗酒，端起來向胡小天道：「敬你，謝謝你的救命之恩。」

胡小天笑道：「敬酒得喝，不然就是罰酒了。」他跟唐輕璇碰了碰酒碗，喝了一口。

唐輕璇居然一仰脖子將那碗酒給喝完了，以空碗示於胡小天，下頷微微揚起，頗有點示威的架勢。

胡小天道：「我酒量不行，真乾不了。」

唐輕璇道：「那也不勉強，不過我反正不會回去，我答應了姐姐，一定會陪她到雍都。」

唐鐵漢道：「妹子……」

「閉嘴！」唐輕璇柳眉倒豎鳳目圓睜。

唐鐵漢唯有苦笑。

唐鐵鑫道：「其實大哥……」

「你也閉嘴！」

唐家兩兄弟對望一眼，他們倒不是怕這個妹子，而是太過疼愛她，實在是不忍心斥責。

唐輕璇道：「胡大人，我有幾句話想單獨跟您說，不知可否借步說兩句？」

胡小天點了點頭，跟著唐輕璇一起來到遠離人群之處。

唐輕璇歎了口氣道：「我知道你們都是為我好，可是我和公主是金蘭姐妹，看到她孤苦伶仃，一個人遠嫁大雍，我心都要碎了。」說這番話的時候，她雙眸中泛起晶瑩的淚光，顯然動了真情。

假如之前胡小天對她還心存反感，看到她此時的表現，心中徹底扭轉了對她的印象。雖然這妮子刁蠻任性，可是內心卻是單純善良的，尤其是對龍曦月的這份友情實屬難得。

胡小天道：「大雍不比大康，雖然兩國聯姻，可是其中有不少人暗地裡想要破壞這件事。」

「那我就更要跟著過去了，我可以貼身護衛姐姐。」

胡小天笑道：「還說護衛，你能不能保護自己都很難說。」

唐輕璇俏臉一紅，她本以為自己的武功不錯，可是真正出來之後，方才發現原來自己只是井底蛙，多年以來一直都在父兄的庇護下，根本不知道外界的凶險，她低聲道：「總之我不管，你要是不讓我去，我就將那天發生的事情全都說出來。」

胡小天對此早有預料，微笑道：「現在說出來連你也要有麻煩啊。」

唐輕璇道：「我什麼都能豁得出去，你應該瞭解。」

胡小天點了點頭道：「瞭解！」

唐輕璇臉紅得越發厲害，在胡小天面前她沒有任何的優越感，回憶他們的相處過程，似乎自己從未占過便宜，每次都是以吃虧收場。她有些難為情地皺了皺鼻翼道：「你老實交代，那天是不是想殺我？」

胡小天笑道：「怎麼可能？我可不是那種人！」這種事無論如何都不能承認。

唐輕璇道：「我且信你一次，不過你一定不能趕我走。」

胡小天道：「好吧！總之我不再提起。」他回身向篝火旁望去，卻見唐家兄弟二人正在朝這邊張望，顯然對他們的談話頗為好奇。胡小天道：「文博遠因為上次的事情對你們懷恨在心，我是擔心他可能會在以後的途中報復你們。」

唐輕璇道：「我們唐家人也不是好惹的，對人沒有辦法，我們對牲口辦法多得是，他要是敢做初一，我們就敢做十五，到時候一定讓他嘗嘗我們的手段。」

第八章

天下第一毒師

須彌天沒說話，可是身體明顯軟化了下來，
胡小天對於機會的把握絕對是當世無雙，
黑暗中迅速剝去天下第一毒師的衣服，兩人坦誠相見，
雖然兩人已經有過多次肌膚相親的經歷，
這次卻是真正意義上的一次合作。

胡小天知道他們在駙馬方面有著高超的手段，唐輕璇這番話也沒有誇大，他低聲道：「文博遠不好對付，你們最好還是和他保持距離為妙。」

唐輕璇道：「我知道，但是我也不會輕饒了他。」

胡小天只是以為唐輕璇在說氣話罷了，點了點頭道：「還是謹慎為妙。」唐家兄妹都是直脾氣，胡小天擔心他們衝動壞事。

午夜時分，胡小天忽然聽到耳邊有人在輕聲呼喚自己：「醒來！」

胡小天本來以為自己在做夢，可是那聲音再次響起，胡小天睜開雙目，聲音猶自鼓蕩在耳邊，竟然是須彌天在呼喚自己，她應該是用傳音入密的功夫向自己傳話。胡小天驚得坐起身來，掀開帳門，卻見外面除了巡邏的武士之外，再無他人。

胡小天鑽出營帳，看到公主的營帳外展鵬率人值守，今晚周默因為有展鵬的替換而去休息。展鵬看到胡小天出來微微一怔，迎上來道：「發生了什麼事情？」

胡小天笑道：「沒事，有些內急。」他指了指一旁的樹林。

展鵬有些擔心，胡小天拍了拍他的肩頭，此時耳邊又傳來須彌天的聲音：「一直走，我在樹林中等你。」

胡小天向周圍看了看，並沒有看到須彌天的影子，心中暗自稱奇，這須彌天行事果然是神龍見首不見尾，當真厲害，他向前方樹林走去。

展鵬低聲道：「要不要派兩個人跟你過去？」

胡小天笑著搖了搖頭：「撒個尿而已，用不著那麼隆重，再說咱家方便的時候也不習慣別人在一旁看著。」

展鵬點了點頭，此時方才想起胡小天是太監之身。低聲道：「有事就叫我。」

胡小天已經向前方樹林走去，走了幾步，來到樹林之中，根本沒有看到須彌天的影子，輕聲咳嗽了兩聲，提醒須彌天自己已經來了，心中暗歎，想不到這女人癮這麼大，昨晚才梅開五度，今天又要來。胡小天暗自盤算，要說這須彌天的年齡應該也有三四十歲了，有道是三十如狼，四十如虎，居然讓自己給遇上了。怪只怪自己昨晚表現太好，讓這毒婦食髓知味。

左右四顧仍然沒有任何人的影子，既然出來了，總不能放空回去，胡小天順便小小方便了一下，看到有人舉著火把過來，顯然是展鵬他們擔心自己會出事，胡小天噓噓了兩聲，仍然沒有得到任何的回應，於是走出樹叢，返回自己的營帳。

掀開帳門重新躺下，手中卻摸到了一個充滿彈性的肉體，胡小天心中吃了一驚，馬上就反應出是須彌天來了個聲東擊西，悄悄溜到自己營帳中來了。胡小天暗自捏了一把冷汗，幸虧須彌天不是想加害於他，不然他焉有命在。

帳內雖然黑暗，可是須彌天的一雙眸子卻泛著星辰般的光華，她的手指輕輕抵在胡小天的咽喉之上，以傳音入密道：「不許叫！」

胡小天真是哭笑不得，我壓根沒想叫好嗎？放著一條美女蛇在自己的帳篷裡，時刻都有被咬上一口的危險，就是能叫也不敢叫。他低聲道：「你又想要啊，我是人不是機器，昨晚已經給了你五次，要不讓我休息一晚……」

須彌天冷冷道：「混帳東西，你將我想成什麼人了？」

胡小天暗忖，你什麼人還用我去想？昨晚可都是你踏踏實實做出來的，老子被你虐了五次，現在居然跟我裝純情！

胡小天道：「那你深夜過來找我，所為何事？」這貨一邊說一邊掀開被子鑽了進去，跟須彌天緊緊貼在一起，這樣的環境下跟天下第一毒師玩點小曖昧，倒也是別樣的刺激。

「峰林峽內有不少人在埋伏，看來是針對你們。」

「多少人？」

「不下五百人！」

胡小天內心一驚，想不到會有這麼多人：「渾水幫的劫匪？」

須彌天感覺這廝跟自己越貼越近，她的體溫偏冷，可是胡小天卻是如同一團火一樣溫暖，雖然明知道這廝有趁機輕薄之嫌，可是卻感覺非常的舒服，須彌天點了點頭：「你可不要小看他們，那群人訓練有素，而且對地形極其熟悉。」

胡小天這才感覺有些麻煩了，如果須彌天所說的一切屬實，那麼明天通過峰林峽的時候必將面臨一場惡戰，這些人如果不是普通劫匪，那麼他們又是衝著誰過來的？究竟是為了刺殺公主還是為了對付自己？按理說這裡還是大康境內，什麼人會有那麼大的膽子？他伸出手臂，居然勾住了須彌天的脖子。

須彌天美眸中的寒芒大熾，胡小天感覺一股寒氣將自己周身籠罩，出於本能反應，向須彌天又貼近了一些。須彌天感到這廝似乎正在蠢蠢欲動，手指不由得稍稍用力，向下掐入他的肌膚。威脅道：「再敢妄動，我讓你求生不得求死不能。」

胡小天嬉皮笑臉道：「我這人天生就不老實，既然是合作，咱們彼此還是要相互幫助，總不能你想要我就給，你當我是奶牛啊？隨用隨擠？」

「你……」

須彌天雖然是個縱橫天下，讓人聞風喪膽的女魔頭，可是對胡小天這種憊懶人物還是頭一次遭遇，倘若是在過去，她大可一掌將之斃掉，可是現在她想要成就萬毒靈體，卻不得不依靠胡小天的幫助，正所謂投鼠忌器，她拿胡小天實在是沒多少辦法。

胡小天正是看出了須彌天的弱點，不然他也不敢如此大膽。

須彌天稍一猶豫，這廝的右手居然探入她的衣襟之中，一把抓住重點，須彌天嬌軀一顫，目光中凶芒乍現，手下猛然用力，差點沒把胡小天掐得窒息，胡小天白眼都翻了起來，不過這廝唇角仍然帶著奇怪的笑意。

須彌天看到他的樣子，不由得又放鬆了手掌，真要是將他掐死了，自己豈不是前功盡棄。

胡小天緩過氣來，他做的第一件事竟然是一口吻住了須彌天的嘴唇，須彌天怒視這廝，忽然一張口將胡小天的嘴唇咬住，毫不留情，真咬，咬得唇破血流，可是她的暴力舉動非但沒有讓色膽包天的胡小天退縮，反而激發了這廝一往無前的勇氣，左手也伸了出去，將須彌天胸前的另一重點抓住。心中得意到了極點，天下間敢對須彌天做這種事情的也只有自己了。

須彌天感覺到胡小天唇角鹹澀的鮮血流入自己的嘴唇，又鬆開了牙齒，胡小天卻得寸進尺，一翻身將須彌天壓在身下，低聲道：「我今晚很有些興致，不如咱們練練功。」

「沒興趣……」須彌天連自己都想不到會說出這句話，可話沒說完，嘴唇又讓這廝堵住，須彌天感覺這廝開始肆無忌憚地侵擾自己，以她目前的功力雖然沒有恢復到巔峰狀態的三成，但是對付胡小天這種小角色仍然不費吹灰之力。

胡小天附在她耳邊道：「你懂不懂什麼叫兩情相悅，魚水之歡？我雖然不知道你修煉什麼古怪功夫，可這種功夫最講究的是配合，貴精不貴多，別說你一夜折騰我五次，就算你折騰我一百次一千次也未必能有什麼進展。」這貨想要分開須彌天的雙腿，感到的卻是鐵板一塊，別說是把腿插進去，須彌天一雙美腿密閉得就算鋒利的刀片也無法插入。

須彌天黑暗中望著他，美眸之中已經不見了剛才濃烈的殺機。胡小天的這番話卻切中她的心理，雖然昨晚在地底密室之中，利用九陽熾心丸讓胡小天情難自禁，可是整個過程都是她以胡小天為練功的爐鼎，根本談不上什麼配合，雖然修煉也有了一定的進展，可是卻沒有達到她預想的效果。

胡小天絕不是什麼高尚之人，什麼君子不欺暗室的事情他根本不屑為之，昨晚被須彌天虐了五次，自尊心多少受到了那麼一些傷害，小小報復一下也是應該。

須彌天哪知道他心裡的盤算，以傳音入密道：「是不是你遇到了什麼麻煩？」

胡小天道：「當然遇到了麻煩，感覺丹田氣海一股真氣衝來撞去，昨天我幫了你，今天你要是不幫我，恐怕我就要死了。」

須彌天將信將疑：「當真？」

胡小天道：「騙你作甚，聽說有些功夫必須要身心合一才能達到效果，不如咱們試試，你成就了萬毒靈體也好早些離開，從此以後咱們井水不犯河水。」

須彌天沒說話，可是身體明顯軟化了下來，胡小天對於機會的把握絕對是當世無雙，黑暗之中迅速剝去了天下第一毒師的衣服，兩人變得坦誠相見，雖然兩人已經有過多次肌膚相親的經歷，這次卻是真正意義上的一次合作。

篝火熊熊，展鵬率領一幫武士警惕巡邏，誰也想不到此時在胡小天的營帳內正在上演著一場無聲的大戰。

三更時分，胡小天頭髮凌亂衣衫不整地從帳篷裡面走了出來，來到展鵬面前有些不好意思地笑了笑道：「今晚喝水喝多了，總是尿急。」

展鵬笑著點了點頭：「天黑路滑，胡公公小心。」

胡小天快步走入樹林之中，他哪有什麼尿意，連放三炮，非但沒有絲毫疲憊倦怠之感，反而覺得神清氣爽，通體舒泰。

看著胡小天的身影在樹叢中隱沒不見，幾名武士偷偷笑了起來，一人低聲道：「你們猜猜，胡公公此刻是蹲著的，還是站著的？」

幾名武士聽到這句話同時笑了起來，展鵬皺了皺眉頭，心中不由得有些怒氣，拿別人的殘障取笑，這幫武士著實可惡，他冷哼一聲：「胡說什麼？放亮你們的招子，如有任何紕漏，我饒不了你們！」

胡小天出來可不是為了撒尿，真正的用意是為了吸引展鵬那幫人的注意力，為須彌天的離去打掩護。幾名武士取笑他的話他聽得一清二楚，心中暗罵，你姥姥的，老子當然是站著尿尿，不但站著，而且射程絕對秒殺你們這幫混蛋。

身後忽然傳出了一聲樹枝的響動，嚇得這廝慌忙蹲了下去，抬頭望去，卻見須彌天的身軀正站在右側枝頭，嬌軀隨著樹枝擺動幅度上下起伏，雙眸靜靜望著他。

胡小天這才放下心來，重新站了起來。

須彌天以傳音入密道：「我教給你的傳音入密你好好修煉，明天我會從旁協助你。」

胡小天點了點頭，指了指自己的腦袋，然後擠了擠眼睛，他是讓須彌天見機行事，倘若明天埋伏在峰林峽的那幫人是針對自己，須彌天大可痛下殺手，如果是針對文博遠，只需袖手旁觀。

翌日清晨，胡小天一早醒來，身邊餘香猶在，想起昨晚跟須彌天顛鸞倒鳳的旖旎情景，胡小天心中大樂，總算報了在地底密室被她狂虐五次的大仇，要說還是有些遺憾的，須彌天雖然生得極美，可是欠缺情趣，開始的表現更像是個不會動的充氣娃娃。不過隨著兩人的磨合，好像這第三次就默契了許多。

走出營帳，外面已經是晨光明媚，胡小天伸了個懶腰，看到周默就在不遠處站著，笑道：「早！」

周默道：「不早了，大家都已經收拾停當，是公主讓我們不要叫醒你，讓胡公公多睡一會兒。」

胡小天點了點頭，想起美麗單純的龍曦月，心中多少有些慚愧，昨晚這叫不叫偷情？應該不算吧，這一時代最大的好處就是感情婚姻觀和過去不一樣，男人多討幾房老婆好像天經地義。

來到周默身邊，低聲道：「峰林峽裡面有埋伏！」

周默道：「剛才前去打探情況的武士已經回來了，說峰林峽內並無異樣？」

胡小天皺了皺眉頭，按理說須彌天沒理由欺騙自己？難道是匪徒見到他們聲勢浩大，所以放棄了伏擊他們的念頭？他活動了一下腰肢道：「無論怎樣，謹慎一些總是好的。」

用完早飯之後，車隊開始進入峰林峽。胡小天騎著小灰，陪同在安平公主的坐車旁，進入峰林峽前，唐輕璇也來到這邊和公主同車，陪同公主在車內聊天。

峰林峽乃是一片天然的黃土林，地貌經過前年風雨的侵蝕，變得千瘡百孔，在方圓七十里的這片道路上溝壑縱橫，獨特的氣候和時間宛如這世上最精巧的雕刻師，將這塊地域雕琢得千姿百態，形態各異的土坡，深淺不同的壕溝，高低不同的黃土柱將大自然的鬼斧神工演繹得淋漓盡致。

道路兩旁的黃土柱一根根拔地而起，如劍如筍，挺拔佇立，直刺蒼穹，人行其間，從心底會產生一種壓迫感。

還有的黃土坡如同刀削形成了城牆的形狀，道路錯綜複雜猶如迷宮。如果沒有當地嚮導引路，很容易在這樣的環境下迷失方向。

安平公主掀開車簾，美眸因為這獨特的風光地貌而熠熠生輝。唐輕璇也是第一次走這麼遠，看到那一根根的黃土柱嘖嘖稱奇，她指著胡小天身邊的一根黃土柱道：「好高啊，就像是一座箭塔。」

胡小天順著她所指的方向望去，箭塔？不像，怎麼看都跟那玩意兒差不多。他樂呵呵望向唐輕璇，唐輕璇說完之後已經聯想到了什麼，趕緊將身子縮了進去，她家是靠相馬為生，對馬的生理結構當然熟悉，唐輕璇說完之後想到的就是公馬胯下之物。

安平公主龍曦月因為唐輕璇的那聲感歎也不由得多看了幾眼，當目光和胡小天對視，俏臉不由自主紅了起來，也慌忙放下車簾逃入車廂內。

胡小天微微一笑，縱馬前行，感覺隊伍行進的速度有些快了，他想要提醒文博遠他們放慢速度，來到隊伍前方，還沒有等他說話，卻聽文博遠用馬鞭指著前方的黃土柱子道：「鐵山，你看那根柱子像什麼？」

和他並轡前行的正是在黑松林宿營之時得罪過胡小天的董鐵山。

董鐵山有些誇張的大笑道：「好像是爺們的話兒！」一群武士狂笑起來，目光同時望向胡小天。

胡小天心中暗罵，你姥姥的，有什麼好笑？真當老子沒有嗎？惹火了我，現在拿出來嚇死你們！想歸想，這種事情絕不能輕易去做，胡小天揚聲道：「文將軍，咱們是不是走得有些太急了，這裡地形複雜，道路曲折難辨，還是放慢些速度，謹慎為妙。」

文博遠道：「胡公公操心的事情真是越來越多了，不如咱們換個位置，你來負責安全，我來負責沿途飲食起居如何？」

胡小天道：「我倒是沒什麼，就怕你沒那個本事！」

文博遠笑道：「的確沒那個本事，有些事情的確只有公公才能做！」身邊武士又同時狂笑起來。

此時前往探路的武士有一人回還，向文博遠稟報道：「文將軍，前方十里並無任何異常情況，峰林峽除了我們這支隊伍外空無一人。」

文博遠點了點頭道：「再探！」那名探路武士轉身繼續前往打探，其實他只是二十名前往探路的武士之一，從這一點來看，文博遠還是相當謹慎的。

胡小天心中暗自奇怪，有些不對啊，須彌天明明跟自己說得清清楚楚，這峰林峽內大約有五百多人埋伏，可探子打探到的情況卻為何截然不同？難道須彌天只是為了尋找藉口，過來找自己合作練功？以她心高氣傲的性情應該不至於此。再說了，騙自己好像也沒有什麼意思。

禮部尚書吳敬善也被峰林峽獨特的景色吸引了出來，騎在馬上一邊流覽兩旁奇異壯麗的黃土柱群，一邊輕撚鬍鬚搖頭晃腦，醞釀著應景的詩句。胡小天看到他搖頭晃腦的樣子不由得笑了起來，吳敬善被他的笑聲打斷，顯得有些不悅皺了皺眉頭道：「胡公公因何發笑？」

胡小天道：「觸景生情，常言道喜極而泣，我是悲到了極致反倒笑了出來。」

吳敬善不解道：「胡公公因何悲傷？」

胡小天歎了口氣，環視這峰林峽道：「看到這一根根的黃土柱子，忽然讓咱家想起了曾經擁有的一件物事，當時擁有的時候不知道珍惜，直到失去以後才感到後悔莫及。假如上天能夠給我一次重來的機會，咱家一定會用一生去呵護，甚至犧牲我的性命也不足惜。」

吳敬善看到胡小天追悔莫及的模樣，心中非但沒有感到同情，反而覺得極其好笑，只差沒笑出聲來了。這太監實在是滑稽到了極點，觸景生情，可不是嘛，周圍到處都聳立著這種黃土柱子，看起來還真是很像那啥，要說他觸景生情也很正常。

胡小天道：「吳大人好像在笑咱家呢。」

吳敬善慌忙否認道：「沒有，怎麼會，怎麼會啊，其實胡公公何必因此而煩惱，有些事情不必太放在心上，等你到了老夫這種年紀就會明白，這種事情只不過是過眼雲煙。」

胡小天心想你這老東西根本就是站著說話不腰疼，看你年老體衰的樣子估計也早就是心有餘而力不足了。吳敬善道：「胡公公才華橫溢，看到眼前壯麗景色，不知又想起什麼驚人的詩句？」他是個老文青，每隔一段時間都要發點悶騷，吟詩作賦，顯示一下才華，不過這次胡小天同行的緣故，他已經收斂了很多，畢竟他曾經兩度在煙水閣被胡小天當眾奚落，吳敬善心底深處還是有些不服氣，這胡小天就算從娘胎裡開始讀書也不過是十七八年，才華怎麼比得過我？

胡小天道：「沒什麼驚人的詩句，不過吳大人既然問我，我就隨便賦詩一首吧。」

吳敬善笑道：「洗耳恭聽。」

「蒼蒼一林石，零散少存者。分攜多子孫，不勝落田野，虛堂有天就，乃在絕壁下。存者寧非真，散者亦已假。相君久藏山，遠客初擊馬。幽玩埋莓苔，孤嘀坐梧檟。方詠茲遊清，未敢泥風雅。」胡小天想都不用想，一首古詩直接就甩了過去，熟讀唐詩三百首，不會作來也會謅，不過胡小天所朗誦的這首卻不是唐詩，而是宋朝詩人周文璞的《石林》，用在此處倒也算得上貼切。

吳敬善聽完之後，腦袋瞬間就耷拉了下去，敢情這小子是真有才啊！得虧沒有提出跟他對對子，不然又是自取其辱。捏著山羊鬍子，感歎道：「胡公公果然大才，信手拈來全都是傳世之作。」這話沒說錯，胡小天可不就是信手拈來嗎，憑藉著過去對古詩詞的愛好，隨便拿出來一首將吳敬善這位梅山學派的領頭人震懾得目瞪口呆。這絕不是因為胡小天自身的才學超過吳敬善，他之所以能夠如此是因為他站在無數文學大家的肩膀上。

胡小天笑瞇瞇道：「小天還想出了一首詩，不過只想起了前兩句，這後兩句嘛，搜腸刮肚也想不到合適的句子，不如我念出來吳大人幫我想想？」

吳敬善汗顏道：「不敢當，不敢當。」

胡小天道：「橫看成嶺側成峰，遠近高低各不同……這後面的兩句我始終找不到合適的，還請吳大人指教。」

吳敬善的額頭已經開始冒汗了，橫看成嶺側成峰，遠近高低各不同，聽起來樸實無華，可是這描繪實在是精確到了極致，胡小天啊胡小天，此人的才學實在是深不可測，吳敬善思來想去，始終沒有恰當的句子，他怎麼知道，這題西林壁乃是蘇東坡描繪廬山之作，被胡小天剽竊套用在了峰林峽這裡，胡小天不是想不出合適的句子，而是這第三句不能直接讀出來，不然人家肯定會問，廬山是個什麼山？這不是峰林峽嗎？

兩人並轡而行，吟詩作賦之時，後方忽然傳來一陣騷亂，隨即傳來一陣轟隆隆的巨響，胡小天轉身望去，卻見一根足有三層樓高的黃土柱子突然向下歪倒，隊伍的最後行走的是糧草輜重，兩輛馬車不及逃避，連同七名驅車的大漢被那土柱完全掩埋在下方，一時間人慌馬亂煙塵四起。

胡小天慌忙調轉馬頭向安平公主的座駕靠近，大吼道：「保護公主！」

安平公主掀開車簾的一角，卻見外面塵土瀰漫，遮天蔽日，周默和展鵬兩人分別守在座駕左右，胡小天也已經在第一時間內回到車旁。

安平公主從車窗中探出手臂，遞給胡小天一個口罩，要說這口罩還是胡小天專門定做的，想不到在這裡可以派上用場。

胡小天接過口罩戴上，示意安平公主放下車簾，以免灰塵入侵。

激起的塵土逐漸散去，眾人來到出事地點，卻見兩輛馬車全都被壓在黃土柱下，七名護車大漢和四匹馱馬已經被砸成了肉泥，場面慘不忍睹。

文博遠在周遭檢查了一下，並沒有發現有敵人伏擊，這黃土柱子看來是因為被風雨淘空了底部，自然倒伏，偏偏這麼巧砸中了他們的車馬。

胡小天舉目向前方望去，卻見他們的周遭全都是這樣的黃土柱，有不少被經年風雨淘空底部成為了蘑菇的形狀，看清他們所處的環境之後，每個人的內心都變得緊張了起來，剛才還因為這奇異的地貌而感歎讚美，這會兒方才感到自然的殘酷。

風突然就吹來，凜冽的北風將地上的黃土激揚而起，文博遠使了一個眼色，身邊一名身穿灰色武士服的瘦小男子沿著一根黃土柱揉身而上，宛如靈猿，轉瞬之間已經爬到了土柱的頂端，站在高處俯瞰下方，可以清晰地看到他們周圍的環境。

文博遠看到那武士做出周圍無人的手勢，暗自鬆了一口氣，剛才的土柱坍塌應該只是一次偶然，正所謂人禍可防，天災難測。他沉聲道：「儘快通過這裡，不得停留。」

死去的七名護車大漢全都是唐家兄弟的親隨，望著染血的黃土，高高堆起的土丘，他們也愛莫能助，唯有扼腕歎息。

胡小天低聲對周默道：「好像有些不對，我明明得到消息有人會在這裡設伏，可是卻沒有看到一個人影。」

周默抬頭向上看了看，幾名負責打探情況的武士分別攀上了周圍的黃土柱，居高臨下關注著周圍的動靜，哪怕是任何的風吹草動也會被他們盡收眼底。周默眉頭皺起，壓低聲音道：「這一帶的地形錯綜複雜，這些黃土柱形成了天然的迷宮，倘若有人設伏，這裡倒是最好的伏擊地點。」

文博遠顯然也已經意識到了這一點，大聲道：「所有人員聽著，加快速度，儘快通過這裡。」

北風呼嘯，攜裹著黃土和冰屑，迎面拍打在人們的臉上身上，冰屑被皮膚的溫度融化成水，和著黃泥緊貼在臉上，迷濛的黃土讓人幾乎睜不開雙眼。

即便是安平公主的座駕內，塵土也無孔不入地進入其中，安平公主和唐輕璇都已經戴上了胡小天設計的口罩，東西雖然不起眼，可是卻能夠很好地起到防塵效果，比起面紗設計精巧得多，也實用得多。

文博遠一馬當先衝在隊伍的最前方，忽然他勒住馬韁，做了一個停止行進的手勢，這邊隊伍剛剛停下行進的步伐，就看到前方一根巨大的蘑菇形狀的黃土柱緩緩向道路的中心傾倒。巨大的黃土柱墜地之後，整個地面都震動了起來。

這幫訓練有素的武士雖然大都經歷了無數凶險的場面，可是看到眼前的情景也不禁心頭震撼，人在自然的面前是如此的蒼白無力，倘若這一根根的黃土柱全都倒下，造成的死傷和損失難以想像。

禮部尚書吳敬善此時已經被嚇得魂不附體，再也沒有了吟詩作賦的興致，龜縮在車廂內，用一塊手帕捂住口鼻，心中懊悔到了極點，早知如此就應該聽從胡小天的奉勸，取道武興郡，即便是遇到亂民，也比這惡劣的環境要安全得多。

因為文博遠及時洞察到前方的危險，所以這次黃土柱的倒伏並沒有造成任何人員的傷亡，他從腰間緩緩抽出長刀，刀長四尺三寸，明如秋水，刀背厚約半指，刀身三指寬度，向刃尖處逐漸收窄，刀刃薄如蟬翼，這把刀名為虎魄，乃是他的師尊刀魔風行雲所贈。

地面的餘震過去後，飛揚的塵土卻仍然瀰漫在虛空之中，所有武士如臨大敵，靜靜傾聽著周圍的動靜，身處在黃土柱上方觀察情況的武士在觀望之後，做出周圍無人的手勢。但是前方的道路已經被崩塌的黃土柱子完全隔斷，想要前進只能另覓出路。

展鵬翻身下馬，左手平貼在地面之上，兩道劍眉緊緊皺在一起，確信餘震過後，他趴伏在地面之上，以右耳傾聽地面的動靜。

周圍的一切靜得嚇人，緊張的武士連呼吸聲都變得粗重起來，連續兩根黃土柱倒伏，怎麼會有如此湊巧的事情。

展鵬直起身來，反手從箭囊之中抽出一支羽箭，瞄準前方的地面咻的一箭射了進去，此箭的鏃尖非常特殊，成螺旋形狀，猶如鑽頭，尾羽排列的方式也和正常羽箭不同，射出之後，羽箭高速旋轉，遇到土質鬆軟的地面甚至可以鑽入地下兩丈。羽箭嗖的一聲，尾羽就從地面消失，只留下一個拇指大小的孔洞。

這一箭射完之後並無半點的反應，展鵬緊繃的神經稍稍放鬆了一些，就在此時，忽然前方傳來蓬的一聲巨響，爆炸從隊伍的前方發生，一輛馬車被炸飛到半空之中，馱馬驚恐嘶鳴著在半空中翻轉著身軀，泥塊揚塵四處瀰漫，十多名不急閃避的武士正處於爆炸的中心，被炸得四分五裂，血肉橫飛。

這聲爆炸之後宛如天崩地裂，黃土柱一根根向隊伍中倒伏了下去，將他們的隊伍從中隔成數段，一時間人仰馬翻，亂成一團。

安平公主的座駕下方忽然開裂，座駕向下方墜落而去，危急關頭周默一把抓住馬韁，雙足釘在地上，臂膀用力，爆發出一聲震徹雲霄的大吼，硬生生將馬車拉住，止住下墜的勢頭。坐在前方的車夫卻沒有那麼幸運，猝不及防從傾斜的馬車上跌落下去，翻滾著落入地縫之中。

處在車廂中的龍曦月和唐輕璇同聲尖叫，唐輕璇自幼習武，應變能力要比龍曦月強上許多，一腳將車門踹開，大聲道：「姐姐，快跳上去！」

胡小天翻身下馬，第一時間來到公主座車旁邊，趴在裂縫的邊緣伸出手去，大吼道：「公主抓住我的手！」

龍曦月花容失色，在唐輕璇的幫助下好不容易才挪動到車門前，伸出手臂，胡小天一把將她的纖手抓住，手臂用力將龍曦月從傾斜的車廂內拉了上來。

唐輕璇隨後想要跳出，從地底一根雪亮的長槍直搠而上，逼迫得她重新跌回到車廂內。

咻！一支羽箭射向裂開的地洞，隨之傳來一聲慘叫，及時殺到的展鵬一箭將潛伏在地面下的敵人射殺。

周默的身後一根巨大的黃土柱緩緩倒了下來，周默回身望去，大吼道：「跳！」

唐輕璇重新撲到車廂門前，雙臂用力一撐，用盡全力向外面騰躍出去，雙手抓住裂開土層的邊緣，土層卻因為無法承受下墜力而崩塌斷裂，唐輕璇一聲嬌呼，眼看就要墜落之時，又是胡小天及時伸出手去，一把將她手臂抓住，將她拉了上去。

看到車內兩人無恙，周默迅速放開了韁繩，身體原地一個翻滾，剛剛離開他所在的位置，一根黃土柱就鋪天蓋地地倒伏下去，將剛才的裂縫夷為平地。

胡小天一手護住龍曦月，一手護住唐輕璇，三人從飛揚的塵土中抬起頭來，胡小天吹了個呼哨，小灰聽到聲音迅速奔行到他們的身邊，胡小天將馬韁交到了唐輕璇的手上，唐輕璇翻身上馬，胡小天將龍曦月扶上馬背，自己則抽出烏金刀守在馬匹旁。

瀰漫的塵土之中忽然響起喊殺之聲，從四面八方，亂箭齊發射向仍然處於混亂中的隊伍，箭如飛蝗，短時間內已經有數十人中箭倒地。

周默和胡小天兩人掩護著安平公主和唐輕璇退到一堵土牆後方，此時己方的幾名武士也陸續向這邊撤退。偷襲者仰仗著對地形的熟悉，從各處掩體向隊伍發動襲擊。殺了他們一個手忙腳亂，甚至還沒有看清敵人的模樣就已經有數十人傷亡。

展鵬迅速向前方奔跑，一邊躲避輪番射來的冷箭，一邊從死去的武士身上摘下箭囊，然後宛如靈猿般攀上一根黃土柱，從高處尋找偷襲者的藏身之所，彎弓搭箭，箭無虛發，連續射殺了十餘名圍攻他們的敵人。

周默向前方衝去，身體宛如一顆出膛的炮彈，以寬厚的背部撞擊在一根黃土柱上，那根黃土柱在他強大的衝擊下，轟然倒塌，將十多名藏身在掩體中的匪徒全都壓在下方。

此時文博遠也已經穩住了陣腳，勒令弓箭手反擊。

展鵬居高臨下，箭箭必殺。周默殺得興起，一手持盾，一手擎刀，宛如天神下凡衝入對方陣營，砍瓜切菜般大開殺戒。他和展鵬心領神會，周默殺出之時，展鵬馬上從黃土柱上飛縱而下，雙足輪番在黃土柱上輕點，以此來延緩下墜的速度。雙腳剛剛沾在地面之上，一名蒙面大漢從地底騰躍而出，舉刀欲劈。

展鵬以驚人的速度拉開長弓，羽箭激射而出，從對方的左目之中直貫而入。對方的砍刀距離展鵬的頸部也不過寸許距離，只要稍晚上一刻，展鵬就會身首異處。

展鵬極其冷靜，臉色沒有絲毫的改變，身體原地轉動，轉動的同時又已經弓箭上弦，連珠炮般射出三箭，將三名靠近他們的敵人射殺當場，每一箭都瞄準了對方的咽喉要害，之所以選擇這個部位是因為戰鬥之時，很多人會穿上甲冑，唯有頸部最為薄弱，在生死相搏的戰場上一擊必中極其重要，否則只會後患無窮。

此時胡小天耳邊聽到一個細微的聲音道：「向右走！聽我的指引！」從聲音中分辨出應該是須彌天無疑。胡小天心中又驚又喜，看來一日夫妻百日恩果然沒錯，關鍵時刻須彌天這位炮友還是靠得住的。

胡小天向眾人道：「不必戀戰，咱們保護公主先離開這裡再說。」

周默和展鵬兩人聽到胡小天的聲音，全都意識到身上的職責所在，於是集合之後回到胡小天身邊。現場塵土瀰漫，根本辨別不出他們所處的位置，更不知道應該往何處走。

周默見多識廣，能征善戰，展鵬獵戶出身，對於危險有著天生的嗅覺，但是這樣的地貌情況他們也是第一次經歷，誰也不敢輕舉妄動。反倒是胡小天對周圍環境表現得非常熟悉，輕車熟路地帶著眾人有序撤退。周默心中暗自佩服，別看他的這位三弟年齡不大，可是天生就擁有一種領袖的氣度，在這種突發情況下，仍然能夠保持沉穩冷靜，而且指揮若定，他卻不知道胡小天的指揮若定完全是因為背後有須彌天指點。

現場塵煙瀰漫，到處都是黃土柱子，有如迷宮般的地貌，胡小天哪有那個本事分得清楚，幸虧須彌天指點，他帶著眾人一路前行，中途又和唐家兄弟會合一處。

胡小天儼然成為了這群人的主心骨，帶著他們在峰林峽中蜿蜒行進，不多時就來到了一大片的空曠地域，雖然不知這裡是什麼地方，可是畢竟可以暫時躲過被黃土柱倒塌砸中的危險。

展鵬讓手下那幫武士分散開來，又和幾名輕功不錯善射的武士攀上四周土柱頂部，留意周圍的動向。

安平公主聽到喊殺聲不斷從遠處傳來，俏臉變得蒼白，嘴唇也沒有了血色，下意識抓住了唐輕璇的手掌，唐輕璇勸道：「姐姐不必擔心，咱們暫時不會有事。」

唐鐵漢兄弟二人來到胡小天身邊，同時道：「胡大人怎麼辦？」

胡小天道：「以靜制動，注意地下的動靜。」因為剛才敵人從地下發動攻擊，胡小天對此仍然心有餘悸，他向周圍張望，想要找到須彌天藏身的位置，她應該就在附近，只是不知道她到底藏在何處。

耳邊再度傳來須彌天的聲音：「是不是在找我？別白費力氣了。」

此時有武士向空中射出一支響箭，沒過多長時間文博遠率領手下武士也來到這邊會合，此次襲擊反倒是文博遠和他的親信武士蒙受的損失更大，這場襲擊維持的時間不長，可是文博遠手下竟然有三十一人命喪當場，受傷者也有五十多人。可謂是損失慘重，若非這邊發出信號，他們仍然被困在瀰漫的黃土之中。

接連不斷地聚攏在這塊空曠地面上，很快現場就變得嘈雜而擁擠，悲憤的怒吼聲，受傷士卒的哀嚎聲交織成一片。龍曦月雖然在此之前已經經歷了兩次襲擊，可是畢竟沒有親眼看到如此血腥殘酷的場面，看到眼前一幕，心中又驚又怕，忽然一種強烈的嘔吐感湧上心頭，轉過身去，哇的一聲吐了出來。

唐輕璇比她也好不到哪裡去，別看她性情刁蠻，可是這種血淋淋的場面過去也沒有見過，看到那些武士的慘狀，聽到他們的哀嚎聲，腿都軟了。

胡小天讓她們兩人去車內休息，眼不見為淨，看不到這血腥的場面或許還能好過一些。安平公主此時忽然想起紫鵑和雪球不知去向，因為唐輕璇和她同車，紫鵑就帶著雪球去了另外一輛馬車，自然擔心非常，向胡小天道：「紫鵑不見了，紫鵑不見了。」

胡小天安慰她道：「你不用著急，我馬上帶人去找她。」

文博遠此時也是滿身塵土，身上看不到昔日的瀟灑模樣。這場突如其來的襲擊讓他應接不暇，那些潛伏在地下的敵人危害反而並不是最大，己方多數死傷都是倒伏的黃土柱造成的，周圍林立的黃土柱突然就變成了埋骨之所，很多手下的武士甚至沒有來得及反應，就被埋葬於黃土之下。

最該死的胡小天反倒完好無瑕地站在他的面前，文博遠暗歎這小子命大。幾名家將攙扶著禮部尚書吳敬善從瀰漫的塵土中出現，吳敬善被剛才這一連串的事情嚇得魂飛魄散，連腳步都邁不開了。

胡小天佯裝關切迎了上去：「哎呀呀，吳大人，吳大人，您這是怎麼了？」

吳敬善想要說話，可是心頭太過恐懼，到現在都哆哆嗦嗦說不出話來。看到胡小天，忽然想起之前他對自己說過的那番話，如果自己認同他的主張，堅持取道武興郡，哪會遇到這樣的危險。

偏偏此時文博遠過來問候：「吳大人沒事吧？」

吳敬善滿腹的恐懼和怨念在此時終於爆發了出來，他冷哼了一聲：「托文將軍的福……老夫……還沒被人坑死……」

文博遠也不是傻子，馬上聽出話鋒有些不對，吳敬善顯然是對自己生出不滿。他皺了皺眉頭，此時也顧不上跟他理論，向胡小天道：「公主有沒有事？」

胡小天充滿嘲諷地笑道：「難為文將軍還記掛著公主殿下，公主就在這裡，等著文將軍保護呢。」

身後響起唐鐵漢的聲音：「有些人怕是自顧不暇了！」

第九章

真情變狠心

文博遠心中仍然感覺到一陣刺痛。
自己對龍曦月真情一片，卻得不到她半點回應，
反觀她對這個太監言聽計從，真是讓人著惱。
想起臨行之時父親的吩咐，文博遠不由得硬下心腸，
龍曦月啊龍曦月，休怪我狠心，是你太過無情。

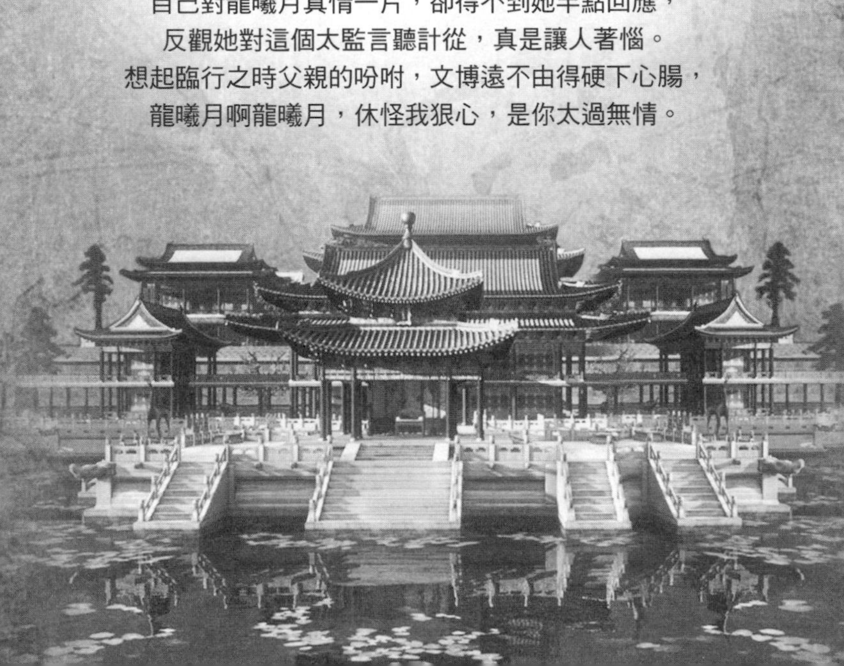

文博遠的面孔紅一陣白一陣，他雖然預計到在峰林峽內有可能遭到伏擊，卻沒有想到會是這樣的方式。雖然成功擊退了匪徒的進擊，可是手下武士也傷亡慘重，這場戰鬥他輸得顏面無光。那幫匪徒來得快去得也快，發動襲擊之後，立時消失得無影無蹤。

此時又有失散的武士陸續回來，讓安平公主驚喜的是，紫鵑也在其中，她抱著雪球，毫髮無損地返回，主僕相見，自然免不了抱頭痛哭。

五十多名受傷的武士躺在現場等待救治，隨隊郎中忙得不可開交，胡小天讓小太監將自己的醫藥箱拿了出來，拎著醫藥箱前去幫忙。

展鵬也陪在一名大漢的身邊，那大漢乃是他在神策府的好友趙崇武，剛才的混戰之中，趙崇武肩頭和手臂中了兩箭。受傷的武士有五十多位，隨隊郎中只有一個，自然無法兼顧，更何況郎中處理外傷的水準也就是初級階段。

展鵬幫助趙崇武止血的時候，胡小天拎著藥箱來到他們的身邊，微笑道：「如何？」

趙崇武道：「挺得住！」他額頭之上滿是冷汗，顯然疼得厲害。

胡小天打開醫藥箱：「趙大哥若是忍得住，我幫你將箭鏃取出來。」

趙崇武點了點頭。

文博遠遠遠觀望著胡小天的舉動，不禁有些奇怪，難不成這廝還真懂得治病？

看來他治好皇上的重疾應該是真的，難怪他會獲得皇上的寵幸。

胡小天為受傷的武士包紮傷口清創縫合，無論是手法還是效率都遠在那名隨隊郎中之上，足足忙活了兩個時辰，方才將那些受傷武士的傷口處理完畢。得人恩果千年記，不少武士也因為今天的事情改變了對胡小天的看法，過去其中多數都對這個太監抱有反感，經歷今天的事情，至少胡小天親手治療的那些武士對他已經抱有感恩之心。

胡小天忙完之後，發現龍曦月和唐輕璇也來到傷患的隊伍中幫忙，不由得露出會心笑意。

吳敬善這會兒已經完全鎮定了下來，悄悄來到胡小天身邊，低聲道：「胡大人，咱們接下來應該怎麼辦？」主動前來徵求胡小天的意見，對吳敬善而言還是第一次。

胡小天抬頭望了望彤雲密佈的天空，此時已經是下午未時，今天無論他們如何努力，斷然是走不出這片黃土林的。

吳敬善看到他不說話，有些忍不住了，低聲道：「不如咱們折返回去，取道武興郡前往青龍灣。」

胡小天道：「吳大人，咱們已經來到了峰林峽的中段，回去也是那麼遠，往前走還是那麼遠，事到如今，就算咱們回去，路上也未必太平。」

吳敬善歎了口氣道：「都怪我當時沒有聽從胡大人的主意，若是取道武興郡，哪會發生那麼多的事情。」

胡小天道：「現在說這種話已經來不及了。」

吳敬善也明白如今已經勢如騎虎，唯有向前，退回去根本不現實。忽然感覺到頸部奇癢無比，忍不住伸出手去抓撓，怎料到脖子上的肌膚起了一層密密麻麻的丘疹，指甲觸及丘疹頓時潰破，痛得吳敬善發出一聲悶哼。

胡小天頓時察覺到情況不對，提醒吳敬善道：「吳大人不要抓撓，讓我看看。」

吳敬善昂起脖子，叫苦道：「好癢，又癢又痛，胸中也氣悶得很。」

胡小天看到他頸部的皮膚已經泛起了藍色，暗暗心驚，吳敬善應該是中毒，此時不少武士也開始慘叫起來，那名隨隊郎中也是如此。

反倒是安平公主、唐輕璇、胡小天他們幾人沒事，胡小天心中暗忖，他們幾人都戴上了口罩，剛才黃土漫天，煙塵瀰漫，眾人都吸入了不少的灰塵，假如有人利用這灰塵布毒，豈不是會被他們吸入肺裡，不然也不會造成這麼多人產生同樣的病症。

胡小天向周圍張望，須彌天的聲音再度響起：「你是不是在找我？」

胡小天點了點頭。

卻聽須彌天道：「有沒有看到你右前方的馬車？」

胡小天舉目望去，卻見那輛馬車旁，一名頭上纏著繃帶的年輕男子正在看著他，雙目中流露出熟悉的冷意，胡小天頓時判斷出此人正是須彌天假扮，原來她一直都混在自己的隊伍中。

胡小天沉吟了一下，然後慢慢向須彌天走去，來到她面前蹲了下去，低聲道：「是不是你做的？」

須彌天嗤之以鼻道：「這樣布毒的手段如此低級，我才不屑為之。」

胡小天其實也就是這麼一問，他並不認為這件事和須彌天有關，倘若須彌天有心下毒，就沒必要主動給他引路，他笑道：「你一定有辦法救他們是不是？」

須彌天白了他一眼，冷冷道：「此毒名為心癢難耐，無色無味，粉塵狀，應該是被混在了煙塵之中，你們的那些武士缺乏防護，吸入毒塵，方才導致了如今的狀況，不過你不用擔心，心癢難耐並不致命。」

胡小天向周圍望去，看到不少武士因為癢得受不了已經開始脫衣去抓撓，他陪著笑道：「這種低級的下毒手段對你來說實在是小兒科，解毒想必也是舉手之勞，不如你幫幫忙解毒可好？」

須彌天道：「我沒聽錯吧，你好像在求我啊！」

胡小天滿臉堆笑，心中忽然想起之前自己曾經要須彌天答應幫他做三件事，須彌天當時只答應繞他三次不死，她若是幫忙解毒豈不是就浪費掉了一次機會。從這件事來說保不齊真可能是須彌天趁機下毒，以此來換取自己求她。不過以一次機會換取那麼多人平安無事倒也值得了。想到這裡，胡小天點了點頭道：「是啊！之前你也答應過我的。」

須彌天向他伸出了兩根手指，意思是我只欠你兩次了，然後道：「其實解藥就在你身邊，你去弄一碗黃土，融入水中，煮沸之後分給他們服下即可解毒。」

胡小天心中大喜，這種解毒方法實在是匪夷所思，呼吸道吸入之後產生毒性，同樣的粉塵進入消化道之後居然可以解毒，實在是奧妙。這樣的下毒解毒方法可談不上低級，解鈴還須繫鈴人，十有八九就是她下的毒。

須彌天顯然猜到了胡小天的想法，冷笑道：「你是不是仍覺得這件事是我做的？」

胡小天笑道：「怎麼會，怎麼會……」心中卻暗想，不是你才怪。

胡小天不敢耽擱，馬上讓人安排生火煮水，就地取了一大碗黃土，融入大鍋之中。雖然多數人對泥水能夠解毒抱著懷疑態度，可是眼前情況下也沒有其他辦法，只能硬著頭皮一試。想不到這泥水真是靈驗，喝下去之後，身上的奇癢頓時止住。

胡小天雖然沒有什麼中毒症狀，可是為了穩妥起見，也弄了小半碗泥水硬著頭皮喝了下去，這叫防患於未然。

吳敬善如釋重負地鬆了口氣，剛才那種百爪撓心的痛苦仍然讓他記憶猶新，幸虧胡小天出手方才解決了他的病痛，吳敬善現在算是相信胡小天當初為皇上治病都是真的，心中對胡小天也從過去的不屑變成了感激。雙手抱拳深深一揖道：「多謝胡大人出手相救。」

胡小天笑道：「大人不是說過咱們風雨同路，區區小事何足掛齒，如果遇到麻煩的是我，相信大人也一定會盡力想幫。」

吳敬善道：「一定，一定！」他也明白自己手無縛雞之力，真正遇到剛才那樣的局面，連自保的本事都沒有，更不用說去幫助別人了，不過他現在說出的這番話絕對透著真誠，在力所能及的範圍內，他肯定會幫助胡小天。吳敬善畢竟是個讀書人，知恩圖報的道理他還是懂得的。

胡小天向煮水的大鍋望去，卻見眾人還在排著有序的佇列領水，文博遠的親信武士董鐵山領了一碗水慌忙端著給站在遠處的文博遠送去了。文博遠接過董鐵山手中的水碗，可是他同時也意識到胡小天正在望著自己，文博遠皺了皺眉頭，一揚手將那碗水潑在了地上。

胡小天心中暗笑，文博遠純屬死要面子活受罪。

吳敬善也看到了文博遠此時的舉動，經歷了剛才的驚魂一刻，吳敬善對文博遠的信心大打折扣，生死關頭，除了他的幾名家將，哪還有人顧得上他。關鍵時刻還得靠自己人，更驗證了胡小天之前的那番話，文博遠保護的是安平公主的安全，其他人的死活，文博遠根本不會放在心上。望著周圍一根根高聳挺立的黃土柱子，吳敬善心中再也沒有了大發感慨舞文弄墨的興致，低聲歎了口氣，充滿憂慮道：「那些賊人在地下埋伏，隨時都可能發動襲擊，道路又被他們堵死，咱們該如何才能走出去？」

胡小天微笑道：「車到山前必有路，活人總不會被尿憋死，肯定能夠找到出去的道路。吳大人還是安心休息吧，今天咱們是走不了了，這片地方相對空曠，只要提高警惕應該不會再有危險發生。」

吳敬善點了點頭，在沒有搞清楚前方路線的前提下盲目前進，無異於自尋死路，更何況今日這場突如其來的襲擊讓他們傷亡慘重，人心惶惶，必須穩住陣腳才能繼續前進。他向遠處的文博遠看了一眼道：「還是去找他商量一下。」

胡小天道：「要去你自己去，我懶得搭理他。」

文博遠也有就地紮營的打算，所以吳敬善一經提出，他馬上表示同意，雖然之前在黑松林、魯家村先後遭遇伏擊，可死傷從未像今日這麼慘重，那些受傷的士兵雖然經過治療，但是其中有不少人也無法繼續前進，原地休整才是最為現實的選擇。

文博遠傳令紮營，休整一夜後明天清晨再行出發，他又派出一支小隊前去探路，找出離開峰林峽的最佳路線。至於當晚的警戒文博遠更是不敢馬虎。

胡小天安排好龍曦月的營帳，轉身去尋找須彌天，卻發現她早已不見影蹤，看來須彌天不僅僅是天下第一毒師，還是一位易容高手。

唐家兄弟來到胡小天的身邊，唐鐵漢一臉悲愴道：「胡大人，我們折了四輛馬車，失蹤了十一名兄弟。」

唐鐵鑫道：「胡大人，那四輛馬車中有兩輛裝的是公主的嫁妝。」

胡小天皺了皺眉頭，倘若馬車中只是些日常補給用品倒還罷了，等過了峰林峽補充就是，可嫁妝就不同了，若是遺失就是重罪，即便胡小天已經準備好中途幫助龍曦月逃婚，可是也沒有拍著屁股走人，以後再也不回大康的打算，畢竟他老爹老娘還在康都，真要是這麼幹，等於親手將爹娘送上了絕路，這種事情他無論如何都不會做。

文博遠和吳敬善也聽說了這件事情，兩人來到唐家兄弟面前，文博遠怒道：「危難之時只顧自己逃命，放著公主的嫁妝置之不理，爾等可知罪嗎？」

唐鐵鑫一臉惶恐道：「文將軍，我等也不想遺失嫁妝，可是當時那種情況下，根本來不及保護……」

文博遠態度極其強橫：「我不管什麼情況，總之遺失公主嫁妝乃是重罪，若是不能及時將嫁妝找回，爾等上上下下全都脫不了罪責。」

吳敬善雖然不像他言辭這般激烈，可是也因為此時而忐忑不安，不停道：「哎呀，這可如何是好？這可如何是好……」

唐鐵漢原本就是個火爆性子，自從黑松林之後就和文博遠之間生出裂隙，現在看到文博遠依然如此傲慢，將所有責任全都推到他們的身上，當下再也按捺不住，怒道：「我們當然知道有罪，可我們若是有罪，你文將軍也脫不了干係，皇上追究下來，首先要追究你的責任，即便是將我等統統砍頭，你文將軍也保不住項上的那顆腦袋。」

文博遠怒道：「大膽狂徒，竟敢對我無禮。」

唐鐵漢火氣上來也忘了害怕，怒道：「咋地？大不了一拍兩散，文博遠你跟我耍什麼威風？要不是你爹官大，要不是你姐嫁給了皇上，何時能輪到你這種不學無術的衙內欺壓我？」

文博遠氣得面孔勃然變色，右手已然握在刀柄之上。

吳敬善慌忙上前打圓場道：「大家都冷靜一下，且聽老夫一言，丟失了公主的嫁妝絕非小事，若是找不回來，咱們如何向大雍那邊交代，皇上必然會降罪下來，老夫肯定難逃責任，咱們所有人都無法置身事外。」他的這句話等於從側面上支持了唐鐵漢剛才的說法。

胡小天跟著幫襯道：「吳大人說的在理，嫁妝要是找不回來，咱們全都要倒楣，吳大人倒楣，我要倒楣，你文將軍也要倒楣，在這種時候更需要團結一致，風雨同舟，同甘共苦，共度難關，而不是急著撇清自己，推卸責任，把所有麻煩都丟給別人。」他說這番話的時候斜著眼睛看著文博遠，顯然針對的就是這廝。

文博遠用力握緊了刀柄，只差沒將刀柄捏出水來，他強行壓住內心的怒氣，緩緩點了點頭道：「好！好！好！」一連說了三個好字，望著唐鐵漢道：「你們弄丟的嫁妝，你們負責找回來，若是明晨出發之時仍然找不回嫁妝，就提頭回來見我。」說完這番話，轉身憤憤然而去。

唐鐵漢雖然嘴上強橫，可是心中也清楚出了大事，真要是找不回來這兩車嫁妝，不但他們兄弟要遭殃，甚至還會禍及唐家。

吳敬善急得長吁短歎：「這可如何是好？」

唐鐵漢道：「吳大人，您不必擔心，我們兄弟不是怕事的人，更不會推脫責任，我們弄丟的嫁妝，我們這就去找回來。」他轉向身後道：「兄弟們跟我來！」

胡小天阻止他道：「嫁妝雖然重要，可是兄弟們的性命也同樣重要。」

唐鐵漢此時對胡小天的仇恨早已不復存在，非但如此現在已經是充滿了感激，他抿了抿嘴唇道：「胡大人，您的好意咱們兄弟心領了，總之這次遺失了嫁妝是我們的錯，你放心，我們兄弟一定能將嫁妝找回來。」

胡小天道：「找必須要找，可是要在保證人員安全的前提下，咱們今天已經折了不少的兄弟，千萬不能再出任何意外了。」

「可是……」

胡小天拍了拍唐鐵漢寬厚的肩頭，然後舉目望向他身後的那幫馬夫腳力，因為遺失了嫁妝，又因為文博遠剛才的那番恐嚇之詞，這些隊伍中最底層的小人物明顯都變得惶恐不安。胡小天微笑道：「這世上再貴重的東西也比不上人的生命，雖然我現在還叫不全大家的名字，可是咱們從康都一路走來，風霜雪雨，歷經凶險，如果沒有大家同心協力，絕對來不到這裡，走不到現在，在我心中已然將大家當成了自己的兄弟，既然是一起出來，就要一起回去，一個不能少！」胡小天這番話說得感情真摯，字字句句都直擊他們的內心深處。

唐鐵漢手下的這幫人平日裡幹著最粗重最低賤的活，在送親隊伍之中的地位屬於最底層，即便是唐家兄弟也從未對他們說過這般推心置腹的話，胡小天身為這次的副遣婚使竟然能說出這番平易近人的話，又怎能不讓他們感動。

吳敬善一旁聽著，雖然他明白胡小天的這番話十有八九都是為了收買人心，可是他也不得不承認胡小天在拉攏人心方面的確很有一套，不花一分一毫，單憑三寸不爛之舌就已經贏得了這幫馬夫腳力的支持，和這小子相處得越久，越是覺得這小子不簡單。文博遠雖然名聲在外，少年得志，可是此人心高氣傲，目空一切，和胡小天相比，為人處事高下立判。正所謂人比人得死，貨比貨得扔。吳敬善心中的天平在不知不覺中已經傾向胡小天一方，送親的路程走了方才不到一半，就已經發生了那麼多的事情，胡小天說得沒錯，不要對文博遠保護他們抱有太多的希望，生死關頭還得依靠自己。

吳敬善悄悄將胡小天叫到一邊，低聲道：「胡公公，若是找不回那些嫁妝，恐怕咱們都會有麻煩的，大麻煩。」

胡小天道：「吳大人放心，我又沒說不找，只是這件事必須計畫周詳，若是那幫渾水幫的匪徒不除，別說嫁妝找不回來，就算是順利走出峰林峽都很困難。」

吳敬善點了點頭，胡小天說得不錯，他低聲道：「可是那些匪徒全都藏在地下，除去他們哪有那麼容易？」

胡小天笑道：「兵來將擋水來土掩，除去他們就是文大將軍的問題了。」

吳敬善苦笑搖頭，心中對文博遠已然失去了指望。

胡小天讓吳敬善不必心急，先去安平公主營帳內問候，龍曦月這會兒已經鎮定下來，她也聽說了嫁妝失蹤的事情，向胡小天道：「那兩車嫁妝丟了也就丟了，不必讓他們冒險去找，這個世界上沒有什麼比人的性命更加重要。」她的想法和胡小天不謀而合。

胡小天道：「公主殿下無需擔心這些小事，任何事情都有我來處理。」

看到龍曦月面容憔悴，想到這幾天她都沒有好好休息過，心中不由生出愛憐之情，低聲道：「公主還需好好休息，務必要保重身體才是。」

龍曦月美眸微紅道：「看到那麼多人為我而死，讓我心中如何能夠安寧，看來我真是一個不祥之人，給那麼多人帶來了噩運。」

胡小天微笑道：「公主千萬不要這麼想，他們也不是為了公主而死。讓公主嫁入大雍，乃是陛下的主意，他們是奉了陛下的命令而來。之所以會發生那麼多的傷亡，全都是因為文博遠指揮不力，和公主更加沒有半點的關係。公主心地善良，悲天憫人，但是這些責任明明不是你的，又何必強加給自己。」

龍曦月美眸之中淚光瀲灩：「小天，若是我的婚事能夠換來兩國之間的安定和平，減少一些流血犧牲，曦月也就認命了。」

胡小天壓低聲音道：「你若是認命，我又當如何活下去？大康大雍兩國絕不會因為一場婚姻而達成長久的和平……」此時胡小天突然停下說話，向龍曦月使了個眼色。龍曦月立時會意，輕聲歎了口氣道：「胡公公，你好生安撫那些將士。」

胡小天一個箭步來到帳門前，猛然掀開了營帳的大門，並沒有看到外面的人影，不由皺了皺眉頭。正向周圍張望之時，忽然耳邊再次響起須彌天的聲音：「你到右側土牆這邊來。」

胡小天舉目望去，卻見右側果然有一堵土牆，乃是黃土層天然風化而成，幾名傷兵靠在土牆那裡休息，在其中果然找到了須彌天的身影，她仍然是男裝打扮，因為頭上纏了綳帶，臉部只露出眼睛和嘴巴，所以無從辨認她的本來面目。胡小天暗歎此女狡猾多變，緩步來到她的身邊，看了看兩旁的傷兵。

須彌天雙眸中流露出一絲笑意，以傳音入密向他道：「你不用擔心，我已經痳痹了他們的聽覺，就算你對著他們的耳朵大喊，他們也聽不到你在說什麼。」

胡小天裝出為她檢查傷勢的樣子，用她剛剛教給自己的傳音入密的功夫道：「剛才是你在跟蹤我？」

須彌天道：「不是我，胡小天，想不到你假公濟私，表面上護送公主前往大雍成親，背地裡卻跟她勾搭成姦，此事若是傳出去，只怕你性命難保。」

胡小天道：「你胡說什麼？我光明磊落，問心無愧，這輩子除了你之外，還沒有跟別的女人做過那種事情。」

須彌天俏臉一熱，雖然胡小天這句話說得頗為粗俗，可是聽起來心中卻非常舒服，她低聲道：「老老實實交代，你到底在謀劃什麼壞事？」

胡小天道：「以為任何人都像你一樣？我現在最關心的就是如何才能從這峰林峽順順當當地走出去，其他的事情根本沒有想過。」

須彌天道：「不如你求我幫忙，反正我還欠你兩次人情。」

胡小天笑道：「這麼急著還債？你這麼著急，反倒讓我懷疑你的動機了，今天的這一系列的事情，該不是你搞出來的吧？」

「好心搭上了驢肝肺，你不領情，我還懶得伺候你。」

胡小天道：「熱臉貼上冷屁股的感覺不好受吧，你若是沒有其他的事情，我得忙去了。」

須彌天看到他說走就走，只能叫住他道：「今晚我去找你。」

胡小天真是哭笑不得，這須彌天還真是索求無度，看來她從這種事中找到了樂趣，甚至有些樂此不疲，自打在魯家村跟她戳破了這層窗戶紙，幾乎是夜夜不停，本以為今天可以休戰一個晚上，卻想不到她又提出要求，敢情真把自己當成人形榨汁機了。

胡小天道：「只怕不方便吧，營帳周圍這麼多人駐守，如有任何的風吹草動，一定會被人覺察。」

須彌天道：「有沒有看到那邊的土台？」

胡小天點了點頭。

須彌天道：「你讓人將營帳紮在那邊就是，晚上我自會過去找你。」

胡小天道：「隨便你！」心中暗歎，這須彌天居然是個蕩婦淫娃，雖然自己對這種事並不抗拒，可是一想到被人當成了一個練功道具，身體的那點爽度頓時沒有了一絲一毫的成就感，反而覺得沮喪，征服肉體只是一種低級行為，征服心靈那才夠高級，才能滿足作為男人的虛榮和滿足。也許這正是他和龍曦月在一起談天說地要比和須彌天真刀實槍感覺更為快樂的原因。這廝由此得出結論，自己還是蠻高尚的，還是追求精神境界的。

雖然心中並不情願，可是胡小天卻不得不按照須彌天所說的去做，不過他心中還是充滿了好奇，今晚這麼多人都聚在這裡，卻不知須彌天用什麼辦法才能潛入自己的營帳中不被發覺，這心中還有那麼點小期待，想想還真是矛盾。

胡小天一邊想一邊埋頭前行，差點撞上迎面走來的周默。等到面前方才驚覺，慌忙停下了腳步。

周默笑道：「胡大人在想什麼？」

胡小天看了看周圍，笑道：「沒想什麼，還不是如何走出峰林峽的事情。」

周默道：「我剛剛跟展鵬商量過，想要離開峰林峽必須先將這些潛伏在地下的匪徒清剿。」

胡小天道：「我也是這麼想，唯有剷除這幫匪徒，咱們才能從容離開，而且那遺失的兩車嫁妝也需找回。」

周默道：「只是渾水幫的匪徒極其狡猾，他們對地形非常熟悉，這峰林峽內遍佈地洞，想要將他們逼出來，哪有那麼容易。」

胡小天道：「也不是全無辦法，找到洞口，在裡面生火灌煙，我就不信無法將他們熏出來。」

周默道：「用煙熏倒是一個好辦法，不過這地洞錯綜複雜，咱們又怎麼知道用煙熏的地方和他們藏身的地洞相通？」

胡小天道：「反正不急出發，總會想出辦法。」

峰林峽的夜來得很早，因為白日裡遭遇伏擊，死傷慘重，所有人心中都蒙上一層憂色。文博遠派去探路的武士也在天黑前安然返回，他們並沒有遭遇到渾水幫的阻擊，換句話來說自然也不會發現匪徒的蹤跡。

吳敬善作為此次送親隊伍的總遣婚使，有些事情不得不做，在慰問傷兵之後，又將胡小天和文博遠兩人請到自己的營帳共商大計。自從離開康都之後他始終都在充當和事老的角色，事實證明，他在此次的行程中並非一無是處，還是很有些存在感的，若是他沒有前來，恐怕胡小天和文博遠針尖對麥芒早已鬧得不可收拾。

吳敬善畢竟是當朝禮部尚書，貨真價實的三品大員。仗著老資格，這幫小字輩多少也要給他一些面子。吳敬善望著眼前的兩位年輕人，歎了口氣道：「文將軍，胡公公，老夫將兩位叫到這裡，實則是有幾句話相對兩位說，不知兩位願不願意給老夫這個薄面呢？」

胡小天笑道：「吳大人德高望重，以德服人，小天私下裡對您敬重得很呢。」

文博遠道：「吳世伯請說。」他似乎也收起了些許的狂傲，吳敬善道：「承蒙皇上看重，派老夫擔任此次的遣婚使，老夫已經是垂暮之年，年老體弱，心有餘而力不足，本想向皇上請辭，可是皇上卻說，此次武有文將軍，文有胡公公，凡事並不需老夫親力親為，之所以讓老夫擔任這個遣婚使臣，無非是覺得老夫年紀大一些，經歷的事多一些，關鍵時刻能夠給兩位大人出出主意。這可不是不信任兩位大人，你們兩人全都是名門之後，年輕一代中的翹楚人物。」

文博遠聽到這裡故意向胡小天看了一眼，唇角流露出譏諷之色，明顯對胡小天極為不屑，心中暗暗鄙夷，一個罪臣之子又能談得上什麼名門之後？對一個太監來說更稱不上翹楚人物。吳老頭把自己和胡小天相提並論，簡直是對他的侮辱。

吳敬善道：「咱們從康都一路走來，兩位的辛苦和付出老夫看得清清楚楚，這幾日，接連死傷了這麼多的弟兄，你們心中不好過，老夫心中也是一樣，可是咱們不能因為這些事而亂了方寸，彼此之間更加不應該敵視對方，須知內部越亂，敵人就越是有機可乘。身處困境，唯有團結一致，方才能夠順利走出這場困境，你們說是不是？」

胡小天道：「我聽吳大人的，咱家從來都是對事不對人，公是公私是私。」

文博遠道：「吳大人過慮了，我始終將公主的安危放在第一位，其他的事情我豈會放在心上。」

吳敬善心中暗歎，這兩人之間的矛盾只怕是無法調和了，他點了點頭道：「能聽到兩位大人這麼說，老夫就放心了。咱們既然選擇了這條路，走到了這裡，已經沒有了回頭的可能，不知兩位大人有何高見？如何能夠儘快走出這片峰林峽？」

文博遠道：「吳大人放心，剛才我派去打探道路的人已經回來，他們已經找到離開峰林峽的道路，明日一早，咱們就可以啟程離開。」

吳敬善聞言大喜過望：「如此甚好！」

胡小天道：「道路好找，離開卻未必容易，假如渾水幫的匪徒在途中設伏，重演今天襲擊咱們的一幕，文將軍有信心應付嗎？」

文博遠道：「區區渾水幫只不過是一幫烏合之眾，若是他們還敢來犯，必然將之全部殺光，一個不留。」

胡小天呵呵笑道：「話誰都會說，事情辦起來卻沒那麼容易，若真像文將軍說得那麼簡單，今日也不會產生那麼大的傷亡。」

文博遠面皮一熱，心中對胡小天更是恨之入骨，只要有了合適的機會，決不讓這廝多活一天。可是他也明白，胡小天為人機警多智，對付他只怕沒有那麼容易。當下忍住怒氣道：「這麼說，胡公公是有了更好的主意？」

吳敬善望著胡小天，也是滿眼期待，希望胡小天能夠拿出一個更好的方案。

胡小天道：「目前還沒有想到什麼好辦法，不過咱們經歷了今天的事情，士氣大受影響，公主也受到了不小的驚嚇，與其盲目向外走，不如先穩住自己的陣腳，也好讓那些受傷的兄弟得到暫時調整和休息。」

文博遠道：「胡公公，你不要忘了這峰林峽是渾水幫的老巢，讓公主在這裡多待一天，就多了一分危險。」

吳敬善跟著點頭，他連一刻都不想在峰林峽多待，在這一點上他認同文博遠的決定。

胡小天道：「峰林峽是渾水幫的老巢我當然記得，我更記得是文將軍堅持選擇這條道路。」

文博遠道：「胡公公這麼說是在指責我了？」

胡小天微笑道：「不敢不敢，文將軍英明神武，殺伐果斷，讓江湖鼠輩聞風喪膽，只是咱家覺得，今次在峰林峽栽了這麼大一個跟頭，沒理由不將這個面子找回來，更何況還有兩車嫁妝不知所蹤，咱們就這麼走未免交代不過去，知道的可能會認為咱們將公主的安全放在第一位，不明真相的卻會認為咱們膽小如鼠，遇到渾水幫這群烏合之眾都被嚇得屁滾尿流，抱頭鼠竄呢。」

文博遠臉色鐵青，卻偏偏說不出駁斥胡小天的理由。

吳敬善道：「兩位大人不必爭執，我看你們說得都有些道理，只是咱們此次行程的最主要目的只有一個，保護公主平安抵達雍都，事有輕重緩急，當前最重要的還是先護送公主離開險地。」

胡小天暗罵吳敬善這老烏龜是個慫貨，遇到危險只想著溜之大吉，根本沒有一丁點的膽色。

胡小天道：「誰願意走誰走，總之我不會走。」說完之後，他停頓了一下又道：「公主也不會走。」說完之後，他看都不看兩人一眼，轉身離開。

吳敬善頓時傻了眼，向文博遠道：「文將軍，你看這件事該如何是好？」

文博遠道：「吳大人，此事我做不得主，你也做不得主，何去何從只能由公主決斷，不如吳大人親往公主營帳一趟，問問她的看法？」

吳敬善苦笑道：「不必問了，公主的決斷定然和胡公公一樣。」

文博遠何嘗不明白這個道理，可是聽到吳敬善當面明明白白說了出來，心中仍然感覺到一陣刺痛。自己對龍曦月真情一片，卻得不到她半點回應，平日裡甚至連多看自己一眼都不情願，反觀她對這個太監言聽計從，恩寵有加，真是讓人著惱。想起臨行之時父親的吩咐，文博遠不由得硬下心腸，龍曦月啊龍曦月，休怪我狠心，是你太過無情。

胡小天回到營帳內入睡，心中暗自盤算如何才能將藏匿在地下的那幫匪徒逼出來，迫不得已的前提下或許只能求助於須彌天了。只是想起她之前答應過要饒自己三次不死，不能隨隨便便將這樣的機會浪費掉。環境迫使人改變，危機四伏的行程迫使胡小天比起昔日更加投入地修煉無相神功。雖然李雲聰教給他的只是最基礎的練氣方法，但是無相神功任何玄妙的招式都是建立在此基礎上，自從窺破練氣的門徑，胡小天在修煉上的進境也是一日千里。

他的身體在不知不覺中產生了變化，最顯著的提升就是，每天睡眠的時間雖然很短，可是卻依然精神飽滿，要知道他這兩天是在長途奔襲外加配合須彌天修煉萬毒靈體的基礎上。

午夜時分，胡小天調息完畢，睜開雙目，聽到外面傳來輕微的鼾聲，士兵巡視的腳步聲，還有篝火發出的劈哩啪啦的聲響。拉開帳門的一條小縫向外望去，卻見自己的營帳外有多名武士在來回巡視，名為保護自己，實際上應該是文博遠派來監視自己的。再往遠處，看到公主營帳外，周默魁梧的背影如同山嶽，巋然不動。

胡小天心中暗自感動，這一路之上，若非這位好大哥無怨無悔的仗義幫助，還不知要遇到多少麻煩。不遠處的一根黃土柱上也有武士負責警戒，那是神策府燕組的成員。胡小天發現自己的營帳完全處在警戒的範圍內，就算有一隻蒼蠅飛進來也會被這幫人察覺。不知須彌天為何會讓自己選擇在這裡紮營？她說晚上要過來找自己，究竟是故意跟自己開個玩笑，還是當真要來？在這樣的警戒措施下，除非她會隱身術，又或者，她能從地底下鑽出來？

想到這裡胡小天不禁心中一凜，鑽洞可是須彌天的強項，他舉目向地下望去，卻見身下毛毯的一角緩緩隆起，然後向上掀開。

胡小天雖然提前想到了這一層，仍然感覺到此時的情景太過詭異，慌忙將放在一旁的暴雨梨花針拿起，須彌天陰測測的聲音在他耳邊響起：「你若是膽敢用那針兒再射我，我就一刀割斷你的命根子。」

胡小天嚇得吐了吐舌頭，慌忙將針盒收了回去，一臉的陽光燦爛，雖然他並不知道須彌天能不能看清此時自己的表情，須彌天已經出現在他的營帳之中。

胡小天搖了搖頭，四仰八叉地躺在了地上，低聲道：「來吧！」既然不能反抗，只能默默享受，胡小天絕對是個明白人，今天大爺心情不好，你想怎麼折騰就怎麼折騰。

耳朵卻被須彌天狠狠擰住，胡小天痛得差點沒叫出聲來。

須彌天以傳音入密道：「混帳東西，你將我當成什麼人了？」

胡小天心中暗道，你是什麼人，老子當然清楚，從頭髮到腳跟，每一根毛我都清楚，這會兒又跟我裝淑女了，當真是又想當那啥，又想立那啥。歸根結底，還不是惦記著老子的小寶貝兒。

須彌天道：「跟我下來再說。」

胡小天暗暗叫苦，須彌天還真是花樣繁多，真是夠卑鄙，夠無恥，身體不是她自己的，也不帶這麼作踐的，得虧是犯在了自己手裡，若是落在他人之手，我嬌俏嫵媚，善解人意的小寡婦樂瑤豈不是要飽受凌辱，須彌天啊須彌天，若是讓我找到機會一定把你給弄死。可轉念一想，還真不能把她給弄死，真要是把須彌天給弄死了，豈不是等於也把樂瑤殺死了，胡小天現在總算知道什麼叫有冤不能伸，有仇不能報了。

跟著須彌天鑽入她進來時候的地洞，初時狹窄，等到腳落在實地之上頓時寬闊起來。黑暗中亮起光芒，卻是須彌天取出了一顆夜明珠照明，她仍然是白天裝扮成傷兵的那身打扮。胡小天看到她的樣子，心中不由得有些後怕，幸虧剛才沒有跟她發生什麼，若是看到這幅尊容，只怕他得把腸子都吐出來。

胡小天道：「練功也成，不過我有個條件，你得以本來的面貌。」

須彌天狠狠瞪了他一眼道：「你不要胡思亂想，今晚我過來找你是幫你的。」

胡小天道：「幫我？」

須彌天道：「峰林峽下方暗藏的地洞錯綜複雜，渾水幫的人對地洞結構極其熟悉，你們想要從峰林峽走出去，必然會付出慘痛的代價。」

胡小天道：「這次幫我是不是有什麼條件？」

須彌天點了點頭道：「聰明！」

胡小天道：「太過分的話我未必會答應。」

須彌天道：「你只需要告訴我一件事，你修煉的是不是無相神功？」

胡小天沒說話。

須彌天道：「其實你不說我也知道，你修煉的一定是無相神功，這套功法你究竟從何處得來？」

胡小天道：「你不是只問我一件事，怎麼又多了一件事？」

須彌天道：「你愛說不說，假如你不對我說實話，我就將你修煉無相神功的事情張揚出去，無相神功乃是天下間至高無上的武學心法，如果消息一旦洩露出去，江湖中人知道原來失蹤多年的無相神功居然在你的手裡，你想想會有什麼後果？」

胡小天不禁一陣心驚肉跳，臉上卻笑瞇瞇道：「你別嚇唬我，我從小就是嚇大的，你無非是下面比老子多一張嘴罷了，可惜都加在一起未必說得過我。」

須彌天氣得雙眸圓睜，凜冽的殺氣鋪天蓋地向胡小天壓迫而來，在這狹小的地底空間內感受尤為明顯，胡小天差點沒因為這強大的壓力而跪倒在地上。丹田氣海內一股溫暖的氣流應激而生，默默抵抗著來自須彌天陰冷凜冽的殺氣。這才感覺胸口壓榨的感覺稍稍緩解了一些。

胡小天深深吸了一口氣，方才道：「你能胡說，我也一樣能胡說，就我這點稀疏平常的武功，就算你傳遍天下也未必有人肯信，可是你卻不同了，我武功雖然不高，可眼力多少還是有一些的。你雖然是天下第一毒師，讓武林中人聞風喪膽，可那都是過去的事情了，你利用種魔大法將魔胎種入樂瑤的體內，奪了她的身體，可是你的武功若是想恢復到巔峰狀態還需相當長的一段時間，而且還需要遇到合適的機緣，巧得很，我恰恰是你的機緣。」

須彌天怒道：「無恥之徒，若不是你用血影金蝥傷了我的靈體，我豈會落入如今的境地。」每念及此，恨不能將胡小天碎屍萬段、挫骨揚灰，方解心頭之恨，可是胡小天說得沒錯，他是毀掉她成就萬毒靈體的人，卻又是她成就萬毒靈體的唯一機會，現在自己拿他還真是沒有太多的辦法。

胡小天正是看清了這一點方才敢在須彌天面前如此放肆，他微笑道：「一日夫妻百日恩。」

「放屁！我跟你沒有半點的情分！」

胡小天嬉皮笑臉道：「沒有情分也有緣分，買賣不成還仁義在呢，更何況咱倆這兩天裡都已經做了八回買賣，若是不滿意，你也不會屢次光顧，對不對？」

須彌天被他說得羞憤交加，偏偏又無可反駁，人家所說的的確是事實。

胡小天道：「既然是生意，大家還是好好合作，互利互惠的好。你從我這裡拿到你所需要的，我多少也要從你這邊撈取一點好處，總不能從頭到尾都是你占我的便宜，天下間好像沒有這樣的事情吧？」

須彌天道：「惹火了我，大不了跟你玉石俱焚。」

胡小天道：「我只是一個地位卑賤的小太監，您卻是天下聞名的第一毒師，以您的身分跟我玉石俱焚，說出去豈不是讓人笑掉大牙？您這尊貴的明青花瓷跟我一塊爛磚頭較什麼勁？」

須彌天被他氣得差點沒背過氣去，這小混蛋實在是太可惡了。

胡小天又道：「無相神功是什麼我不知道，不過你真想知道這套功夫是誰教給我的，我也不會瞞著你，畢竟咱倆都熟到那份上了，你雖然無情我不能無義，這套內功心法是我在入宮的時候權德安交給我的，有什麼用處我也不清楚，當初他為了讓我入宮有自保的能力，還將自身十年的功力傳授於我。」胡小天絕對是個撒謊連眼皮都不眨一下的角色。

須彌天本來也是智慧超群，心機萬重之人，可是任何人都有自己的剋星，胡小天恰恰就是她的剋星。須彌天殺他一萬次的心都有了，可偏偏又不能這樣做，可以說胡小天的生死和她息息相關，無論她願不願意，在她成就萬毒靈體之前，和胡小天都撇不開關係。

胡小天這番話說得可信度極高，縱然是須彌天也找不出任何的漏洞。胡小天體內的確有異種真氣，以須彌天的修為當然能夠推測出這真氣絕非胡小天修煉而成，乃是外來輸入，一直以來她都沒有詢問過這件事，現在胡小天坦然相告，剛好和她的推測相符，至於無相神功可以化解異種真氣，融為己用，權德安傳給胡小天這種功法，真正的目的可能是為了幫助他克服走火入魔。

須彌天此時已經信了八成，暗自將權德安記在了心頭。卻不知這恰恰是胡小天想要達到的目的，權德安啊權德安，你陰了我這麼多次，我還給你一次也不過分，等須彌天找你討要無相神功的時候，看看你們到底是誰更厲害。

須彌天語氣稍緩：「你當真沒有騙我？」

胡小天道：「騙你對我又有什麼好處？我也不瞞你，這什麼無相神功，他只教給了我練氣打坐的方法，其他的什麼都沒有教給我。」

須彌天道：「你不用擔心，無相神功雖然讓天下人垂涎，但是對我卻是一點用處都沒有，我只是好奇，所以才問你。」

胡小天心想沒用才怪，魯家村的事情仍然歷歷在目，幾名武士全都被鯨吞大法吸成了乾屍，顯然是須彌天所為，她是想要吸取那幾名武士的內力，以達到短時間內迅速提升功力的目的。既然是吸取別人的功力就會有隱患，她應該也需要無相神功來化解體內的異種真氣。胡小天笑道：「也是，你練不練都是一樣，反正咱們合作練功，互通有無，我練就等於你練。」

須彌天又想罵他無恥，可現在已經習慣了，這廝要是循規蹈矩反倒不正常了。冷冷道：「你若是對我以誠相待，我必然不會虧待你。」

胡小天眉開眼笑道：「咱倆都到了這個份上了，何必說得那麼見外。」

須彌天跟他劃清界限道：「除了練功之外，咱們沒有任何關係。」

胡小天道：「那就是生意了，我明白，你有需要儘管找我，我不擔心你賴我賬。」

須彌天顯然不想跟他在這種事情上繼續糾纏，低聲道：「想要平平安安離開峰林峽，你最好不要胡說八道。」

胡小天一聽她要幫助自己，不禁大喜過望：「你有這地洞的詳圖？」

須彌天並沒有直接回答他的問題：「渾水幫原本是不敢惹這種麻煩的，他們的背後有人指使。」

胡小天道：「還請彌天姐姐指明這幫人的老巢所在，我回頭召集人馬將他們來個一網打盡。」

須彌天皺了皺眉頭，這貨的一聲彌天姐姐叫得她起了一身的雞皮疙瘩，自己跟他何時變得這麼熟的？她冷冷道：「你不用這麼稱呼我。」

胡小天道：「那我叫你什麼？瑤兒？文才人？還是天天？要麼我乾脆叫你姐姐。」

須彌天感覺周身的雞皮疙瘩都要炸裂開來，這小子實在是太肉麻了，聽他這樣稱呼自己簡直如同被人下毒一般難受，搖了搖頭道：「好了，隨你吧！」

胡小天笑道：「那還是叫你姐姐，親近些，叫起來也順口一些。」

須彌天狠狠瞪了他一眼道：「再敢亂叫，信不信我揍你啊？」她就快忍無可忍了。

胡小天縮了縮脖子，吐了吐舌頭：「我裝啞巴就是。」這貨倒是深諳見好就收的道理。

須彌天道：「我帶你過去。」

胡小天以為自己聽錯：「什麼？」

須彌天道：「現在距離天亮大約還有兩個時辰，咱們去渾水幫的老巢，將他們一網打盡還來得及。」

胡小天道：「就憑咱們兩個，是不是人手有點少啊，姐啊，我知道您武功蓋世，可是我不成啊，我除了會點跑路的功夫，其他的一無所長。」

須彌天道：「有膽子就跟我去，不然你就老老實實滾回去睡覺，和你的那幫膿包手下一起殺出峰林峽。」

胡小天點了點頭道：「成，我跟你去，你都不怕，我一個大老爺們又有什麼好怕，不過話說回來，姐，你會保護我的對不對？」

須彌天被他噁心得久了，居然也變得適應了，他愛怎麼叫就怎麼叫，你認我當姐姐，老娘可沒認你當弟弟，該殺你的時候一樣不會手軟。

第十章

傳說中的鯨吞大法

胡小天看到眼前一幕從心底感到發寒，
我靠！這娘們是白骨精轉世？竟然活生生吸取別人的內力，
難道這就是傳說中的鯨吞大法，果然拉風，
照著這種速度，須彌天豈不是隨隨便便就能夠成為天下第一？

胡小天跟著須彌天在地洞之中蜿蜒而行，須彌天走得飛快，胡小天唯恐被她落在這迷宮一樣的地洞裡，真要是那樣，只怕是要活活餓死在這暗無天日的地下了，於是連吃奶的力氣都拿了出來，緊跟在須彌天身後。自從學會了躲狗十八步，他腳下的步法不知不覺已經有了本質上的提升，再加上無相神功對他內息的巨大幫助，居然能夠跟上須彌天的步伐。

須彌天雖然始終沒有回頭，卻無時無刻不在傾聽胡小天的腳步和氣息聲，心中嘖嘖稱奇，難怪天下人都想將無相神功據為己有，胡小天只不過初窺門徑，就已經達到如此的境界，他日如有所成那還了得。要說這小子絕不是個尋常人物，最初認識他的時候，還以為他只不過是權德安派入皇宮內的一個普通小太監，卻想不到他根本就是個假貨，而且身上還背負著那麼多的絕藝。拋開他的身分不談，他的相貌倒也稱得上英俊，想到這裡，須彌天的面孔在黑暗中沒來由一熱，自己為何會想到這些，腳下步伐慢了下來，胡小天沒想到她突然減速，來不及收住腳步，整個人撲在須彌天的身後。

須彌天陰森森道：「想死了咩？」

胡小天暗罵，老子是不小心好不好？還當我想占你便宜嗎？他低聲道：「不好意思，不好意思，沒剎住車。」

須彌天低聲道：「前方就是他們的老巢了。」

胡小天舉目望去，前方仍然是黑漆漆一片，地洞連著地洞，他壓低聲音道：「我怎麼看不到？」

須彌天道：「拐過去就到了。」

胡小天佯裝明白，點了點頭，從靴筒中將匕首抽了出來，咬牙切齒，一副兇神惡煞的模樣，可心底卻是沒底，低聲道：「他們大概有多少人？」

「三四百人吧！」

胡小天膝蓋一軟，一條腿咚地跪在了地上。

須彌天看到這廝嚇成了這個樣子，險些沒笑出聲來，及時意識到在他的面前決不能笑，否則他還以為自己對他有意思呢，冷冷瞥了他一眼，目光中充滿鄙夷之色：「要是害怕，現在回去還來得及。」

胡小天道：「你送我嗎？」

須彌天搖了搖頭。

胡小天道；「那不是死路一條？」

須彌天道：「生死全在你的一念之間。」說完，她將用來照明的夜明珠收好，宛如鬼魅般向前方飄移行去，胡小天用力眨了眨眼睛，黑暗中看不清楚，只感覺她的雙足似乎和地面毫無接觸，我靠啊，敢情碰上了一採陽補陰的女鬼。他也不敢落後，握著匕首緊跟須彌天而去。

轉過前方的拐彎，感覺眼前霍然開朗，卻見前方光明乍現，卻是地洞中懸掛著兩盞燈籠，兩盞燈籠之間有一個黑魆魆的洞口，洞口旁站著兩個人，應該是渾水幫負責值守的幫眾。

須彌天道：「你去把他們兩人幹掉。」

胡小天愕然道：「我去？姐啊，你是我親姐，我哪有那個本事啊。」

須彌天狠狠瞪了他一眼，心想誰是你親姐，親姐弟哪有做那種事情的？她低聲道：「有沒有那個本事，試了才知道，我覺得你還是蠻厲害的。」

言者無心，聽者有意，胡小天聽到須彌天這句話，不由得挺起了胸膛，看來自己此前的服務得到了天下第一毒師的充分肯定，男子漢大丈夫，在女人面前可不能認慫，衝上去就衝上去，打不過老子還會逃啊，胡小天對自己逃命的功夫還是頗為自信的。

咬了咬牙正準備衝上的時候，又停下來轉向須彌天道：「你說我是神不知鬼不覺地去暗殺他們呢，還是光明正大地憑實力將他們幹掉？」

須彌天樓冷冷道：「神不知鬼不覺？你有那個本事嗎？少廢話，時間緊迫，你如果不出手，就來不及了。」

胡小天狠下心來，今天老子就來個單槍匹馬蕩平匪巢，這貨躡手躡腳走了過去，雖然早晚要暴露，晚點暴露總比早暴露要好，他也已經盤算好了，只要驚動了那兩人，馬上就撒腿快跑，把人引到須彌天跟前，不愁她不出手。想到這裡胡小天心中暗自得意，轉身朝須彌天又看了一眼，這一回頭他不由得大驚失色，哪裡還有須彌天的影子，這會兒功夫她不知藏到了哪裡。

胡小天心中暗罵，臭娘們，你居然坑我，當真是一點人情都不講啊，趁著沒被人發現，老子還是趁早溜走為妙，真要是驚動了這四百多名窮凶極惡的匪徒，我豈不是要被千刀萬剮。

胡小天躡手躡腳又向後退去，可方才挪動了一下腳步，就聽到噹一聲，不知哪兒飛來了一隻破碗，剛巧在他的腳下摔了個粉碎。兩名值夜的匪徒瞬間驚覺，舉目望向胡小天的位置。

胡小天木偶一樣僵在那裡，心中默念道：「看不見我，看不見我！」耳邊響起一聲炸雷般的大吼聲：「呔！來者何人，竟敢擅闖我渾水幫總堂。」

胡小天知道已經行藏敗露，無奈搖了搖頭，然後笑容可掬地拱了拱手道：「過路的，湊巧從這裡經過，兩位兄弟不要慌張，我這就走。」

一人抽出大砍刀向胡小天追逐而來，另一人搖響了銅鈴，噹噹噹之聲不絕於耳，整個地洞之中到處都迴盪著這種聲音，喊殺聲瞬間從四面八方向胡小天迫近。

胡小天環視周圍，這下可了不得，不知從何處湧來了這麼多的匪徒，至少有四五百人。

胡小天心中把須彌天祖宗八代問候了一遍，剛才還以為她好心幫自己，搞了半天是把自己弄到這裡當炮灰。

胡小天大聲叫道：「快出來幫我，快出來幫我。」

他的嗓門雖然不小，可是卻被那幫匪徒的喊殺聲完全掩蓋。

在門前駐守的大漢率先殺到，揮動手中大砍刀照著胡小天摟頭就砍，胡小天不敢戀戰，雙手一揮，腳底抹油，哧溜一聲就從那大漢面前消失，大漢本以為一招必殺，卻沒有想到胡小天溜得這麼快，眨了眨眼睛，幾乎不能相信眼前的事實。

胡小天逃得雖然很快，可是架不住對方人多，這邊剛逃過刀砍，那邊又有人揮舞棍棒攔腰橫掃，胡小天什麼也顧不上了，唯有將躲狗十八步用到了極致，在數百名匪徒之中來回穿梭，在刀鋒劍刃槍尖之間不停遊走，數次命懸一線，眼看就要被武器刺中，偏偏就被他飄忽的身形躲過。

匪徒之中也不乏有眼力之人，其中有人提醒道：「大家圍成一層層圓圈，長槍在前，將他困在中心，戳他一千個窟窿。」

胡小天聽得真切，心中暗罵，老子跟你多大仇啊，居然狠到要戳我一千個窟窿，那還有人樣嗎？

眼看對方組織起來，長槍環圍在他周圍，形成了一個圓圈，一根根冷森森的槍尖瞄準了中心，圓圈緩緩向中心縮小，胡小天心知完了，躲狗十八步再厲害，也逃不過對方的鐵桶陣，這是要把自己往死裡玩的節奏，現在裝死只怕也來不及了。

胡小天還算沒有亂了方寸，危急關頭，這貨一揚手，匕首反轉，照著自己的脖子就抹：「不勞你們費事，老子自己來！」

所有匪徒都是一愣，看到這貨直挺挺倒了下去，一個個面面相覷，沒見誰的刀槍落在他的身上，他怎麼就倒了呢？

多數人也都看到了胡小天自己抹了自己的脖子，可並沒有看到血噴出來，不科學啊！

就在眾人遲疑的剎那之間，胡小天瞅準機會，來了個就地十八滾，玄冥陰風爪抓住一名持槍匪徒的襠下，猛然用力，捏得那廝臉都綠了，完全喪失了反抗能力，胡小天抓住這難得的時機將他制住，用他作為自己的擋箭牌。

幾名持槍歹徒率先反應過來，十多桿明晃晃的長槍同時向胡小天的身上扎去，顯然沒有在乎這名同伴的死活，胡小天用力將那名匪徒推了出去，只聽到噗！噗！噗！槍尖入肉的聲音接連響起，被他當成擋箭牌的那名匪徒身上已經多出了十幾個透明的窟窿，顯然是無法活命了。

胡小天雖然僥倖逃出對方的槍陣，可外面還有一層刀劍組成的大網，躲狗十八步雖然精妙，玄冥陰風爪也是殺傷力十足，可是在對方數百倍於自己的前提下，胡小天就快無路可退，這廝不止一次死裡逃生，能夠活到現在實屬不易，正是因為如此才格外珍惜自己的性命，哪怕還剩下一絲一毫的生存機會，他都不會輕易放棄，所以胡小天仍然在苦苦支撐，眼看著周圍匪徒越聚越多，放眼望去密密麻麻全都是人頭，胡小天心中暗歎，就算今天死在這裡，也要多拉上幾個墊背的。

想起今天的遭遇，胡小天恨得咬牙切齒大吼道：「須彌天，要是讓老子抓住你，老子要戳你一萬下！」

這貨太緊張，本想在須彌天身上戳一萬個窟窿的，卻走形變成了這句話。就在此時一個冷冰冰的聲音道：「一群廢物，這麼多人打一個都還打不過。」

胡小天聽出是須彌天的聲音，不禁大喜過望。那幫匪徒卻是一怔，此時方才留意到胡小天還有一個幫手埋伏在附近。

那聲音分明是從他們老巢的入口傳來。雖然現場喊殺聲一片，卻沒有遮住這冷冷淡淡的聲音。

須彌天此時已經恢復了原來的容貌，俏生生站在燈籠前方，燭光朦朧，將她絕美的輪廓強調得越發動人，一雙眸子冷冷望向現場的匪徒，不緊不慢道：「傾巢而出，不壞不壞，省去了我不少的精力。」

那幫匪徒看到居然是一位絕代佳人出現在他們的地底老巢，一個個色授魂與，竟然忽略了胡小天這個人人得而誅之的倒楣蛋，幾乎所有人的精力都集中在須彌天的身上。

落草為寇也好，占山為王也罷，這幫人最常見的就是劫財劫色，在他們眼中，胡小天註定是一個死人，自然比不上一個嫵媚動人的美女更有吸引力。

匪眾之中一個粗嗓門嚷嚷道：「這細皮嫩肉的小娘們是我的了，老子讓她給我當壓寨夫人，誰也不能跟我爭！」

須彌天俏生生站在那裡，輕聲道：「想我給你當壓寨夫人，那就過來啊，讓我看看你的樣子，配不配得上我。」

一個身高丈二的大漢從人群中擠了出來，正是渾水幫昔日的二當家趙守義，自從大當家嚴白濤戰死之後，他就暫時成為渾水幫的帶頭人，不過這廝性情殘暴貪婪，並不得人心。

看到須彌天宛如仙子般出現在眼前，趙守義不覺色心大動，分開眾人走了出去，一臉淫笑道：「小娘子，你不用害怕，這裡所有的人都得聽我的，只要你乖乖跟我走，當我的壓寨夫人，就沒有人敢欺負你。」

須彌天道：「這麼說，你是這裡當家的？」

趙守義看了看兩旁，一臉倨傲道：「那是當然。」

須彌天點了點頭道：「很好！」話音剛落，一掌揮出，凜冽的寒氣從四面八方向趙守義包繞而來，胡小天雖然相隔遙遠也感覺到凜冽的寒意逼迫而來，更不用說首當其衝的趙守義。

眾人舉目再看之時，卻見趙守義在瞬間已經變成了一個冰人，整個人凝固在那裡，周身籠罩著一層厚厚的冰霜。震駭讓現場陷入了一片死寂，持續了好長一段時間這群匪徒方才如夢初醒般醒了過來，同聲大吼著向須彌天衝去。

須彌天冷哼一聲，嬌軀原地旋轉，以她的身體為中心，一片藍色的沙塵漩渦向周圍輻射而去，藍色毒砂沾染到率先衝向她的幾十名匪徒的身上，那群匪徒慘叫著倒在了地上，因為奇癢而忍不住去抓撓肌膚，肌膚一旦被撓破，毒砂遇血即融，轉瞬之間身體就已經融化成一灘血水。

這幫匪徒不乏窮凶極惡之輩，他們過著的也是刀頭舔血的日子，但是沒有人見過如此恐怖的場面，此時再沒有人為須彌天的美色所動心，在他們眼中，須彌天無疑已經化身成為這世上最為可怖的惡魔。

看到幾十名同伴在頃刻間化為血水，其餘人哪還敢戀戰，轉身就想逃，只恨爹娘少生了兩條腿，可即便是僅有的兩條腿似乎也已經不再當家，軟綿綿毫無力量。不但匪徒如此，連胡小天也是如此，按理說他沒理由害怕，救星來了，他本應該高興才對，只感到心底一口氣根本無法提上來，雙腿無法承受身體的重量，撲通一聲就跪倒在地上，眼前先是金星亂冒，然後看到了五彩繽紛的顏色，鼻息中一股類似於奶香的味道，醺人欲醉，卻又讓人打心底想要深吸一口氣。

胡小天還算好的，看到周圍數百名匪徒七擰八歪地或坐或臥，完全喪失了反抗能力。胡小天此時終於明白，須彌天之所以悄悄躲起來，原來是要利用自己吸引這些匪徒出動，等到渾水幫匪眾傾巢而出，她這才出手，自己根本就是一個誘餌。

須彌天輕移蓮步緩緩向眾人走來，來到一名匪徒面前，姿態優雅地揚起右手，五指如同蘭花輕舞，緩慢拂落在那匪徒的頭頂。

讓人驚恐的一幕出現了，那名匪徒周身劇烈顫抖著，短時間內，一頭黑髮變成了灰色，隨之又變得蒼白如雪，原本年輕的面孔也在瞬息之間經歷了從青年到中年再到老年的變化，他的身體如同一塊磁鐵，吸引身後同伴一個個緊貼在他的身上，共有十八名匪徒身體相貼，就好像人形蜈蚣一般，他們的內力沿著他們的肉體形成的通道最終流入到須彌天的體內。

須彌天原本蒼白如雪的俏臉漸漸現出一絲紅意，隨著外來內力流入的增多，臉色更變得嬌豔如花。

胡小天看到眼前一幕從心底感到發寒，這娘們是白骨精轉世？竟然活生生吸取別人的內力，難道這就是傳說中的鯨吞大法，果然拉風，照著這種速度，須彌天豈不是隨隨便便就能夠成為天下第一？

十八具乾枯的屍體緩緩倒在了地上，目睹如此場面，那些倖存的渾水幫幫眾只當是遇到了吃人妖怪，嚇得魂飛魄散，只可惜他們空有逃走之心，卻沒有逃走之力。唯一能做的只是搖尾乞憐，慘叫哀嚎。

須彌天閉上雙眸，深深吸了一口氣，再度睜開雙眸之時，雙目之中隱約流露出幽藍色的光芒，冷冷道：「誰再敢作聲，他們就是下場。」

這聲恐嚇果然靈驗，嚇得那幫人慌忙閉上了嘴巴，現場死一般沉寂，連一根針落下的聲音都聽得到。

須彌天緩步來到胡小天面前，胡小天滿臉的陽光燦爛：「姐，我就知道你一定會來救我。」

須彌天呵呵笑了一聲，用傳音入密向胡小天道：「剛剛是誰咒罵我來著？」

胡小天轉向眾匪道：「誰？剛剛是哪個混蛋罵我姐來著？」這貨畢竟吸入了一些毒霧，說起話來有氣無力。

那幫匪徒誰也不敢接話，生怕觸怒了須彌天，被她變成乾屍。可誰也不想替胡小天背黑鍋，一個個拚命搖頭，意思是跟自己無關。

有人覺得這樣的表達方式還不到位，於是伸出手指指向胡小天，動作統一，步調一致，乍一看跟做團體操似的。

須彌天陰森森望著胡小天道：「這麼多人證，你還想抵賴？」

胡小天道：「你有沒有搞錯？他們也算人？就算是人也是咱們的敵人，咱們端了他們的老巢，幹掉了他們這麼多人，他們心中不知有多麼恨咱們，當然想咱們自相殘殺，巴不得你一巴掌把我給拍死了，你這麼聰明，該不會上這幫小賊的當吧？」

須彌天道：「聽起來的確有些道理。」她轉向眾人道：「剛才誰聽清他說了什麼？如果實話實說，我就放他一條生路。」

生機面前人人奮勇當先，不過胡小天當時咒罵須彌天的時候，周圍也就是十幾個人聽得清楚，一人搶先道：「他說，須彌天，要是讓老子抓住你，老子要戳你一萬下……」

話音剛落，須彌天已經揚起手來，那人的身體被一股無形的吸引力所牽引，不由自主向須彌天飛了過去，須彌天隔空一掌拍在他的身上，那名匪徒瞬間凝固成一具冰屍，身體凝固之後仍然繼續向須彌天飛去，距離須彌天還有一丈左右，須彌天掌力再次催發而出，冰凍的屍體被掌力擊碎，血肉碎成千片萬片，粉身碎骨不外如是。

胡小天心中暗歎，須彌天性情暴戾，出手冷血無情，但凡心中稍不如意就要奪人性命，那名匪徒的確是實話實說，這年頭說實話就得死嗎？

胡小天道：「此事和他們無關，你心中有火衝著我來就是，何苦傷及無辜？」

須彌天點了點頭，一把將胡小天抓了起來，足尖一點，幾個起落已經來到渾水幫的老巢內，胡小天舉目望去，卻見地上橫七豎八全都是屍體，看來剛才在自己吸引渾水幫幫眾注意力的時候，她已經將這裡負責守護老巢的匪徒殺戮殆盡，此女實在太過冷血，殺性太重。

須彌天咬牙切齒道：「胡小天，你竟敢暴露我的身分。」

胡小天笑瞇瞇道：「姐，這事兒可不怪我，分明是你坑我在先，當時那種情況你也看到了，那麼多人圍攻我一個，我以為當時必死無疑，人之將死其言也善，我也沒說什麼壞話。」

須彌天柳眉倒豎道：「如此卑鄙無恥，下流齷齪還說不是壞話？」

胡小天道：「我這樣說恰恰證明你對我有不可抗拒的吸引力，所以一下不夠，一百下不夠，一千下還不夠，至少也得一萬下，若是我能不死，別說一萬下，十萬下也是應該的。」

須彌天雖是個殺人不眨眼的女魔頭，可是遇到胡小天這種無恥之尤的人物也極其頭大，這貨難道就沒有一絲一毫的羞恥感嗎？憋了半天只說了一句：「無恥！」

胡小天道：「無恥者方能無畏，我不怕死，就怕不明不白的死，尤其是死在那幫上不了檯面的蟊賊手裡，能死在姐姐手裡乃是小天的榮幸，石榴裙下死，做鬼也風流。不過小天還有一樁心願未了，現在還不能死。」

須彌天道：「你有什麼心願？」

胡小天道：「我的心願就是幫姐姐練成萬毒靈體，我死了不怕，就怕會影響到姐姐。」

須彌天道：「胡小天，你不用在我面前花言巧語，你心中怎麼想，我全都明白。」

胡小天道：「明白就好，姐姐果然是我的知己呢。」他一口一個姐姐，叫得須彌天心煩意亂，其實她壓根也沒打算殺他，點了點頭道：「今次且饒你不死，我幫了你這麼多次，以後再有什麼事情，你自生自滅吧。」

聽她這樣說，胡小天知道又成功躲過了一劫，心中暗自得意，天下第一毒師又如何？白骨精又怎樣？老子有一根如意金箍棒，專打你這隻白骨精。他低聲道：「剛才的那手功夫就是鯨吞大法吧？」

須彌天淡然道：「也算是有些見識。」

胡小天道：「難道你當真想把外面那幫人的內力全都吸乾淨？」

「怎樣？」

「其實這件事跟我也沒多大關係，只是我曾經聽權德安說過，利用這種方法獲得的內力，固然可以在短時間內飛速提升武功，可是根基並不牢靠，而且以後會有走火入魔的可能，吸入異種真氣越多，危害也就越大，一旦武功壓制不住這些異種內力，造成反撲，只怕無人可救。」

須彌天道：「你怕我死？」

胡小天點了點頭道：「怕！」

「我不需要你的關心。」

胡小天道：「你可以不需要，但是不能阻止我，對你的關心我是發自內心。」

「假惺惺！」須彌天送給胡小天冷冰冰的三個字，隨即又道：「你說的這些道理我都懂，不如你將無相神功傳給我？」

「行！我只會一些基礎的調息練氣口訣，你聽仔細了。」

須彌天本意是給胡小天出個難題，卻沒有想到他居然想都不想就應承下來，心中不僅有些驚奇同時又對胡小天產生了些許的好感，別的不說，單憑無相神功四個字就被修武者奉為至寶，胡小天毫不藏私，這廝的氣魄絕非尋常。

須彌天道：「你不用說了，我不想聽，而且無相神功對我毫無用處，他們搶走的東西，多半已經搬入了老巢，找到那些東西並不難。」她說完欲走。

胡小天慌忙叫住她道：「姐姐好像還忘了一件事情。」

須彌天皺了皺眉頭：「什麼事情？」

「勞煩姐姐將我所中的毒給解了。」須彌天道：「我還以為無相神功無所不能，修煉無相神功的人百毒不侵呢。」

胡小天並不介意她的嘲諷，笑道：「我學的只是最粗淺的入門功夫，再說我這個人在武學方面的悟性實在太差，這輩子是沒有指望了。」

須彌天道：「膽小如鼠，你中的不是毒煙，而是迷煙，找些冷水潑在臉上，一會兒就能清醒過來。」

「那些渾水幫眾也是一樣？」

須彌天道：「看情形他們恢復的速度要比你晚一些，你恢復之後大可一個個將他們殺了。」

胡小天想想外面還有幾百口子人，若是全都將他們殺了，豈不是雙手沾滿了血腥？其實剛才為了性命相搏的時候去殺人倒沒有覺得什麼，可是要讓他去殺那些已經完全喪失了反抗能力的人，胡小天反倒有些於心不忍了。他笑道：「姐姐不留著吸取內力了？」

須彌天冷冷道：「以後不許你在我面前提起這件事。」

胡小天暗罵須彌天虛偽，許你做不許老子說，要說這個鯨吞大法還真是讓人有些毛骨悚然，哪天這女人心情不爽，豈不是要把自己給吸成人乾？不過轉念一想，自己被她吸也不是第一次了，他笑道：「姐姐說什麼就是什麼，不過這幾百人全都殺了，我還真是有些不忍心。」

須彌天道：「何時變得如此滿懷慈悲了？」

胡小天道：「得饒人處且饒人，沒有人生來就願意做賊的，不如給他們一個改過自新的機會？」

須彌天道：「婦人之仁，那些人都是一些窮凶極惡之徒，你放過他們，無非是讓他們多找殺孽，以為自己是在做好事，其實適得其反。」

胡小天道：「當然不能這麼輕易就放了他們，你不是天下第一毒師嗎？想要讓他們老老實實服服貼貼還不容易，應該有一種可以控制他們的慢性毒藥吧？聽話，就定期給他們解藥，不聽話就讓他們自生自滅。」

須彌天看著胡小天陰險的表情，這才明白他想要做的是什麼，點了點頭道：「我就說你沒那麼好心。」

胡小天嘿嘿笑道：「姐姐放心，我對你可沒有一丁點的壞心腸。」

須彌天道：「因為你不敢。」

胡小天居然壯著膽子伸出手臂摟住須彌天的香肩道：「不敢，也不捨得。」

須彌天一張俏臉冷若冰霜：「放開你的爪子，再敢無禮，信不信我將你的這隻狗爪子給剁下來？」

胡小天慌忙將手從她的肩膀上拿下來，須彌天喜怒無常，惹火了她說不定真會這麼幹，自己的這雙手對她來說價值遠不如自己的小寶貝兒。

須彌天道：「我才不會將藥物浪費在這幫廢物的身上，既然你想救他們，你自己去。」她居然摔開胡小天自行離去。

胡小天追不上須彌天的腳步，只能回頭來到外面，那數百名匪徒仍然癱軟在那裡，一個個表情顯得非常惶恐。胡小天雖然沒有從須彌天的手中得到用來控制這幫人的藥物，可是他仍然有自己的辦法。清了清嗓子向眾匪道：「你們所中的毒名為九轉回環，何謂九轉回環？顧名思義，就是中毒之後當時並不會死，可是如果我不給你們解藥的話，這輩子就會反覆發作九次，開始的時候是一年發作一次，然後是半年，然後是三個月，然後越來越頻繁。」

那幫匪徒剛才就已經被須彌天嚇得魂飛魄散，這會兒聽到胡小天如此說，根本顧不上辨別他說的究竟是真是假，一個個苦苦哀求，只求饒過他們的性命，哪怕是以後給胡小天做牛做馬都成。

胡小天道：「依著我姐的意思，是要將你們全部殺光，一個不留。」

匪徒嚇得哀嚎不已，乞憐不斷。

胡小天故意嘆了口氣：「可上天有好生之德，我實在不忍心殺了你們這麼多人的性命，所以我決定放你們一馬。」在皇宮混跡了這麼久之後，這貨撒謊的本事是越發高明。

那幫匪徒聽說可以活命，一個個欣喜不已，搶著表白忠心，只要胡小天饒了他們的性命，無論做什麼都願意。

胡小天從匪徒中挑選了一個叫梁英豪的帶頭人，看他談吐辦事也算機靈。梁英豪的武功在這幫匪徒之中也是出類拔萃的幾個之一，為人頗有眼色，恢復行動自如之後，就引著胡小天進入老巢，之前丟失的嫁妝果然一件不少。

梁英豪陪著笑臉道：「大人，你們是從何處而來？到何處而去？」

胡小天道：「連這都不知道，為何就敢打劫我們？」

梁英豪道：「不瞞大人，我等事先接到消息，說有肥羊經過峰林峽，所以才起了貪念。大人，你們究竟是何方神聖？居然有如此排場陣仗？」

胡小天心中一怔，看來背後還有人指使，不過從這幫匪徒身上也問不出太多的真相，嘆了口氣道：「做賊也是要有眼光的，我們此行是為了護送安平公主前往大雍成親，你們劫的乃是公主的嫁妝。」

這群匪徒聞言大驚失色，搶劫公主的嫁妝，那可是抄家滅族的重罪，就算他們逃到天涯海角，朝廷也不會放過他們。梁英豪後悔不迭道：「若是事先知道這樣，我等無論如何也不敢做出攔路搶劫的事情。」

胡小天道：「做都做了，現在說這種話還有個屁用！」

梁英豪抬起袖子擦了擦額頭上的冷汗：「我等以後一定誓死效忠大人，為大人赴湯蹈火在所不辭。」

胡小天嘿嘿奸笑道：「識時務者為俊傑，只要你們對我忠心，以後少不得飛黃騰達，升官發財也指日可待。」

梁英豪使了個眼色，一幫匪徒全都跪了下去：「我等誓死效忠大人，如有異心，天打雷劈不得好死。」

胡小天滿意地點了點頭道：「全都起來吧，知錯能改善莫大焉，總之你們安心為我做事，我以後虧待不了你們。」

胡小天讓他們帶路，將之前搶劫的兩車嫁妝幫忙送了出去，若非有這幫劫匪帶路，胡小天肯定沒那麼容易從這錯綜複雜如同迷宮一般的地洞中走出去。

走出地洞，看到外面仍然是漆黑一片，梁英豪指了指東南角的方向：「大人，你們的營地在那裡？」

胡小天看出他表情猶豫，顯然是有些害怕，微笑道：「不用怕，我說你們沒事就不會有事，跟我一起過去，這麼多的嫁妝總不能讓我一個人扛回去吧？」

梁英豪道：「大人，今天我們傷了你們不少的兄弟，只怕其他人未必像大人這樣著想。」

胡小天點了點頭道：「也罷，你們先留在這裡吧，等我從雍都回來，再跟你們聯絡。」

梁英豪抬頭看了看夜空，天空中沒有月亮，也沒有一顆星，他低聲道：「看情形明天會有塵暴，大人還是率隊儘快通過峰林峽吧。」

胡小天道：「這峰林峽迷宮似的，沒有嚮導可沒那麼容易走出去。」

梁英豪咬了咬嘴唇，鼓足勇氣道：「這樣，我跟大人一起過去。」

胡小天笑道：「這樣最好不過。」他發現梁英豪不但有眼色，居然還有些膽色，證明自己看人的眼光還是非常準確的。

負責放哨的武士看到遠處兩個身影舉著火把走來，慌忙出聲示警。幾名守在高台上的武士紛紛彎弓搭箭，一旦確認來的是敵人，馬上就會施射。

胡小天大聲道：「都給我住手，是我！是我回來了！」

那幫武士簡直不能相信自己的眼睛，借著火光看清，來人的確是胡小天無疑，胡小天一邊揮動火把，一邊揚聲道：「是我回來了，我把公主的嫁妝全都找回來了。」

此時營地之中陸續有人出來，文博遠率先來到胡小天面前，怒道：「你去了哪裡？」

胡小天沒好氣道：「我憑什麼要向你交代？」

唐家兄弟也聞訊趕來，聽說胡小天找回了嫁妝，頓時欣喜若狂，胡小天讓他組織幾個人前去搬東西。

胡小天此次可謂是風光八面，獨自一人居然就找回了丟失的嫁妝。

文博遠當然知道胡小天不可能獨自完成這樣的任務，目光冷冷投向梁英豪，憑著他的直覺，感到問題極可能出在這個人的身上。梁英豪被文博遠充滿殺機的目光所懾，不由自主低下頭去，文博遠森然道：「你是什麼人？」

梁英豪望向胡小天求助，胡小天道：「我的人，我找來的嚮導。」

文博遠道：「此人鬼鬼祟祟，形跡可疑，十有八九就是渾水幫的匪徒！」

胡小天哈哈笑道：「是又如何？不是又如何？我有必要向你交代嗎？」

「你……」

胡小天向他走近了一步，雙目灼灼盯住文博遠道：「皇上讓你負責送親隊伍的安全，你這一路之上都做了什麼？損兵折將不說，還多次驚擾公主，丟失嫁妝，任人唯親，仗著自己手下人多作威作福，排除異己。現在我把丟失的嫁妝找來了，你卻對我百般刁難，對我找來的嚮導百般質疑？你到底是何居心？」

文博遠怒道：「尋找嫁妝又不是什麼見不得人的事情，你為何要鬼鬼祟祟的離開？為何要掩人耳目，這麼多的嫁妝，你如何一個人弄回來的？不要以為別人都是傻子。」

吳敬善這會兒也聞訊趕來，臨來之前他就已經預料到，胡小天和文博遠之間必然又要產生一場爭執，事情果然如他所料，看來這兩人之間已經勢同水火，斷難緩和了，不過聽說嫁妝已經找了回來，吳敬善也是心中大慰，他悄悄將文博遠拉到一邊，低聲勸道：「文將軍，你又何必刨根問底，只要嫁妝找回來就好。」

文博遠道：「吳大人，並非我要刨根問底，而是此事有詐，必須問個清楚。」

吳敬善嘿嘿笑了起來：「有詐？是文將軍太過多疑了吧，胡大人辛辛苦苦將嫁妝找回來，依老夫看，是好事，大好事，老夫必然要將此事奏明皇上，讓皇上重重賞賜於他。」這番話中已經明顯流露出對文博遠的不滿。

文博遠面色陰沉，他當然能夠覺察到吳敬善近來的變化，緩緩點了點頭道：「吳大人既然這麼說，末將也不好再說什麼，只是為了公主的安全，還需多多謹慎。」他的目光投向遠處的梁英豪道：「突然找回了嫁妝，又突然找到了一個嚮導，吳大人以為但憑著他們兩個，可以將這麼多的嫁妝運到這裡嗎？」

吳敬善撫鬚笑道：「有些時候又何必在意過程，只要結果是好的就已經足夠。」他的心理天平已經在不知不覺中偏向了胡小天的一方。

文博遠暗罵吳敬善糊塗，這時候他的手下董鐵山來到他的面前，看樣子似乎有話要對他說。文博遠道：「你不必顧慮，吳大人又不是外人，但說無妨。」

董鐵山這才道：「剛剛我帶人去搜查了他的營帳，在營帳下面發現了一個地洞。」

文博遠面色一凜，沉聲道：「帶我去看看。」

吳敬善也跟著他們走了過去。

胡小天遠遠望著一群人走向自己的營帳，心中已經明白那地洞的秘密被他們發覺。周默來到他身邊低聲道：「會不會有麻煩？」

胡小天微笑道：「有麻煩，但不是我。」他轉向唐鐵漢那幫人道：「兄弟們，趕緊把嫁妝搬回來整理好，沙塵暴就要來了，咱們要儘快離開峰林峽。」交代完之後，他這才轉身向自己的營帳走去。

營帳已然被文博遠手下的武士揭開，現出下方黑魆魆的地洞，一群人全都朝著胡小天望去。

胡小天故作驚奇道：「咦！這兒怎麼會有一個地洞？」

文博遠道：「胡公公可否給出一個合理解釋？」

「解釋？應該是你給我一個解釋才對？文博遠啊文博遠，我知道你對我有成見，可明人不做暗事，你拆我帳篷作甚？拆了我的帳篷不算，還居然挖出一個地洞來，莫非是想要坑我不成？」

文博遠道：「若非是這個地洞，你豈能逃過衛兵眼睛，神不知鬼不覺地從營地中溜了出去？」他自以為已經揭穿了胡小天的詭計，臉上露出些許的得色。

胡小天轉向吳敬善道：「吳大人，你現在親眼看到了，他在陰我嘜，我辛辛苦苦去將公主丟失的嫁妝找了回來，他非但不幫忙，反而在我帳篷下面挖了個地洞出來，這根本是要陰我嘜！」

董鐵山大聲道：「你休要污蔑我家將軍清白，這地洞根本原來就有，一直都藏在你營帳的下面，一定是你趁著大家不備，偷偷從這個地洞中鑽了出去，說不定你和渾水幫的匪徒勾結，不然你何以能夠這麼容易就找到嫁妝？」

胡小天雙目一凜：「我靠！這是誰家的狗沒拴好放出來咬人？」

文博遠冷冷道：「這地洞本來就在吧，周圍那麼多人，誰也不可能挖出一個地洞來誣陷你。」

胡小天道：「紮營的地方是我指定的不錯，可營帳卻是你的人負責紮起的，當時為何沒有看到這個地洞？你們沒挖這個洞，難道是老子一個人挖的不成？」

文博遠被胡小天給問住，一時間難以作答，胡小天所說的的確是事實，紮營的事情是他的人在負責，而且紮營之前仔細檢查過，並沒有發現這一區域有地洞。

董鐵山道：「別忘了是你將我們引到這裡來紮營的。」

胡小天盯住董鐵山道：「你算個什麼東西？竟敢在本官面前放肆！」

「我……」

「住口！」

董鐵山目光投向文博遠求助，這種時候文博遠不可能坐視不理，他傲然道：「我的人我自會管教，鐵山，你只管將看到的事情說出來，不用害怕。」

胡小天冷笑道：「我將你們引到了這裡？剛才若不是我帶著你們來到這片安全地帶，恐怕你們早就被黃土柱給砸死了，都他娘的摸摸自己的良心，剛剛中毒那會兒，若不是我想辦法幫你們解毒，你們還有幾個能夠活命？」

周圍的那群武士聽到胡小天這麼說，一個個低下頭去，事實就是事實，剛才的確是胡小天幫助他們解毒。

胡小天道：「走錯路不怕，大不了重新來過，可是跟錯人就麻煩，搞不好連性命都會丟掉，命是爹媽給的，只有那麼一條，各位弟兄還是多多珍惜吧。」

文博遠怒道：「胡小天，你什麼意思？」

胡小天道：「什麼意思你心裡清楚，從康都走到這裡，你到底搞了多少事情，又有多少兄弟是因為你而死的？你口口聲聲的保護又起到了多大的作用？呵呵，大家都不是瞎子，相信每個人都看得到。」

文博遠怒視胡小天道：「你再敢妖言惑眾，休怪我對你不客氣。」

胡小天道：「我說我的，你聽你的，真要是跟我翻臉打架，老子也不怕你，可今天我沒空陪你。」他抬起頭看了看漆黑如墨的夜空：「兄弟們，沙塵暴就要來了，想儘快離開這片是非之地的馬上收拾跟我走，若是想跟著文大將軍進入這個地洞之中一探究竟的，只管跟著他送死。」

是可忍孰不可忍，文博遠猛然握住刀柄。

吳敬善歎了口氣道：「我看大家還是聽胡大人的，趁著沙塵暴來臨之前，儘快走吧。」

遠處傳來安平公主的聲音：「胡公公！你過來！」

胡小天笑瞇瞇朝著文博遠點了點頭道：「公主傳召，失陪！」

文博遠強行壓下心中的怒氣，至少現在還不是發作的時候，即便是在胡小天營帳下發現了那個地洞，可仍然無法證明什麼，僅憑著那個地洞就說他和渾水幫有勾結，只怕難以服眾，更何況現在安平公主處處維護他，連吳敬善如今也傾向於他那一邊，公然衝突自己也未必能夠討得到便宜。這太監實在是可惡，善於籠絡人心，已經將唐家兄弟那幫馬夫腳力拉攏到他的陣營，現在居然還想分化自己的陣營。

董鐵山低聲道：「將軍，咱們怎麼辦？」

文博遠皺了皺眉頭道：「什麼怎麼辦？」

董鐵山道：「是探察這個地洞，還是跟他們一起走？」

文博遠怒道：「咱們的任務是保護公主，其他的事情都是小事，公主去哪裡，咱們就去哪裡。」

龍曦月也是剛得悉胡小天又去隻身犯險，心中免不了又擔心一番，俏臉之上也流露出不悅之色，輕聲道：「你答應我什麼？為何又要拿著自己的性命去冒險？」

胡小天心中暗歎，這次可不是自己想要去冒險，如果不是須彌天強行將自己抓了過去，他無論如何也不會孤身深入虎穴，上演一齣以眾敵寡的英雄戲碼，回想起來，今晚玩的全都是心跳。他安慰龍曦月道：「公主殿下放心，如果沒有足夠的把握，我是不會過去的。」

龍曦月眨了眨美眸，知道他一定有事在瞞著自己，可是現在也不便發問，柔聲道：「你平安無事最好，還有，你沒必要和文博遠發生衝突，我擔心他以後會對你不利。」

胡小天聽到龍曦月如此關心自己，心中豪氣頓生，低聲道：「他沒那個本事。」心中暗忖，這次絕不會讓文博遠活著抵達雍都。

周默已經備好了車馬，胡小天扶持龍曦月上了馬車，又從周默手中接過小灰的韁繩，翻身上馬。此時展鵬也率領幾名武士過來護衛，胡小天向梁英豪道：「英豪，你在前方帶路！」他又讓唐鐵山挑選了二十名身強力壯的手下，隨同梁英豪一起在前方負責引路，這等於已經完全取代了文博遠一方的先鋒之職。

文博遠示意展鵬跟上去探察動靜，卻不知正合展鵬的意思，展鵬隨同胡小天一起來到隊伍前方，胡小天轉身看了看跟在後方啟動的文博遠一行，不屑笑道：「神策府的實力不過如此啊。」

展鵬低聲道：「神策府真正的精銳，都是權公公在掌控。」

胡小天這才感覺到自己有些輕狂了，點了點頭，催動胯下坐騎，和展鵬雙騎並進，跟在梁英豪身後。用剛剛從須彌天那裡學會的傳音入密功夫道：「展兄，是不是我做任何事，你都會幫我？」

展鵬目光轉向胡小天，表情充滿信賴和篤定，低聲道：「展鵬始終都欠公子一個大大的人情。」

胡小天道：「我不是讓你還我人情，而是要你幫我做事，做大事！」

展鵬道：「只要是正確的事情，不違背道義和良心，展鵬都會為公子去做！」

胡小天道：「你應該看出文博遠想要殺我，黑松林只是開始，一計不成，他必然再生一計，想要從根本上杜絕此事，就必須……」胡小天並沒有說完這句話，目光中流露出的殺機已經精確向展鵬傳達了自己的意思。

展鵬道：「誰想對公子不利，就是我展鵬的敵人！」

胡小天微笑道：「有你這句話，我就放心了。」

小灰的兩隻長耳突然豎立了起來，動物對自然界的微妙變化要比人類敏銳得多，風在瞬間就已增強了許多，腳下的地面似乎有霧氣升騰而起，仔細一看卻是細微的沙塵。

隊伍之中很少有人經歷過這種氣候，在前方負責引路的梁英豪轉身道：「胡大人，塵暴就要來了。」

胡小天點了點頭。

這場沙塵暴比梁英豪預想中來得要早，他勒住馬韁，翻身下馬，向胡小天道：「大人，所有人最好做足準備，下馬步行，蒙住牲口的眼睛，隊伍首尾相連，儘量不要分離太遠。」

胡小天過去也曾經見識過沙塵氣候，並沒有感覺到有多嚴重，笑著調侃道：「要不要用繩兒將大家都牽在一起呢？」

梁英豪卻道：「如果能牽在一起最好不過。」

胡小天看到他表情凝重，方才知道這場風暴非同小可，慌忙傳令下去，讓大家做好準備。

文博遠在後面始終關注著胡小天的一舉一動，此時展鵬過來通知他們做出準備，文博遠向展鵬道：「他都說了什麼？」

展鵬道：「說是有場很大的沙塵暴要來，讓大家下馬步行。」

文博遠冷哼一聲：「故弄玄虛，妖言惑眾。」

話雖然這麼說，可是文博遠卻不敢大意，傳令下去，讓所有人下馬步行。

眾人剛剛準備好，強風席捲著沙塵就已經迎面吹來，這次的塵暴和他們之前剛剛進入峰林峽時候領教到的截然不同，風力太過迅猛，吹得人在風中搖擺，這些訓練有素的武士都感覺到腳步虛浮，立足不穩，似乎要被強風吹走。

地上的沙塵和石礫隨著狂風激揚而起，拍打在他們的身上臉上好不疼痛，武士們拉著馬匹頂著逆風艱難而行，沙石不停擊打在他們的盔甲上，發出接連不斷的叮咚聲，彷彿有人在密集敲打著鑼鼓點兒。

胡小天帶著口罩，瞇著眼睛，此時忽然想起，若是能有一副風鏡那該多好，他一手牽著小灰，另外一隻手臂橫搭在額前，大聲向身邊的粱英豪道：「風好大，必須要找個地方躲避風沙。」

粱英豪搖了搖頭，大聲回應道：「這一帶沒有避風的地方，峰林峽地貌獨特，最近的避風地點還要在前方……十里左右的地方……」

胡小天指了指地下，心想不是有地洞嗎？

粱英豪道：「人能躲進去，牲口……可鑽不進去……」他的聲音被狂風吹打得斷斷續續。

胡小天唯有指著遠方，示意繼續前進。

若是在平時步行十里路對他們倒算不上什麼，可是在迎著風沙前進的情況下，再加上他們的隊伍中有不少傷患，又要護著那麼多的車馬輜重，自然是舉步維艱。

素來愛潔的文博遠此時也被沙塵弄得灰頭土臉，迎著風沙步履維艱地走在峰林峽中，回頭望去，卻見手下的不少武士都已經倒轉身軀，退著行進，用這樣的姿勢來減少風沙的影響，雖然姿勢狼狽，但是卻不失為一種實用的手段。

董鐵山和另外兩名武士走在文博遠前方，平時他們是不敢做出如此舉動的，可是今天例外，他們利用這種方法為文博遠阻擋一些風沙。董鐵山轉過身去，倒退著行走，向文博遠大聲道：「將軍不如上車休息。」

文博遠搖了搖頭，經歷了渾水幫匪徒伏擊之後，他們的車馬損失了不少，除了公主和吳敬善等少數幾人依然乘車，其他的車輛要麼裝運嫁妝輜重，要麼就分配給了重傷患，這種狀況可能要到青龍灣之後才能得到改善。雖然距離青龍灣已經不遠，可是這峰林峽肆虐的沙塵暴卻遠遠出乎他的預料之外，瞇起雙目向前方望去，已經看不到隊伍的最前方。

董鐵山被風沙嗆得接連咳嗽，湊近文博遠道：「將軍，此事好像有詐。」

文博遠道：「那守護在公主座駕旁的虯鬚大漢是何人？」

董鐵山向前方公主座駕望去，卻見一個魁偉的身影屹立在那裡，始終不離公主座車左右，董鐵山低聲道：「聽說是姓周，是唐家兄弟手下的腳力。」

文博遠搖了搖頭，開始的時候他並沒有留意到此人，可是在昨日遭遇伏擊的時候，周默竟然憑著一人之力將公主座車從塌陷的土坑中拉了上來，此人絕非尋常之輩，普通的腳力？絕不可能，倘若他是唐家兄弟的手下，卻為何會對胡小天的命令言聽計從？此人必然是胡小天事先就安排在隊伍中的一名得力幹將。

董鐵山道：「將軍懷疑他？」

文博遠道：「當下先離開峰林峽再說。」

後方忽然傳來一陣驚呼之聲，卻是吳敬善乘坐的馬車不慎陷入土坑之中，文博遠揮了揮手，率領幾名武士走了過去。

吳敬善居然也弄了個口罩卡在臉上，自然是胡公公送給他的，雖然只是一些細節末枝，卻仍然被文博遠看得清楚，文博遠心中不由得生出厭惡，這老東西現在居然跟胡小天站在了一起，真是瞎了他的狗眼。儘管心中對吳敬善非常反感，可面子上仍然還得過得去，讓人幫忙將馬車推了出來。

吳敬善連連稱謝，戴著口罩甕聲甕氣道：「文將軍，這天氣實在是太……惡劣了……」

文博遠道：「就怕咱們跟著別人走錯了路。」

吳敬善笑道：「不會，不會，我對胡大人有信心。」

文博遠唇角現出一絲冷笑。

請續看《醫統江山》卷十二 一石二鳥

醫統江山 卷11 鯨吞大法

作者：石章魚
發行人：陳曉林
出版所：風雲時代出版股份有限公司
地址：10576台北市民生東路五段178號7樓之3
電話：(02) 2756-0949
傳真：(02) 2765-3799
執行主編：劉宇青
美術設計：許惠芳
行銷企劃：林安莉
業務總監：張瑋鳳

初版日期：2020年5月
版權授權：閱文集團
ISBN ：978-986-352-801-2
風雲書網：http://www.eastbooks.com.tw
官方部落格：http://eastbooks.pixnet.net/blog
Facebook：http://www.facebook.com/h7560949
E-mail：h7560949@ms15.hinet.net
劃撥帳號：12043291
戶名：風雲時代出版股份有限公司

風雲發行所：33373桃園市龜山區公西村2鄰復興街304巷96號
電話：(03) 318-1378
傳真：(03) 318-1378
法律顧問：永然法律事務所 李永然律師
北辰著作權事務所 蕭雄淋律師

行政院新聞局局版台業字第3595號 營利事業統一編號22759935

定價：270元

國家圖書館出版品預行編目資料

醫統江山 ／ 石章魚 著. -- 臺北市：風雲時代，
2020.02- 冊；公分

ISBN 978-986-352-801-2（第11冊；平裝）

857.7　　108022924